이쿠사가미

전쟁의 신 1

|天 천|

IKUSAGAMI [TEN]

ⓒ Shogo IMAMURA 2022
All rights reserved.
Original Japanese edition published by KODANSHA LTD.
Korean translation rights arranged with KODANSHA LTD.
through COMPANY B.A

이쿠사가미

전쟁의 신

이마무라 쇼코 지음
이형진 옮김
이시다 스이 일러스트

1 |天 천|

목차

서장 / 010

제1장   대립의 개막 / 013

제2장   회의의 사슬 / 083

제3장   수라의 고개 / 115

제4장   북방의 사냥꾼 / 145

제5장   동맹 / 185

제6장   교하치류 / 223

제7장   수진(水陣) / 245

제8장   혼잡 / 275

제9장   태고의 태도 / 297

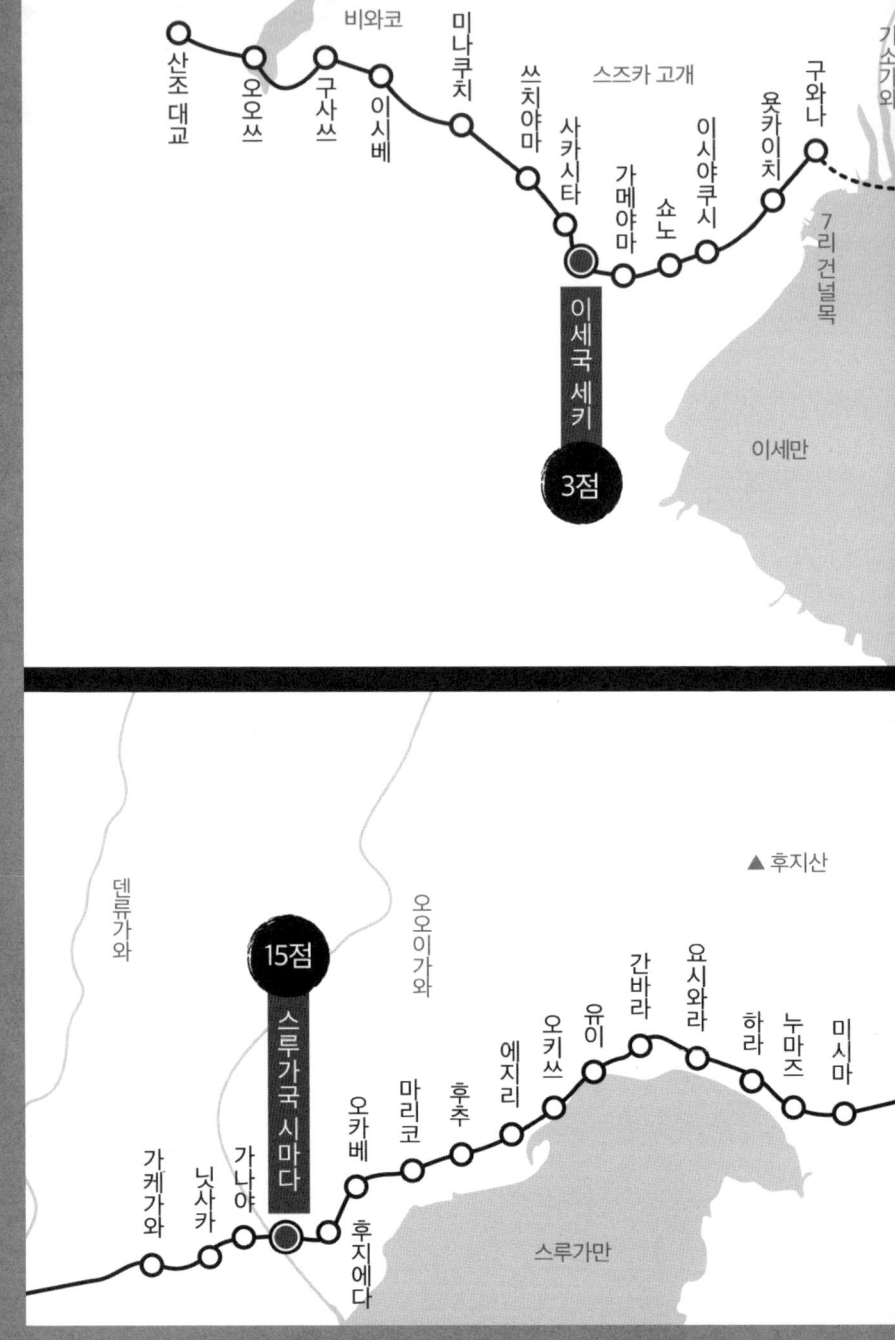

도카이도 지도
미야
나루미
오카자키
후지카와
아카사카
고유
요시다
미카와국 지류
5점
미카와만
시라스카
후타가와
하마나코
아라이
마이사카
10점
도토우미국 하마마쓰
덴류가와
미쓰케
후쿠로이
20점
사가미국 하코네
네산▲
오다와라
오이소
히라쓰카
후지사와
도쓰카
호도가야
가나가와
가와사키
니혼바시
무사시국 시나가와
30점
사가미만

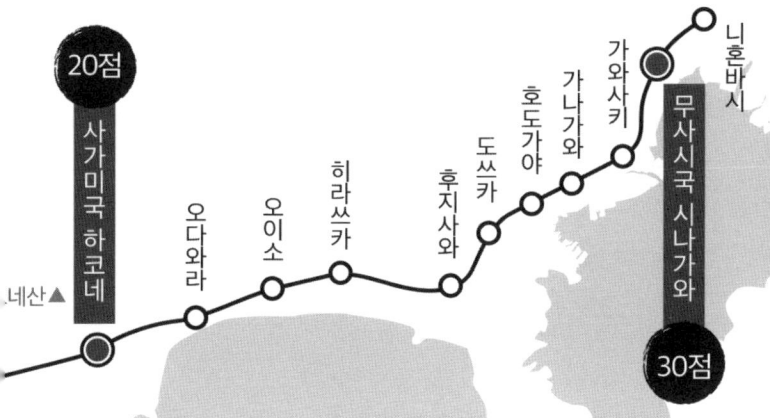

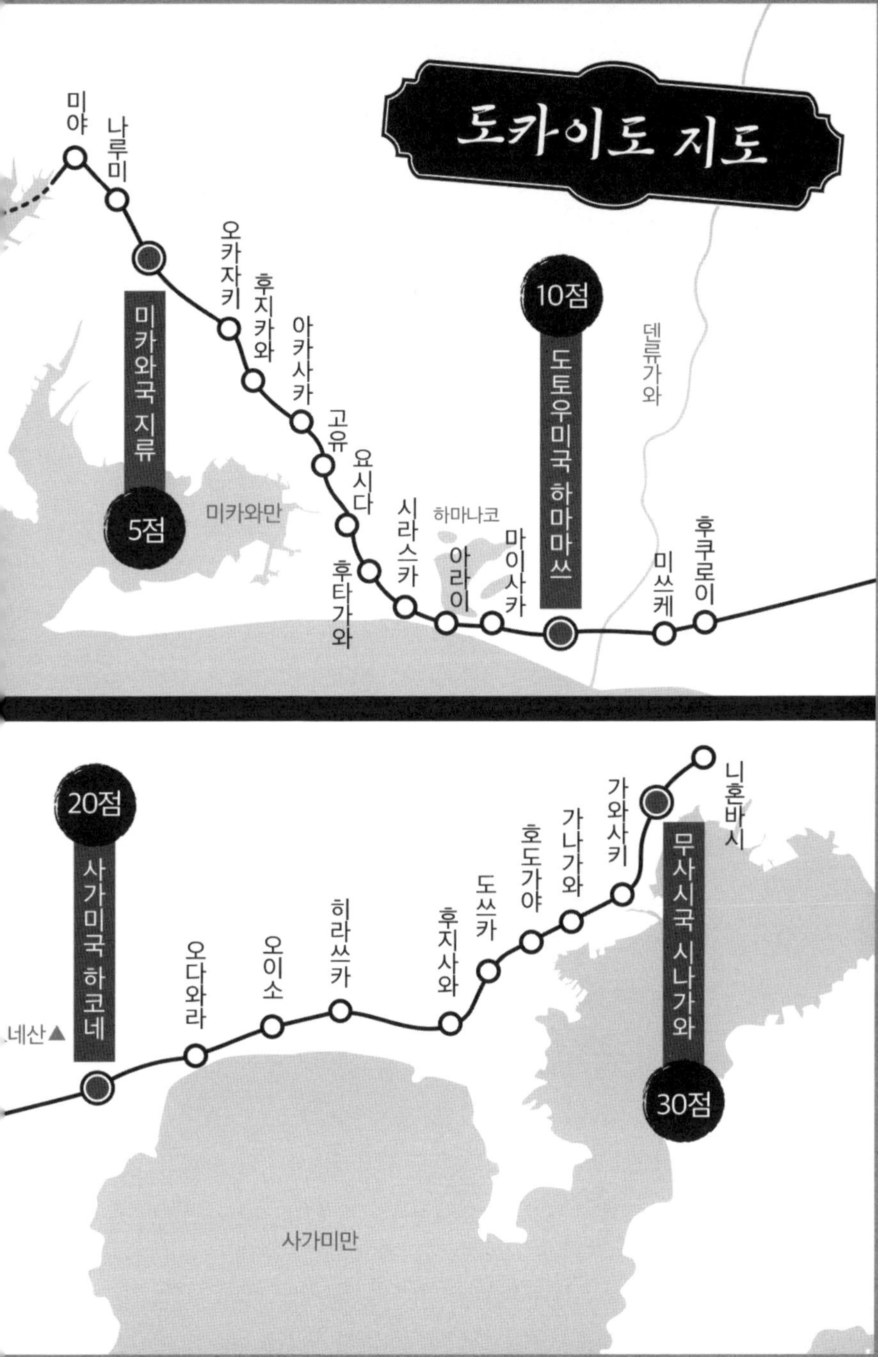

이쿠사가미

전쟁의 신 1 |天천|

이마무라 쇼코 지음
이형진 옮김
이시다 스이 일러스트

하빌리스

서장

 메이지 11년(1878년) 2월의 일이다. 어떤 소문이 도쿄에 만연했다. 소문의 시작은 보아하니 신문인 모양이었다.
 막부 말기부터 메이지 시대로 넘어가는 시기에 기와판(목판 대신에 마른 진흙판에 글자나 그림을 새겨 구워서 인쇄하던 판)에서 이름을 바꾼 신문이 많이 발행되었다. 가이가이 신문, 추가이 신문, 고코 신문, 요코하마 마이니치 신문, 도쿄 니치니치 신문, 요미우리 신문 등 열거하자면 너무 많아 일일이 셀 수가 없다. 그러나, 이 소문의 근원이 된 신문의 이름은 '호코쿠 신문'이라고 하며, 누구나 그런 신문이 있었나? 하고 고개를 갸웃거렸다.
 개인이 발행하는 변두리 신문이 아닐까? 라는 억측도 있었으나, 신기하게도 지금까지 아무도 읽어본 적도 없고, 들어본 적도 없었다. 그렇다고 해서 이것이 창간호인가 하면, 그것도 아니었다. 분명히 '제1867호'라고 적혀 있는 것이다. 그만큼 호수가 발간되었는데도 아무도 모른다는 것은 수상하다. 그리고 거기에 실린 내용이 무엇보다도 수상쩍은 것이었다.

-무예에 능통한 자. 올해 5월 5일, 오전 영시. 교토 덴류지(天龍寺) 경내에 모여라. 10만엔을 받을 수 있는 기회를 부여한다.

순사의 첫 월급이 4엔이다. 연봉 48엔. 그야말로 2천 년분 이상이다.

그 액수의 크기 탓도 있어, 어떤 자는 이것을 무슨 장난이라고 말했다. 또 어떤 자는, 그 신문의 다른 기사들이 정부를 비판하는 것이었기 때문에, 작년 세이난 전쟁(西南戰爭. 1877년 메이지유신에 반대한 사이고 다카모리가 일으킨 반란. 정부군의 승리로 끝났으며 반란의 주모자인 사이고는 자결했다)에서 죽은 사이고가 실은 죽지 않고 살아남아 동지를 모으는 것이 아닐까? 라고 그럴듯한 설을 풀었다.

다음날, 시내에 경찰관이 대거 출동하여 그 호코쿠 신문을 기를 쓰고 회수했다. 다행인지 불행인지, 그 일이 신문의 신빙성을 높이는 결과가 되었다.

훗날 알게 된 일이지만, 이 현상은 같은 날에 전국 각지에서 일어났다. 오사카, 교토, 나고야, 하카타, 센다이 등 큰 도시는 물론이고, 그보다도 한층 작은 도시에서도 호코쿠 신문이 배포되었다. 그리고 역시 마찬가지로 경찰관이나 공무원이 출동해서 모조리 회수해가는 것이었다.

단, 그 내용을 믿었다고 해도, 덴류지로 가는 자가 많지는 않았다. 신문의 내용이 사실이라고 쳐도, 그것을 경찰관이 알고 있다는 것은,

당일 그곳으로 갔다가 일제히 검거되어버릴 것은 불을 보듯 뻔했기 때문이다. 게다가 '무예에 능통한 자'는 애초에 그리 많지는 않았다.

그래도 가는 자가 있다면, 경찰관이 수사망을 펴도 그것을 돌파해서 빠져나갈 수 있을 만큼 '무예에 능통한 자'이거나, 아니면 올바른 판단을 할 수 없을 정도로 궁핍한 자일 것이다.

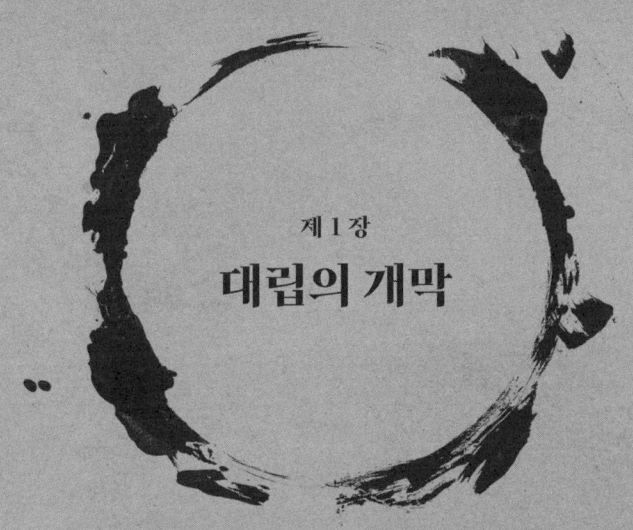

제 1 장
대립의 개막

1

 사가 슈지로가 덴류지에 도착한 것은 5월 4일 오후 3시경의 일이었다.

 5백 년 넘는 역사를 자랑하는 덴류지지만, 그 대문은 새것이었다. 그것은 과거 여덟 번의 화재를 거치며 그때마다 재건되었기 때문이다. 그중 가장 최근인 여덟 번째 화재가, 지금으로부터 14년 전인 겐지 원년(1864년)에 일어났다.

 금문의 변.

 이었다.

 그 당시 조슈번은 급진적인 존왕양이론(尊王攘夷論. 왕을 높이고, 오랑캐를 배척한다는 이론)을 내걸고 수도에서 정국을 선도하고 있었다. 그러나, 그 전해인 분큐 3년(1863년) 8월 18일, 사쓰마번, 아이즈번의 압력에 의해 친조슈번인 조정이 쫓겨난다. 이른바 8월 18일의 정변이다.

 이에 조슈번은 무력으로 정국을 탈환하고자 군대를 이끌고 상경. 그때 조슈번이 본진으로 삼은 것이 이곳 덴류지였던 것이다.

 무력충돌의 결과, 조슈번 세력은 패퇴. 그 사태에 휘말린 덴류지도 화마에 휩싸여 소실했다. 메이지에 들어선 이후, 정문을 시작으로 조금씩 복원이 진행되고 있으나, 그래도 모든 건물이 재건된 것은 아니다. 반쯤 타버린 건물 등이 아직 그대로였고, 여기저기에 전화의 상흔

이 남아 있었다.

　더욱이 덴류지의 비극은 여기에서 그치지 않았다. 작년인 메이지 10년(1877년), 태정관 포고령에 따라 모든 번의 영지뿐만이 아니라, 사찰과 신사의 영지도 몰수, 즉 정부가 거둬들인 것이다.

　그중에서도 덴류지는, 아라시야마 53정보(町步. 땅 넓이의 단위. 1정보는 3000평), 가메야마 산 전체, 사가의 평지 대부분이 접수되어, 30만 평이던 토지는 10분의 1인 3만 평까지 줄어들어 버렸다.

　슈지로도 과거 한번 덴류지를 방문한 적은 있지만, 그때의 모습은 거의 남아 있지 않았다. 그렇기는 해도, 오가는 사람들의 표정은 모두 평온했고, 전쟁의 진지로 사용되었던 것을 생각하면, 지금 이 정도만 되어도 부처님은 기뻐하시지 않을까 생각된다.

　사람의 손을 빌리지 않아도 나무들의 재생은 빠르다. 경내의 나무들은 눈부실 정도로 푸른 잎이 무성했고 부드럽고 상쾌한 바람을 맞아 흔들려, 무심결에 하품이 나올 것 같은 5월의 쾌청한 날씨다.

　슈지로는 불당에서 합장한 뒤, 다시금 경내에서 지나치는 자들의 숫자를 세어보았다.

　여덟 명. 노인이나 젊은 여자는 보통 참배객이지만, 개중에는 명백하게 거동이 수상한 자도 있었다. 분명 슈지로와 같은 속내로 사전답사를 하러 나타난 것이리라.

　참배객을 가장하여 경내에 들어와 보긴 했으나, 경관이 감시하고 있는 모습은 볼 수 없었다. 안도했지만, 한편으로는 다소 낙담하기도

했다. 일시적이라고는 해도, 그만한 소란이 일었던 것이다. 정부가 경계하고 있다 해도 아무것도 이상할 것 없다. 그것이 없다는 것은, 이야기 자체가 신용할 수 없는 것이었을 가능성이 더욱 높아진다.

─역시 틀렸나….

돈이 필요하다.

그것도 하루아침에 마련할 수 있는 액수가 아니고, 남은 시간도 얼마 없다. 어찌할 바를 모르고 있던 슈지로였으나, 문득 올해 2월의 소동을 떠올렸다. 도쿄에서 수수께끼의 신문이 뿌려졌고, 거기에 큰돈을 얻을 수 있다는 내용이 실려 있었다. 그 소문은 그가 사는 가나가와현 후추까지도 전해져, 한때 그 이야기가 한창 화제가 되었었다.

"장난이겠지."

그때의 슈지로는 그렇게 일축했으나, 어찌할 도리가 없는 사태가 된 지금은, 지푸라기라도 잡는 심정으로 멀리 교토까지 발걸음을 옮긴 것이다.

이 사전답사를 통해 99퍼센트 시간 낭비였다고 깨달았다. 그러나 자꾸 뭔가 찜찜한 느낌이 들었고, 달리 돈을 마련할 방도가 없는 것도 사실. 밤도 깊어졌을 무렵에 숙소를 나와 다시금 덴류지로 갔다.

"이것은…."

멀리서 봐도 상황이 이상한 것을 알았다. 한밤중인네도 대문 옆에는 화톳불이 지펴졌다. 주위를 신경 쓰면서 빠른 걸음으로 경내로 들어가는 자도 있었다.

주변을 살펴보기는 하지만, 발은 멈추지 않았다. 마침, 대문 앞에서 반대편에서 걸어오던 남자와 맞닥뜨렸다. 남자는 아무 말도 하지 않는다. 이쪽이 경관이 아닌지 걱정하고 있는 건지, 햇볕에 탄 뺨이 약간 굳어져 있다.

슈지로가 흘낏 보고 경내에 발을 들이자, 너도? 라는 듯이 안도의 빛이 눈에 떠오르더니, 남자도 안으로 발을 들였다. 경내를 걸어가 불당 앞의 트인 공간으로 나왔다.

낮과는 상황이 완전히 바뀌어 있었다. 이미 광장을 가득 메울 정도로 많은 사람이 모여 있었다. 일정한 간격으로 화톳불이 있고, 어떤 자가 마중하는 것 같은 양상을 보인다.

슈지로는 거의 제일 뒷줄. 앞의 상황이 전부 보이는 것은 아니지만, 얼핏 보고 알아낸 것. 먼저 대부분이 남자라는 것이다. 단, 여자가 전혀 없다는 뜻은 아니다. 아주 드물게 섞여 있다.

연령대를 보자면 제각각이다. 아직 15, 16으로밖에 보이지 않는 소년이나, 취지를 이해한 건지 의심스러울 정도의 노인까지 섞여 있다. 단, 여기에 있는 자들 대부분에게 공통된 점은,

- 뭔가 무기를 갖고 있다.

라는 것이었다.

무예를 보이라고 했으니, 각자 잘 다루는 무기를 들고 오는 것은 당연히 예상했었다.

우선 허리에 양쪽으로 칼 두 자루를 찬 자가 있었다. 정부가 폐도령

(메이지 유신 당시 정부가 군경이 아닌 민간인이 칼을 차고 다니는 것을 금지한 법)을 반포한 것은 재작년인 메이지 9년(1876년)의 일. 최근에는 현저하게 줄어들긴 했으나, 시골에 가면 아직도 드물게 검을 찬 자도 볼 수 있다. 이렇게 말하는 슈지로도 천으로 싼 장검을 지참했다.

그밖에 놀랄 만한 일로, 천으로 싼 매우 길쭉한 물건을 손에 든 자도 있었다. 내용물은 창, 혹은 언월도 같은 것으로 짐작된다. 멀리서 온 것이라면, 여행길 도중에 몇 번이나 검문당했을 것이다. 그 고생을 해가면서까지 여기에 왔다는 것은, 그만큼 먹고살기 힘든 상태라는 건가?

요 몇 년 사이에 대규모 사족(士族. 선비나 무인의 집안. 메이지 유신 이후 무사 계급 출신자에게 줬던 명칭)의 반란이 잇달았다. 그중 가장 컸던 것이, 작년에 사이고 다카모리가 일으킨 난세이 전쟁이다. 농민과 평민들이 성씨를 갖게 되고, 사족들은 녹봉을 잃고 끝내는 최후의 긍지였던 검까지 빼앗겼다. 울분이 폭발해 반란을 일으킨 사족도 많았다. 그때 가담했던 자들 중 살아남은 자인가? 혹은, 이른바 '무사의 상법'(무사 출신이 장사에 손댔다가 실패하는 경우가 많았던 것을 빗대어, 익숙하지 않은 일을 하면 실패할 확률이 높다는 뜻으로 쓰인다)의 당사자거나. 안 그래도 메이지 유신 후에 장사를 시작했다가 실패하는 자가 끊이지 않았다.

대부분은 눈에 보이는 형태로 뭔가 무기를 소지했으나, 얼핏 보기에는 빈손인 자도 있다. 품속에 칼을 숨기고 있거나, 손에 든 지팡이에 칼이 들어 있다거나, 혹은 유술(柔術. 일본의 옛 전통무술로 유도의 원형)

의 기술이 있는 건지도 모른다.

경내는 술렁거렸다. 첫 대면일 텐데도 서로의 상황을 탐색하는 것처럼 속삭였고, 그 목소리가 몇 겹으로 겹쳐져 벌레 울음소리를 연상시킨다. 개중에는 동료와 함께 온 자도 있는 건지, 몇 명이서 구석 쪽에 모여 있는 자들도 보였다.

"안녕하세요."

상황을 살피던 슈지로에게 누군가가 말을 걸었다. 조금 전에 대문으로 같이 들어왔던 남자였다. 올해 28세인 슈지로보다 다섯 살 정도 연상으로 보인다. 주위에서 당당히 무기를 꺼내놓는 모습에 안심한 것인지, 천으로 싸서 숨기고 있던 장검을 꺼내 허리춤에 차는 것을 옆눈으로 보고 있었다.

남자는 이쪽이 대답하기도 전에, 불안감을 떨치기 위해서인 것처럼 쉬지 않고 말했다.

"댁도 신문을 보고?"

"대충 그렇다."

붙임성 없이 대답했으나, 남자는 둔감한 것인지 입가가 풀어졌다.

"역시. 저도 그렇습니다. 뭐가 있는 걸까요?"

"모르지. 장난인지도."

"그럴 수도 있겠네요. 그것도 각오하고 온 것입니다만…."

상세한 사정은 모르지만, 남자도 어지간히 돈이 궁한 것만큼은 분명할 것이다.

"가나자와에서 여기까지 왔는데, 헛걸음이 되어버릴지도요."

"가나자와?"

깊이 관여하지는 않을 생각이었으나, 남자의 혼잣말은 놓칠 수 없었다.

"네. 저는 구 가가번 무사였던 다치카와 고에몬이라고 합니다."

"신문에 관한 소문을 들었나?"

"소문 같은 게 아니라, 이 눈으로 직접 봤죠."

고에몬이 품속에 손을 집어넣어서 슈지로의 몸이 긴장했다. 고에몬이 꺼낸 것은 한 장의 종잇조각. 펼치자 거기에는 또렷하게 '호코쿠 신문'이라고 적혀 있다. 내용을 전해 듣기는 했으나, 그 신문은 바로 공무원들이 회수해갔기 때문에, 슈지로가 자기 눈으로 직접 보는 것은 처음이었다.

"도쿄에 지인이 있어서 받았나?"

고에몬은 의아하다는 듯이 말했다.

"무슨 뜻이죠…? 저는 가나자와의 마을에서 이것을 입수했는데요."

"뭐…?"

슈지로는 지금 이 순간까지도 이것이 도쿄에서만 일어난 괴이한 일이라고 생각했었다. 확실히 사람들의 말소리에 귀를 기울여보니, 가미카타 방언, 노호쿠 방언, 규슈 방언까지 들린다. 더욱이 주의 깊게 둘러보면, 그와 마찬가지로 광장 가장자리 쪽에 자리 잡은 자들 중에는 서양인의 모습까지 있는 것이 아닌가. 키가 큰 남자는 황금색 머리카락을 하나로 묶었고, 그것이 화톳불을 받아 반짝이고 있었다. 설마 해외에서까지 같은 현상이 일어났을 거라고는 생각하기 힘든데, 아마 서양인이 많은 요코하마에서 온 것이 아닐까?

안 그래도 불길한 예감이 들었었는데, 고에몬과 이야기해보니 이제부터 이곳에서 상궤를 벗어난 뭔가가 시작될 것이라는 확신이 강해졌다.

"오오…."

그때, 무리에서 낮은 술렁거림이 일어났다.

무겁게 삐걱대는 소리와 함께 불당이 열리기 시작한 것이다. 마치 지옥문이 열린 건가 싶은 음산한 소리. 모두가 일제히 그쪽으로 시선을 모았다.

불당 안의 어둠 속에서 떠오르는 것처럼 남자가 모습을 드러냈다. 승려의 모습이 아닌 짧은 머리, 상당히 고급스러운 기모노를 입었다.

"시각이 되었습니다. 여러분, 모여주셔서 감사합니다."

마른 침을 삼키며 지켜보는 자, 그 이야기가 진짜였던 건가? 라고 중얼거리는 자, 언제든지 도망칠 수 있도록 엉거주춤한 자세를 취하는 자, 제각각 다른 반응을 보인다.

"궁금한 것은 많겠지만, 순서대로 설명해 드리겠사오니, 우선 조용히 해주시길 바랍니다."

나타난 남자는 안 그래도 실눈을 바늘처럼 더 가늘게 뜨고 웃음을 보였다. 하얗고 갸름한 얼굴에 코는 낮다. 왠지 노(能. 일본 전통예술인 가면극) 가면을 방불케 하는 용모다.

"소개가 늦었습니다. 제 이름은 엔주… 라고 합니다. 잘 부탁드립니다."

성이라면 독특하다. 혹시 나무 이름에서 따온 건가?(엔주는 회화나무를 의미함) 어느 쪽이든, 당당히 본명을 밝힐 거라고는 생각할 수 없으니 가명이라고 보는 게 좋을 것이다. 엔주라고 이름을 댄 남자는 사람들을 천천히 둘러보면서 말을 이었다.

"먼저… 10만 엔을 얻을 권리라는 것은 진짜입니다."

이쪽저쪽에서 감탄의 목소리가 흘러나온다. 엔주는 한 단 높은 위치에서 입술에 가만히 검지를 갖다 대고 주위를 둘러본다. 그러자 사람들의 목소리는 천천히 가라앉아갔다.

"조용히. 사담이 심한 경우에는 돌려보낼 수도 있으니 양해 바랍니다."

완전히 정숙을 되찾아 화톳불이 타닥거리는 소리까지 귀에 들어오게 되었다. 엔주는 만족한 것처럼 두 번, 세 번 고개를 끄덕이고는 말을 이었다.

"그렇기는 하나, 갑자기는 믿을 수 없겠죠. 저쪽을 봐주십시오."

엔주가 가리킨 것은, 옆에 있는 또 하나의 불당. 신호를 기다리고 있던 것처럼 이쪽도, 둔중한 소리와 함께 문이 열렸다.

조용히. 그렇게 당부를 했음에도 불구하고, 술렁거림이 사람들 사이에서 일어났다. 그것은 무리도 아닐 것이다. 슈지로도 자기도 모

르게,

　- 이것은 꿈인가?

하고, 숨을 내쉬었다. 불당 안에 성인 몸집의 두 배는 될 만한 크기의 금불상이 앉아 있었던 것이다. 도대체 어느 정도의 무게일까? 10만엔. 아니, 그 이상의 가치가 있다고 해도 이상할 것 없다.

"금박 아닌가?"

견딜 수 없었는지, 누군가가 소리를 냈다. 분명 그 사람 말고도 같은 생각이 뇌리를 스친 자들이 있었을 것이다. 엔주는 꾸짖지도 않고, 웃음을 띠면서 대답했다.

"의심하실 거라고는 생각했습니다. 보시죠."

금불상 뒤에서 검은 천으로 얼굴을 가린 남자 한 명이 모습을 드러냈다. 손에는 망치를 들었고, 그것을 크게 휘두르더니 불상의 손가락을 힘껏 때렸다. 높은 소리가 울려 퍼지고 불상의 손가락이 부러졌다. 남자는 그 손가락을 집어 들고 모인 자들에게 들어 보였다. 부러진 손가락의 단면도 금이라는 것을 알고, 아까보다도 더 큰 술렁거림이 일어났다.

"이제 아셨습니까?"

엔주가 말하기 시작하자, 마치 모두가 조종당하는 것처럼 쓱 고개가 움직인다.

"자, 그럼, 어떻게 해서 돈을 받는 건가? 그것이 궁금하시겠지요. 그 방법을 듣고 나면, 무슨 일이 있든 기권하는 것은 인정할 수 없습니다. 도전할 의사가 없는 분은 지금 이 순간 돌아가 주십시오. 백을 셀 때까지 기다려 드리겠습니다."

엔주는 조용히 말하고는 천천히 고개를 숙였다. 머릿속으로 숫자를 세는 모양이다.

- 아무도 기권하지 않는 건가?

망설이는 기색을 보인 자는 있었다. 동료들끼리 뭔가 소곤대는 자도. 그러나, 허황된 이야기라고 생각하면서도 모인 자들이다. 슈지로와 마찬가지로 궁극의 절박함에 놓인 자들이 틀림없다. 저 금불상을 본 지금, 여기에서 물러나려는 자는 없을 것이다. 마치 발에 뿌리가 내린 것처럼, 누구 하나 움직이려고 하지 않았다.

"근사합니다. 여러분의 용기에 감복하였습니다. 그럼 진행하도록 하겠습니다."

엔주는 천천히 고개를 쳐들더니, 짝, 하고 손뼉을 쳤다.

그것을 신호로, 엔주 뒤에서부터 그와 마찬가지로 기모노를 입은 남자가 나타난다. 한두 명이 아니었다. 열 명이 넘고, 삼십 명이 넘어가도 줄줄이 나온다. 저 불당 안에 도대체 몇 명이 숨어 있었던 것인가? 이 남자들의 정체는 뭔가? 목적은 뭔가? 돈에 이끌려 고양된 자들도 마른 침을 삼키는 것이 분명하게 전해져온다.

게다가 새롭게 나타난 남자들도 아까 망치를 들고 나타난 남자와 마찬가지로, 하나같이 얼굴을 검은 천으로 가리고 있다. 이것은 이것대로 기기괴괴하긴 했으나, 결과적으로 엔주 혼자만이 얼굴을 드러낸 것이 됨으로써, 오히려 그쪽이 더 기분 나쁘게 느껴진다.

"지금부터 여러분 앞에 장부를 든 부하가 다가갈 것입니다. 거기에 이름을 적어주시면, 대신에 목패를 나눠드리겠습니다. 이것을 몸에 꼭 지니고 계셔주십시오."

남자들은 다들 장부와 휴대용 문방구 상자를 들고 있다. 팔에 한 묶음씩 차고 있는 것이 목패겠지. 앞에서부터 이름을 묻고, 목패를 나눠주기 시작한다. 이윽고 슈지로 앞에도 남자가 다가왔다.

"이름을."

남자는 짧게 말하고, 문방구 상자의 붓을 집으라고 재촉했다.

-사가 슈지로.

라고 이름을 적자, 목패를 건네준다.

나무 패에는 작은 구멍이 뚫려 있고, 거기에 1척 반(1척은 약 30cm. 촌(寸)은 그 1/10인 약 3cm. 나라마다 단위의 정의가 조금씩 다르다) 정도 길이의 끈이 달렸다. 그리고 숫자가 새겨져 있었다. 슈지로가 받은 목패에는 '백 팔'이라고 적혀 있다. 옆눈으로 보니, 먼저 나눠 받은 고에몬은 '백 칠'이었다. 보아하니 모두 번호가 이어지는 모양이다. 숫자로 짐작컨대, 뭔가를 식별하기 위한 것일까? 경내의 각곳에서는 서로 목패를 보여주며,

"임자는 몇 번이요?"

"2백 명이나 있는 건가?"

등등 이야기를 나누는 자들도 있었다.

이번 일이 그야말로 수상쩍은 만큼, 보아하니 슈지로처럼 단독으로 참가한 자가 오히려 적고, 불안감을 느끼고 동료와 함께 참가한 자가 많은 것 같았다.

10분도 채 지나지 않아 목패 배포가 끝나자, 엔주는 시간이 되었다는 듯이 다시금 입을 열었다.

"먼저 나눠드린 목패를 목에 걸어주십시오. 이것을 빼면 돈을 받을 자격은 잃게 됩니다. 주의해주십시오."

모두가 시키는 대로 목에 목패를 걸었다.

"금일, 총 292분이 모여주셨습니다. 여러분은 지금부터 도쿄로 가셔야 합니다."

엔주가 두 손을 벌리며 말하자, 또다시 술렁거림이 일기 시작했다. 실력 있는 자들을 모아, 무기를 들고 도쿄로 간다. 제일 먼저 뇌리를 스친 것은, 이 인원수를 이끌고 정부에 대한 반란을 일으키는 것이었다. 슈지로와 같은 생각을 하고 동요를 드러내는 자도 있었지만, 엔주는 그 마음을 꿰뚫어 보는 것처럼 고개를 가로저었다.

"정부에 반항한다는 뜻이 아닙니다. 여러분은 마음과 기술과 신체 전부를 걸고 겨루는 '유희'를 해주셔야겠습니다."

아직 이야기가 어떻게 될지 전혀 짐작이 가지 않는다. 집단의 틈새를 통과하는 뜨뜻미지근한 바람을 뺨에 받으면서, 슈지로는 밀없이 귀를 기울였다.

"술래잡기 같은 것과 비슷한 것. 이 유희의 이름은 '고독'이라고 합니다."

어떤 한자를 쓰는 걸까? 어쩌면 한자는 없는 건가? 슈지로는 어릴 때 산에서 자랐기 때문에, 남들처럼 배움의 기회를 얻지 못해서, 도저히 의미를 짐작할 수 없었다.

다른 이들은 모두 알고 있는 건가? 하고 주위를 둘러봤으나, 모두가 의아해하는 것 같았다. 특정 지방에서만 하던 놀이인가? 슈지로가 그렇게 생각하는 와중에도, 엔주는 말하는 속도를 늦추는 일 없이 계속 이야기한다.

"유희에는 규칙이 따르는 법… 지켜주셔야 할 규칙이 있습니다. 한 번밖에 말하지 않겠으니 잘 기억해주십시오."

엔주는 두 손의 손가락을 하나씩 접으며 잘 알아듣도록 차근차근 이르는 것처럼 말하기 시작했다.

1. 지금부터 각자 도쿄로 간다.

2. 반드시 덴류지의 정문, 도카이도의 이세국 세키, 미카와국 지류, 도토우미국 하마마쓰, 스루가국 시마다, 사가미국 하코네, 무사시국 시나가와, 이 일곱 곳을 통과할 것.

3. 각각 2, 3, 5, 10, 15, 20, 30점이 없으면 통과할 수 없다.

4. 아무에게도 이 사실을 발설해서는 안 된다.

5. 한 달 후인 6월 5일에 도쿄에 있어야만 한다.

6. 중도이탈은 금한다. 목패를 목에서 빼면 이탈로 간주한다.

7. 이상을 위반할 시, 상응한 처벌을 한다.

다 외울 수 없다고 불평을 하는 자도 있고, 준비성 철저하게 장부와 휴대한 붓을 꺼내 적는 자도 있었다. 슈지로는 1부터 7까지의 규칙을 마음속에서 곱씹었다.
 ― 이것은 뭐지…?
 기이하다고밖에는 말할 수가 없다. 문명개화를 부르짖기 시작한 지 오래인 지금 이 시대인데, 마치 옛날이야기 속으로 들어간 것 같은 기분이었다.
 아무래도 이것은 도쿄까지의 경쟁인 모양인데, 의문이 잔뜩 솟아난다. 이 자들의 정체는 뭔가? 굳이 이런 오밤중에 사람들을 모은 의미는? 또, 아무리 늦은 시각이라고는 해도, 그토록 소문이 퍼졌었음에도 어째서 경찰관이 단 한 명도 출동하지 않는 건가? 저 금불상은 어디에서 갖고 온 것인가? 확실히 금불상이 있다고는 해도 과연 정말로 승자에게 돈이 지불되는 것일까? 규칙을 위반했을 때의 처벌이란 뭔가? 설마 법대로 하겠다는 것은 아닐 텐데. 아무튼 생각하면 할수록 한이 없었다.

"우리가 누구인지 – 에 관해서는 답변해드릴 수 없습니다만, 규칙을 따르기만 하시면 질문을 받겠습니다."

엔주는 천천히 일동을 둘러봤다.

"정문은 여기니까 그렇다 쳐도, 각지의 지점을 통과했는지는 어떻게 알아?"

의문의 폭풍우를 견딜 수 없었던 것이리라. 누군가가 목소리를 냈다.

"저희 동료가 반드시 말을 걸 것입니다."

엔주의 말투에는 자신감이 넘쳤다. 바꿔 말하자면, 계속 감시하고 있다는 뜻. 이 자들은 그 정도로 규모가 큰 조직이라는 건가?

슈지로에게서 조금 떨어진 곳에 있던, 학자풍의 남자가 손을 들었다. 엔주는 발언을 허락한다는 듯이 허공으로 손을 내밀었다.

"도쿄까지의 경쟁인 모양인데, 이 정도 인원이 도카이도를 걸어가면 눈에 띈다. 경관에게 검문당할 때는 어떻게 하면 좋은가?"

멀리서 본 것이긴 하지만, 엔주의 입가가 풀어지는 것을 알 수 있었다.

"이미 말씀드렸을 텐데요?"

규칙 제4항. 참가자 이외의 누구에게도 이 일을 발설해서는 안 된다는 것에는, 경관도 당연히 포함된다. 얍삽한 질문이라고 말하고 싶은 것이겠지. 목소리에는 조롱과 위협이 담겨 있어, 학자풍의 남자는 낮게 신음하며 입을 다물었다.

　– 닮았어.

　슈지로는 마음속으로 중얼거렸다. 이 자리에 급속히 떠돌기 시작한 냄새 말이다.

　불과 10여 년 전, 이 나라는 광기에 휩싸였다. 탁상공론으로 천하와 국가를 논하면서, 그 입술에 침도 마르기 전에 마을로 뛰쳐나가 사람을 죽인다. 이 자리에 쏟아지는 강렬한 악취는, 그 시대의 그것과 흡사했다.

　슈지로 또한 그 시대에 농락당했다. 그 때문에 이 정도로 기이한 사태라도 받아들이기 시작했다. 인생을 열 번이라도 놀고먹을 수 있을 만한, 10만 엔이라는 거액의 돈은 웬만해서는 얻을 수 있는 것이 아니다. 이 자리가 기이하면 기이할수록, 신빙성이 높아진다.

　"도쿄에 도착한 후에 돈을 받을 수 있는 건가?"

　라고, 솔직한 질문도 던져졌다.

　"도쿄에 도착할 때까지는, 말하자면 전반전. 도쿄에 후반전을 준비해두었습니다. 그것을 돌파한 분께 돈을 지급하겠습니다."

　"그 후반전이란 어떠한 것인가?"

　얼굴은 보이지 않았지만, 질문한 것은 또 다른 목소리였다.

　"그것은 도쿄에 도착하고 나서 말씀드리겠습니다. 즐거운 일은 나중에 듣는 게 좋겠지요?"

엔주는 히죽 웃음을 띠면서 말을 이었다.

역시 기묘. 역시 이상야릇. 분명히 동요하는 자가 많았다. 그러나 아주 소수이긴 하지만, 차분한 자도 보였다. 지금까지 상당한 아수라장을 경험해왔을 거라는 걸 상상할 수 있다.

"어떻게 점수를 벌면 되나?"

군중 속에서 또 목소리가 나왔다. 그것이야말로 슈지로가 유일하게 품고 있던 의문이었다.

"여러분께 건네드린 목패. 이것이 1점. 즉, 모든 분이 처음부터 1점은 갖고 있다… 라는 말이 됩니다."

엔주의 히죽 웃는 웃음에 슈지로의 등골에 오싹한 오한이 일었다. 마른 침을 삼키는 자들을 내려다보면서, 엔주는 두 손을 벌리고 소리 높여 외쳤다.

"서로 빼앗는 것입니다! 그 수단은 불문입니다!"

지금까지 중 제일 큰 술렁거림이 일었다. 이미 환성에 가깝다. 아니, 비명도 섞여 있다.

"여러분의 점수는 저희의 판단으로 수시로 다른 참가자에게 고지합니다. 그럼 질문은 여기까지. 제가 3백을 세면 시작하는 것으로 하겠습니다. 그때까지 잠시 기다려주십시오."

엔주는 거만한 웃음을 띠며 천천히 눈을 감았다.

300을 센다는 것은, 메이지 시대가 되어 도입된 시간법에 따르면, 5분 후가 개시라는 뜻. 질문이 일방적으로 끝났다는 것에 분개하여

야유처럼 질문을 던지는 자가 있었다. 그러나 엔주는 눈을 감고 아무런 대답도 하지 않는다. 진의는 뭘까? 라며 옆 사람과 의논하는 자도 있다. 상태가 심각한 자는 우왕좌왕하기만 했다.
 슈지로와 마찬가지로 이 '고독'의 진의를 일찌감치 깨달은 자도 소수이긴 하지만 있었다. 그런 자의 행동은 크게 둘로 나뉜다.
 하나는, 자기가 지참한 무기를 준비하는 자. 칼이나 창을 싸두었던 흰 천을 풀어둔다. 슈지로도 장검 꾸러미를 풀어 허리춤에 찔러넣었다.
 나머지 하나는, 도망치는 것이다. 몸을 덜덜 떨던 남자가 괴상한 소리를 지르며 달려나갔다. 그것을 신호로 몇 명이 무리에서 튀어나가 도망친다. 집단심리가 작용하여 전원이 그 행동을 취한다 해도 이상할 것 없는데도, 겨우 몇 명에 그친 것은 이 자리에 있는 자들이 담력이 뛰어나기 때문인가? 아니, 불안감을 느끼면서도 상금에 눈이 먼 것이다. 상금을 얻지 못하면 어떻게도 안 되는, 말하자면, 인생에서 막다른 곳에 몰린 자들인 것이다.
 엔주는 눈을 감은 채로 히죽 웃고 있다. 잠시 후에 정문 쪽에서 요란한 외침이 들렸다. 곧이어 그 방향에서부터 두 명의 남자가 뛰어서 되돌아왔다. 한 명은 다리가 꼬여 넘어지고, 한 명은 격렬하게 손을 흔들며 호소한다.
 "죽었어!"
 "무슨 말이야?"

누군가가, 돌아온 남자에게 되물었다.

"정문에 사람이 있다! 도망치려던 자는 모두⋯."

분명히 여덟 명이 도망쳤었다. 두 명은 돌아왔지만, 여섯 명은 이미 이 세상에 없는 것이겠지. 당황스러워 바로 이해하기는 힘들지만, 단편적인 말을 연결해보면, 정문 앞에 검은 옷차림의 남자들이 여러 명 있고, 도망치려던 자들을,

　- 망설임 없이 참살했다.

라는 것이다. 뒤에서 달리던 두 명은, 앞에서 피를 뿜는 모습을 보고 발길을 돌려 돌아왔다는 것이다.

"뭐야? 이게!"

"왜, 이런 짓을!"

"대답하지 않으면, 각오해야 할 거다."

모두가 거친 목소리로 저마다 항의했다. 귀청이 터질 듯한 엄청난 고함소리가 쏟아지는 와중에, 말없이 있던 엔주가 눈을 번쩍 뜨더니 일갈했다.

"닥치시오!!"

엄청난 큰 목소리에 순식간에 모두가 할 말을 잃었다.

"규칙 6, 중도이탈을 금한다. 목패를 목에서 빼면 이탈로 간주한다. 이어서 규칙 7, 이상을 위반할시, 상응한 처벌을 한다⋯ 그렇게 말씀드렸을 텐데요."

"그럴 수가⋯ 목숨을 걸어야 한다고는 생각하지 않았어⋯."

그 자리는 찬물을 끼얹은 듯이 조용해졌고, 누군가가 흘린 목소리는 비통함으로 가득 찼다. 그제야 전원이 이 자리의 기기괴괴함을 깨달은 것 같았다.

"이 정도의 돈을 거저 얻을 수 있다고 생각한 건가?"

아까까지에 비해, 엔주의 목소리는 땅바닥을 기어가는 것처럼 낮아졌다. 남은 시간은 3분도 채 안 될 것이다. 무슨 일이 일어나고 있는 것인지, 뭘 하면 정답인지, 그 자리는 기이한 긴장감에 휩싸였다.

"거기까지다. 움직이지 마."

군중 속에서 불당을 향하여 한 남자가 쓱 걸음을 내디뎠다. 양복이 잘 어울릴 듯한 단발이었으나, 옷차림은 슈지로와 마찬가지로 기모노 약식복장이었고, 허리에는 쌍칼을 찼다.

"교토부청 제4과다."

그 자리가 순식간에 얼어붙었다.

메이지 유신 후, 우여곡절을 거쳐 삿초(薩長. 사쓰마(지금의 가고시마 서부 지방)와 나가토(지금의 야마구치 서북부 지방)를 합쳐서 부르는 말)의 사족을 중심으로 한 '나졸'이 치안유지를 담당하게 되었다. 그러나 지금으로부터 4년 전인 메이지 7년(1874년)에 도쿄 경시청이 창설됨으로써, 그쪽으로 수도의 치안유지 역할은 이양되었다. 한편으로 각 부현청에는 '제4과'라는 것이 조직되어 그것이 치안을 담당하고 있다. 즉, 남자는 도쿄에서 말하는 소위 경라, 경찰인 것이다.

"어이… 저것은."

"교토의 안진…."

"틀림없어. 안도 진베다."

등등, 군중들 여기저기에서 목소리가 나왔다.

요즈음 격검(검 또는 검 모형을 들고 싸우는 격투기)이 지금까지 없었을 정도로 크게 유행하고 있다. 그것은 실제로 검이 필요했던 막부시대 말기 무렵을 능가할 정도. 메이지가 되어 무사의 존엄성이 잇달아 거론되는 와중에, 사족의 자제들은 검술에서 자신들의 존재가치를 찾으려는 것일까?

특히 10대, 20대 중반까지의, 막부 말기의 동란을 겪어보지 않은 세대일수록 그 경향이 현저했다. 무사의 자식으로 태어났으면서 전혀 무사답게 살지 않는다는 것이 원인인지도 모른다.

아무튼, 그러한 유행 때문에 크고 작은 격검대회가 개최되었고, 자연히 그중에서 이름을 날리는 자도 생겼다. 그 대부분이 구 나졸, 이른바 경찰 조직에 소속한 자들이었다.

이 안도 진베도 그중 한 사람으로, 구 요도번의 무사 집안에서 태어나, 교토부청 제4과에 들어갔다. 안도가 이름을 날린 것은 경시청과 교토부청 제4과의 교류시합이었다. 압도적으로 인원수가 많기도 해서, 경시청에는 다른 부나 현에 비해 맹자가 많았다. 5대 5의 승자 진출전이 치러졌고, 경시청 측은 상처 하나 입지 않고 네 명을 쓰러뜨렸다.

그때 교토부에서 나온 것이 이 안도였다. 놀랍게도 안도는 거기서부터 경시청 다섯 명을 제치고 혼자서 역전시키는 쾌거를 달성한 것이다. 비공식 교류전인 데다가 경시청이 외부에 알려지는 것을 꺼려 입막음을 시켰다. 그러나 사람들의 입에 자물쇠를 채울 수는 없는 노릇이라서, 눈 깜짝할 사이에 소문이 퍼졌다.

― 교토에는 질풍의 안진이 있다.

작은 신문사 등은, 안도의 검 놀림이 눈으로 좇아갈 수 없을 정도로 빠르기 때문에, 이름을 줄여 부르며 그렇게 요란하게 기사화하기도 했다. 한때 제법 장안의 화제가 되었기 때문에, 슈지로도 기억하고 있던 것이다.

"순순히 오라를 받아라."

안도는 목소리를 깔며 말했다.

역시 경찰은 있었다. 잠입했던 것이다. 단, 혼자라는 것이 신기했다. 아니면, 혹시 이중에 그 말고도 있는 걸까? 머리를 굴리면서 슈지로는 사태를 지켜봤다.

"4과입니까? 허나, 여기에 온 이상은, 당신도 참가자 중 한 명입니다."

엔주는 동요의 기색도 보이지 않고 대답했다.

"내가 누군지 모르는 모양이로군."

"알고 있답니다. 질풍의 안진이지요? 몇 년만 더 일찍 태어났더라면, 온갖 칼잡이나 신센구미(新選組. 에도 시대 말기인 1863년 창설된 준군사 조직으로 교토의 치안유지를 담당했다)에게도 지지 않았을 거라고 큰소리를 치셨다고."

"사실이다."

어지간히 자신이 있는 건지, 안도는 태연하게 대답했다.

얼핏 보기에 안도의 나이는 23이나 24 정도. 막부 말기의 동란 무렵에는 10살 전후였을 테고, 아무래도 그 나이에 활약하기는 힘들었을 것이다. 안도 입장에서 보면, 너무 늦게 태어났다는 아쉬움이 있는 것이겠지.

"자, 손을 이리 내. 저항하면 벤다."

안도는 위협하면서 더욱 걸음을 옮겼다.

"괜찮으신지?"

"뭐가?"

"남은 시간은 백삼십입니다만."

엔주가 비웃음을 띤 순간,

"헛소리를."

이라고, 안도가 중얼거리면서 불당으로 돌진하더니, 높이 뛰어올랐다. 그때 이미 안도는 허리춤의 검을 뽑고 있었다. 화톳불의 불빛을 받아 검날이 요사스럽게 빛났다.

엔주에게는 무예의 능력은 없는 것으로 보인다. 안도가 땅을 박차고 뛰어올랐을 때도 전혀 반응하지 못했다. 반면에 안도는 큰소리를 칠 만큼 상당한 실력이다. 확실히 막말 무렵에도 통용은 했을 것이다.

엔주의 머리는 안도에게 박살난다. 모두가 그렇게 생각했을 테고, 슈지로 또한 그렇게 생각했다. 그 순간, 엔주 앞을 그림자가 가로막았고, 이어서 높은 소리가 울려 퍼졌다.

"뭐…."

안도는 신음했다. 엔주 옆에 있던 남자 한 명이 발도하여 안도의 혼신의 일격을 막아낸 것이다. 남자도 또한 얼굴을 천으로 가리고 있기 때문에 용모는 알 수 없다.

"방해한다면 네놈도 벤-."

검을 당겼다가 다시금 치려고 한 안도의 목소리가 끊겼다. 힘을 신느라 목소리가 막힌 것도, 군중의 목소리에 지워진 것도 아니다. 오히려 경내는 찬물을 끼얹은 듯 조용했다.

데구루루 불당 가장자리를 굴러간다.

안도의 머리다. 동체는 아직 목을 잃은 사실을 깨닫지 못하는 것처럼 서 있고, 두 손의 검은 여덟 팔자를 그리는 것처럼 든 채로. 밤하늘을 향해 피가 솟구치더니, 쿵 하고 몸도 쓰러졌다.

"우리에게 칼을 겨누면 이렇게 됩니다."

엔주는 눈썹 하나 까딱하지 않고 내뱉었다. 떠들썩한 비명, 절규가 경내에 소용돌이쳤다.

-상당한 실력이다.

그 와중에 슈지로는 검에 묻은 피를 닦는 남자를 응시하고 있었다.

안도도 결코 약하지는 않았다. 여기에 있는 대부분보다 실력은 위였을 것이다. 그런 안도를 순식간에 죽였다. 그 검 놀림은 빠를 뿐만 아니라, 무시무시할 정도로 정확했다. 그러지 않고서는 사람의 목은 쳐낼 수 없는 것이다. 안도가 막말에도 통용될 자객이라면, 복면 사내는 막말에서도 몇 손가락 안에 드는 검호였을 것이다.

엔주가 거느린 다른 남자들도 모두가 동등하게 강할 거라고는 생각할 수 없다. 그러나, 각각 상당한 실력자로 봐도 좋을 것 같다. 여기에 있는 전원이 한꺼번에 덤벼든다면 몰라도, 한 명이나 두 명이서 덤벼봤자 엔주에게 칼날은 닿지 않는다. 그 이전에 대부분이 칼을 겨눌 마음이 사라졌고, 그중에는 주저앉아버리는 자, 머리를 감싸쥐고 몸을 웅크리는 자까지 있었다.

"앞으로 백입니다."

엔주는 사뭇 유쾌하다는 듯이 말하더니, 다시금 고개를 숙이고 숫자를 세기 시작했다. 혼란의 도가니 속에서 고에몬이 비장한 얼굴로 말을 걸어왔다.

"이것은… 어떻게 되어가는 걸까요…?"

"나한테서 떨어져."

슈지로도 각오를 새롭게 하려고 필사적이다. 엄밀히 말하자면, 그

날, 그 무렵의 나를, 열심히,

　- 되찾자.

그러려고, 한다. 그렇게만 되면 누가 상대이든 상관없다. 그렇기는 해도, 이렇게 말을 섞었던 자라면 기분이 식는다. 가능하면 '다른 사람'인 게 낫다.

"어⋯."

"떨어져. 그 말만 해두지."

슈지로는 당부했다. 강한 말투에 압도된 것인지, 고에몬은 뒷걸음질을 치면서 떨어졌다.

아까부터 계속 이 자리에 있는 자들을 관찰하고 있었다. 역시 혼란과 공황은 전혀 가라앉지 않는다. 차분한 소수의 자들과는 거리를 두는 게 좋다. 그리고 그중에 낯이 익은 자도 있다는 사실을 깨달았다. 동요할 뻔했으나, 거기에 정신을 팔리면 생사에 영향을 미치게 된다. 억지로 사고를 중단했다.

"뭐⋯."

이쯤 되면 이제 웬만한 일로는 놀라지 않는다. 그러나 슈지로는 너무 놀란 나머지 목소리가 흘러나왔다. 군중 속에 12, 13세의 여자아이가 있는 것이다. 큰 덩치의 건장한 남자들의 그늘에 가려, 지금 이 순간까지 알아차리지 못한 것이다. 사나운 남자들에게 겁먹은 기색으로, 기도하는 것처럼 두 손을 가슴 앞에서 꼭 쥐고 있다.

"다시 한번… 다시 한번 묻겠다! 돈을 정말로 지급하는 거지?!"

누군가가 짖었다. 당황하던 자들 중에서도 드디어 각오하려는 자가 나왔다. 이 질문에도 대답하지 않는가 했더니, 엔주는 고개를 쓱 들고, 지금까지보다도 더 소리높여 대답했다.

"돈은 확실히 지급합니다. 이중에는 동란의 시대를 살아온 사무라이 생존자도 많으실 거라고 봅니다. 그 긍지와 강함을 모쪼록 보여주십시오!"

엔주의 부추김에 기대감에 몸을 떠는 자도 더러 보였다. 사무라이라는 말은 약 10년 전에 소실되기 시작하여, 작년의 세이난 전쟁에서 완전히 쇠퇴했다. 이러한 상황에서도, 자신을 사무라이라고 불러주는 자가 아직 남아 있다는 사실에 고양감을 감출 수 없는 것이리라.

이제 도망치려는 자는 없다. 애초에 여기에 온 것은, 내일을 기약할 수 없는 무리뿐인 것이다. 일발 역전을 노리고자 눈에 투지가 돌아온 것을 알 수 있었다.

그러나 역시 아까 본 그 소녀는 공포를 견딜 수 없는 건지, 기도하는 것 같은 자세에서 변하지 않았다. 변하지 않은 정도가 아니라, 몸을 앞으로 굽히고, 마침내 눈을 감기까지 했다.

―내버려 둬.

내 안의 나 자신이 말한다. 이 목소리가 들리는 것은 오랜만의 일이었다. 옛날에는 자주 들렸었는데, 요 몇 년 동안은 전혀 없었다. 이미 죽었다고 생각했는데, 마음 한구석에서 숨죽이고 있었다는 뜻. 지금, 내가 그 무렵으로 돌아가려는 것을 예민하게 알아차리고 고개를 불쑥 내민 것이겠지.

―이런 곳에 온 게 잘못이지.

목소리는 계속 말을 걸어온다. 확실히 그 말이 맞다. 여기에 온 순간부터, 어린아이라도 기이한 분위기를 느꼈을 터. 엔주는 이야기를 듣기 전이라면 이탈을 허락한다고 했었다. 그래도 돌아가지 않았던 것은 소녀 본인이다. 그러나 한편으로, 그럼에도 도망갈 수 없는 이유가 소녀에게 있었다는 뜻인지도 모른다.

―꽤 녹슬었잖아? 낯익은 얼굴도 있어. 다른 놈들도 강해. 네 목숨을 지키는 것만도 벅찰 거다.

10년의 은둔을 거쳤기 때문인지, 물 만난 고기처럼, 목소리는 속삭임을 멈추지 않는다.

이 말도 맞다. 그것은 몸이라기보다, 마음 부분이 크다. 나는 상대의 과거, 둘러싼 상황을, 자연히 숙고하게끔 되었다. 지금 소녀에 관해서 생각해버리는 것처럼. 그러나 그것은 망설임을 낳고, 곧바로 죽음으로 이어진다는 것을 안다. 지금의 나는 전성기의 반 정도의 힘밖에 낼 수 없는 것 아닌가.

"알아."

강했던 무렵으로 한시라도 빨리 돌아가야만 한다. 나에게밖에 들리지 않는 목소리에, 망설임을 불식하려고 슈지로는 목소리를 내서 대답했다. 그때였다.

또, 목소리가 들렸다. 이것은 마음속에 숨어 있는 목소리와는 다른 종류의 것. 기억이라고 바꿔 말하는 편이 좋을지도 모른다. 과거에 분명히 들은 적이 있는 말이다. 그때의 광경까지 선명하게 되살아난다. 지금, 후추에서 괴로워하고 있을 아내의 목소리였다.

- 당신은 약해.

피에 젖은 검을 손에 들고 눈을 가늘게 뜨는 자신을 향해, 아내는, 시노는, 겁내지 않고 말했다. 찌는 듯이 더웠던 11년 전 여름, 이 교토에서의 일이다.

"남은 시간은 10이 되었습니다. 9, 8, 7…."

엔주는 큰소리로 숫자를 줄여간다. 허리의 칼자루에 손을 대는 자, 무기를 싼 천을 푸는 자, 모두가 마른침을 삼키며 시작의 순간을 기다리고 있다.

"시노…."

슈지로는 입 밖에 내 불러봤다.

설령 상금을 획득해 구한다고 해도, 다시 웃어줄까? 사실을 말하지 않는다고 해도, 아무것도 모르고 웃는 그녀의 얼굴을 나는 똑바로 쳐다볼 수가 있을까-?

"자, 시작합시다. 그럼 여러분, 도쿄에서… 아니, 그날 사라진 에도 (江戶. 도쿄의 옛 이름. 1868년까지 막부의 중심지였다)에서 기다리겠습니다!"

엔주가 두 손을 하늘을 향해 올리는 것처럼 하며 선언한다.

그와 동시에 경내에는 괴상한 소리, 그리고 벌써부터 핏줄기가 피어올랐다. 시작과 동시에 누군가가 벤 것이다. 고함소리가 오가고, 무수한 하얀 날이 화톳불의 불빛을 받아 황황히 빛났다.

그 광란 속에서 슈지로는 인파를 헤치고 똑바로 소녀 곁으로 달려갔다. 도중에 돌진하는 슈지로를 본 자가 검을 내리쳤다. 그것을 슈지로는 코앞에서 피했다.

남자가 놀라 눈을 크게 뜨더니, 이어질 반격을 겁내 얼굴이 굳는다. 그러나, 슈지로는 검을 뽑지도 않고 몸을 휙 돌려 그대로 옆을 빠져나가, 소녀에게로 급히 달려갔다.

바위처럼 건장한 남자가 검을 여덟 팔자 모양으로 겨누고 소녀에게 서서히 다가가는 것이었다. 남자의 얼굴에 연민의 빛이 떠오른 것은 짧은 한순간. 이런 곳에 오는 게 잘못이야, 내가 살기 위해서는 어쩔 수 없어, 라고, 아까의 나처럼 변명했을 것이다. 이를 꽉 악물고, 눈에 핏발이 선 채로 소녀에게 더욱 다가간다.

소녀는 어떻게 했냐 하면, 몸을 일으키고 작은 칼을 뽑아 겨누고 있었다. 다른 자들처럼 각오했다기보다, 살고자 하는 본능이 그렇게 시킨 것처럼 보였다. 자세를 보고 판단한 바로는, 소녀는 아무래도 일단은 무예를 익힌 것 같다. 그러나 다가가는 남자의 체격, 자세를 봐서는, 만에 하나도 승산은 없어 보였다.

"미안하군… 순식간이다. 참아줘!"

비통하다고도 할 수 있는 외침과 함께, 남자가 소녀를 향하여 검을 내리쳤다. 다음 순간, 높은 소리가 울렸다. 퍼뜩 놀라 숨을 멈추는 소녀. 앗, 하고 목소리를 내는 남자. 두 사람 사이에서 슈지로는 칼을 뺌과 동시에 내리쳐, 남자의 검을 막아낸 것이다.

"가로챌 셈인가!"

남자는 그를 향하여 검을 휘둘렀다. 벌어진 입은 화톳불의 불빛을 받아 깨진 석류처럼 탁한 붉은색이다. 몸을 펴고 공격을 피하면서, 슈지로는 대답했다.

"아직 어린아이다."

남자의 연속 공격을, 슈지로는 피하고, 받아넘겼다. 그러면서도 주위를 살핀다. 눈앞의 상대한테만 시선을 빼앗겨버리면, 그 틈에 뒤에서 찔리는 일도 있을 수 있다. 이미 경내는 아비규환의 소용돌이였다.

"나는 돈이 필요하단 말이다!"

휙 뛰어 물러서며, 남자는 비통한 외침과 함께 다시금 소녀에게 덤벼들었다. 이번에는 제때 막지 못한다. 그렇게 순간적으로 판단했을 때, 어두운 밤조차도 찢어발기는 것처럼, 슈지로의 검이, 폭발했다.

"큭…"

남자의 팔이 땅에 떨어진다. 비말이 피어올라 소녀의 뺨을 점점이 적실 때까지는 또렷하게 보였다. 남자는 극심한 고통을 견디지 못해 검을 놓쳤고, 자기 팔을 누르며 몸을 웅크렸다.

"이쪽으로!"

불렀지만, 소녀는 눈앞의 광경이 아직 믿을 수 없는 듯 넋을 놓고 있었다.

"죽고 싶은 건가?!"

슈지로는 소녀의 소매를 움켜잡고, 힘차게 잡아당겼다. 다음 순간, 몸부림치는 남자에게, 사방팔방에서 다른 자들이 덤벼들었다. 절규가 메아리치고, 또 덤벼든 자들끼리도 싸운다. 먹이를 빼앗으려는 메뚜기떼를 방불케 하는 광경이다.

"그, 그러지 마―."

제정신을 차린 소녀가 손을 뿌리쳤다. 슈지로는 거스르지 않고 손을 놔주고는, 짧게, 조용히 말했다.

"살려는 마음은 있는 건가?"

두 사람의 시선이 허공에서 얽힌다. 불과 한순간의 일이었을 테지만, 슈지로는 시간이 멈춰버린 것 같은 착각을 했다. 소녀의 눈에 순식간에 눈물이 차오르더니, 입술을 꽉 다물고 고개를 끄덕인다.

"살고 싶어…, 살아서 어머니를 구하고 싶어."

순간, 슈지로는 소녀의 손을 끌어당겼다. 또 소녀의 등 뒤에서 칼날이 덮친 것이다.

"나한테서 떨어지지 마."

좌우에서 끊임없이 쏟아지는 칼날을 한 손으로 쳐내면서, 슈지로는 소녀의 손을 잡고 달렸다. 간신히 혼전에서 빠져나왔을 때, 슈지로는 검을 칼집에 넣었다.

"왜 – ?"

"무예에 능통한 자는 무의식중에 칼날에 반응한다. 너도 빨리 집어넣어."

하얀 칼날을 시야 가장자리에 포착하면, 본능적으로 몸이 움직인다. 뛰어난 자객일수록 그런 경향이 강하다. 경내를 빠져나가기 위해서는, 또다시 검을 뽑아야 할 것이다. 그러나 그런 강자와는,

– 가능한 한 싸움은 피하고 싶다.

라는 것이 슈지로의 생각이었다. 소녀는 서둘러 작은 칼을 칼집에 넣었다. 달리면서 그것이 가능하다는 것은, 역시 다소나마 무예를 익혔다는 뜻이다.

"경내를 빠져나간다."

슈지로는 언제든지 뽑을 수 있게끔 칼자루에 손을 대면서 말했다.

"하지만…"

"나도 알아."

엔주는 경내를 빠져나갈 때까지 '2점'이 필요하다고 말했다. 그것은 결국,

– 누군가를 베지 않으면 안 된다.

라는 뜻이다.

필설로 다할 수 없는 지옥도 같은 광경 속을 달려나간다. 때때로 다

시 잡은 소녀의 손이 긴장하는 것을 느꼈다. 공포로 발이 멈추지 않도록, 슈지로는 애써 태연하게 물었다.

"이름은?"

"후타바(雙葉)…."

"그렇군. 같네."

"응?"

"사가 슈지로(愁二郎). 나도 두 이(二)자가 들어간다."(雙葉의 雙(쌍)은 둘을 하나로 묶어 세는 단위로 결국 둘이라는 뜻)

슈지로가 말하자, 아주 살짝 소녀의, 아니 후타바의 손에 힘이 들어갔다.

"다시 한번 말하지. 손을 놓을 일이 있을지도 모르지만, 그래도 내 옆에서 떨어지지 마. 도쿄까지는…."

"앗 -."

눈앞에서 남자가 머리에 칼이 꽂혀 무릎이 꺾이며 쓰러졌다. 그를 찌른 남자는 칼을 빼내더니 황급히 상대방 목에 건 끈을 자르고 목패를 빼갔다. 여기서부터는 계속 목패의, 목숨의,

"쟁탈전이다."

슈지로는 말을 잇고, 난투 사이를 빠져나가는 것처럼 달렸다. 망연자실해서 아직 상황을 다 파악하지 못하는 자가 있다. 상황을 파악했어도 아직은 서로 견제하고 있어서 군중 사이를 빠져나갈 틈새는 있다. 그러나 소수지만 남아 있던 길항도 이윽고 무너지고, 피 튀기는

사투가 펼쳐지겠지.

"죽이다니…."

"목패를 빼앗기면 실격. 다들 필사적이다."

"사가 님!"

후타바가 외쳤다. 40대 정도의 남자가 눈꼬리를 치켜 올리고, 검을 들고 이쪽으로 오고 있었다.

"응."

슈지로는 중얼거리더니, 검을 휘둘러 올려치는 남자의 겨드랑이에 끼워 넣는 것처럼 한 손을 뻗었다. 지점을 눌려 검이 빗나간다. 그 순간, 무릎을 배때기에 꽂았다. 남자가 앞으로 고꾸라졌을 때, 이어서 다리를 걸자, 모래 먼지를 피워올리며 얼굴부터 땅에 처박혔다. 곧바로 목에 건 끈에 손을 대더니 슈지로는 힘차게 당겨 끊었다.

"굉장해…."

눈을 동그랗게 뜨고 놀라는 후타바의 손을, 싸우는 동안에 단 한 번도 놓지 않았다.

"슈지로라고 부르면 돼. 이거."

슈지로는 발을 멈추지 않은 채로 후타바에게 목패를 넘겨줬다. 받아도 되는 건지 후타바가 당혹스러워하는 것을 느끼고, 슈지로는 거듭 말했다.

"하나 더 얻는다."

슈지로가 목패를 챙기는 것을 보지 못했을, 상투를 틀지 않은 산발

한 남자가,

"잡았다."

라고 외치면서, 슈지로가 쓰러뜨린 남자에게 달려가더니, 주저 없이 칼로 찔렀다. 산발 남자는 자기가 죽인 남자의 몸을 발로 차서 뒤집더니 목 주변을 더듬었다.

그러나, 다음 순간, 쇠지팡이가 소리를 내며 날아가 산발 남자의 얼굴을 강타했다. 이쪽은 탁발승처럼 보인다. 머리는 삐죽삐죽 제멋대로 자라나 밤송이 같았다.

"구해줬구나…."

"아니야."

뒤돌아보는 후타바의 손을 슈지로는 더욱 세게 잡아당겼다. 탁발승은 혈안이 되어 산발 남자의 목패를 잡아 뜯어냈다. 승려가 히죽 웃은 것도 잠시, 여러 명의 남자가 일제히 몰려든다. 맹수들한테 날고기를 던져넣은 것처럼, 탁발승의 모습이 매몰되었다.

"저거 봐! 어린애가 있다!"

피부가 검은 남자가 이쪽을 가리키며 부르짖었다.

"하나는 건졌네."

"남자 것도 합쳐서 두 개다."

가까이에 있던 두 녕이 비열한 웃음을 띤다.

– 역시 그렇게 되는 건가.

엔주는 총 292명이라고 말했었다.

목패의 숫자도 같은 수. 즉 '판'에는 292점이 존재하는 것이 된다. 후반전이 있다고는 말했지만, 전반전을 돌파해서 도쿄에 들어가기 위해 필요한 것은 30점. 최대 아홉 명이 그 권리를 얻게 된다. 결과적으로, 도쿄까지 여러 명이 협력해서 가는 일도 가능하다. 이것이 절묘한 길항을 유지하고 있다. 사실 슈지로와 후타바의 관계도 타인이 보기에는 그렇게 보일 것이다.

그리고 또 하나의 진리는,

– 약한 자부터 노린다.

라는 것이다. 참가자는 점수를 모아야만 하는데, 같은 1점이라면 약한 놈에게서 빼앗는 게 좋다. 설령 엄청난 강자가 있다고 해도, 그를 회피하며 30점을 모으는 것조차 가능한 것이다. 아까 슈지로가 강자와의 싸움을 피하고 싶다고 생각한 것은 그 때문이다.

"후타바, 허리띠를 잡아."

슈지로는 낮게 말하더니, 후타바의 손을 놓았다.

누구나 나름대로 실력이 있는 모양으로, 한꺼번에 상대하게 되면 검을 뽑지 않을 수가 없다. 후타바가 허리띠를 꽉 움켜잡는 감촉을 등으로 느끼면서, 슈지로는 천천히 칼자루에 손을 댔다.

"해볼 셈인가?"

세 명 중 한 명이 약간 놀란 얼굴을 보인다.

"등 뒤도 조심해라."

다른 남자가 검을 겨누면서 불안감을 부추긴다.

"괜찮아. 제대로 보고 있으니까."

"걱정 없어. 다 보여."

후타바와 슈지로의 목소리가 겹쳐졌다.

"건방지네. 일제히 덤벼든다 —."

공격태세를 갖춘 남자들이 동시에 앞으로 내딛으려던 그때, 슈지로는 시야 가장자리에 그림자를 포착했다. 그것은 두 개. 각각 남자들의 목으로 빨려 들어가는 것처럼 보였다. 길이는 5, 6촌의 쇠막대기. 이른바 봉수리검이라 불리는 물건이었다.

목에 맞은 남자 두 명은 신음을 발하며 무릎을 꺾는다.

"어….'

중얼거린 그 목소리가, 남은 한 명의 이번 생 최후의 말이 되었다. 질풍처럼 달려온 그림자가 등 뒤에서부터 단도로 목을 따버린 것이다.

슈지로가 칼자루를 쥔 손에 힘을 준 순간, 새로 나타난 남자는 손바닥을 활짝 펴 보였다.

"잠깐! 니랑은 안 싸운다."

심한 가미가타(현재의 간사이(관서) 지방. 교토를 중심으로 한 근방) 방언으로 황급히 말했다. 이 상황에서 믿으라는 게 이상하다. 슈지로가 검을 뽑지 않은 것은, 새로 등장한 남자에게 빈틈이 생기지 않았기 때문이었을 뿐이다.

"목패, 챙겨도 되나?"

신장 5척 8촌인 슈지로와 그리 차이 나지 않는 덩치 큰 남자다. 나이는 그와 비슷한 정도일까? 촘마게(일본식 상투)는 틀지 않았다. 이른바 잔기리(상투를 틀지 않고 가지런히 잘라서 산발한 머리). 마치 이렇게 될 것을 예상했던 것처럼, 기모노에 움직이기 쉬운 노라하카마(주로 넌자들이 입던 바지. 치마처럼 통이 넓은 일반 하카마와 달리 바짓단이 좁다), 각반, 종아리 보호대, 손등 보호대, 담배와 엽전 등을 넣는 가죽 주머니까지 허리에 찼다. 옷을 입은 상태로 봐도 상당히 단련된 몸이라는 것을 알 수 있었다.

슈지로는 경계심을 풀지 않은 채로 남자를 중심으로 원을 그리는 것처럼 옆을 빠져나가려고 했다.

"갑자기 베지 말랑께."

장난스럽게 웃으며, 널브러진 남자들의 목에서 목패를 수거한다.

"옜다."

남자는 목패 한 개를 던졌다. 거기에 손을 뻗은 순간 공격해올 것이다. 그렇게 생각하고 움직이지 않았다. 목패는 슈지로의 발밑에 떨어졌다.

"왜 안 챙기는겨?"

"챙기는 틈을 노리는 거겠지."

"뭔 소리고. 주겠다는 거구먼."

역시 금방은 믿기 힘들다. 한 개라도 더 많은 목패가 있어서 나쁠 것은 없는 것이다. 남자는 그의 의혹을 알아차린 모양으로, 쓴웃음 짓는다. 주변에서 고함과 호통, 기이한 목소리, 비명이 번갈아 가며 울렸다. 그사이에도 남자는 습격당하지 않도록, 그쪽으로도 제대로 주의를 기울이고 있다.

"유인해준 보답이구먼."

"받을 이유는…."

"아녀. 그쪽 아가씨한테… 말이여."

남자가 활짝 웃었다.

후타바가 이쪽을 쳐다봤고, 슈지로는 고개를 끄덕였다. 이상한 짓을 하면 벨 생각이다. 후타바는 살며시 목패를 집었다. 옆에서 보기에는 세 명이서 협력하는 것처럼 보이는 건지, 공격해오는 자는 없었다. 대신에 한 명, 약해 보이는 자부터 먹잇감이 되어갔다.

"그럼, 이만 가겠구먼."

"왜 준 거야?"

후타바의 물음에, 가려던 남자가 발을 멈췄다.

"세 개로 충분혀. 지금은 말이여."

자기 몫도 포함해서 3점만 있으면 제1관문인 덴류지를 빠져나가고, 더욱이 두 번째 관문인 세키까지는 통과할 수 있다. 그러나 최종적으로는 30점을 모아야만 하는 것이다. 거기까지 생각했을 때, 슈지로는 어떤 사실을 깨달았다.

"너무 많이 들고 다니는 것도 골치 아프다는 건가…."

"정답."

엔주는 도중에 다른 자의 점수도 가르쳐준다고 말했었다. 이른 단계에서 많은 목패를 지니면, 그자를 쓰러뜨려 단숨에 점수를 얻으려는 자가 반드시 나타난다. 적당한 점수를 갖는 것이 쓸데없이 노림당하지 않는 방법이겠지.

"게다가 니한테는 1점은 쉽겠지."

남자는 거만하게 웃었다. 아까부터 허리에 찬 가죽 주머니에서 손을 떼지 않는다. 상대방 또한 경계심을 풀지 않고 있는 것이다.

"후타바, 가자."

조금 전까지 정문으로 이어지는 길 앞에서, 7, 8명이 난투를 벌이고 있었다. 싸우면서 점차 장소가 옮겨지고, 길이 트이는 형태가 되어 간다.

"고마워! 이름은 - ."

슈지로가 손을 잡고 달려나가는 중에 후타바는 고개만 뒤로 돌려 물었다.

"교진."

"나는 후타바."

"잘해봐라. 후타바."

슈지로도 힐끔 돌아봤다.

교진이라 이름을 댄 남자는 쫓아올 기색도 없이 휙휙 손을 흔들고 있었다. 그 뒤에서 다른 남자가 덤벼든다. 한순간, 교진의 몸이 흔들린 것처럼 보였다. 그때는 이미 교진은 검을 빼앗아, 그것을 적의 배때기에 쑤셔박고 있었다. 놀랄 만큼 빠른 몸놀림이었다.

─몇 명인가 있다.

분명히 이채를 띤, 교진 같은 달인 말이다. 그런 자와 부딪치는 것은 피하고 싶다. 교진이 그랬던 것처럼, 다른 이들도 같은 생각을 하고 있을 것이 틀림없다.

하나로 죽 이어진 돌바닥 길을 달려가니 정문이 보였다. 이미 이 주변에서도 싸움이 벌어지고 있었다.

"빠져나간다. 갈 수 있겠어?"

"응…."

후타바는 숨을 가쁘게 몰아쉬기 시작했다.

그러나 다들 눈앞의 적에게 정신이 팔린 사이에, 단숨에 정문을 빠져나가고 싶었다. 육박전을 벌이다 밀려난 남자가 뒤로 넘어질 듯 비틀댔다. 슈지로는 그 등짝을 발로 차서 날려버리고 계속 뛰었다. 슈지로의 발에 차여 되돌아간 남자는, 정면에서 다가온 검을 맞고 절규한다. 후타바의 손에 힘이 들어가는 것을 느끼면서, 열심히 발을 움직였다.

"슈지로 씨, 저것!"

네 명의 남자들이 길옆에 있었다. 이 자리에서 협력 관계를 맺었다기보다는, 원래부터 동료들끼리 참가한 모양이나. 나이가 70은 되어 보이는 노인 한 명을 남자들이 에워싼 것처럼 몰려 있다.

"신경 쓰지 마."

"하지만, 도와주지 않으면!"

후타바가 손을 뿌리치려고 하는 것을, 슈지로는 허락하지 않았다.

"아니야. 저것은…."

슈지로가 말하려던 순간, 에워싸고 있던 남자 중 두 명의 목이 동시에 기울어졌다. 기울어짐은 멈추지 않고, 그대로 머리가 몸에서부터 미끄러져 내리더니, 둔탁한 소리가 울렸다. 남은 두 명은 굴러가는 머리를 눈으로 좇으며 경악하다가 공포에 얼굴을 굳히며 소리 질렀다.

"어…."

"저 영감은 상당해. 가자."

몸이 굳는 후타바의 귀에 대고 슈지로는 속삭이는 것처럼 말했다.

"나머지 2점 더, 주실까."

노인이 중얼거리는 것이 들렸다. 달빛이 굳어버린 것처럼 황황한 빛이 달린다. 한 명의 목을 찢고, 되돌리는 칼의 반동으로 또 한 명의 심장을 꿰뚫은 것이다. 노인은 재빨리 칼을 빼내더니, 시체가 되어버린 남자와 스쳐 지나치듯이 이쪽으로 내디디며, 눈을 가늘게 뜨면서 슈지로를 바라봤다.

"내 목패를 빼앗으려는 겐가?"

"아니, 그건 당신 것이다."

"흠… 단숨에 7점까지 챙겨둘까."

노인은 잡담이라도 하는 것처럼 느긋하게 말하더니, 입가의 깊은 주름을 손가락으로 훑었다. 손가락에 묻은 끈적한 피 때문에 뺨에 붉은 줄이 그어진다.

슈지로는 재빨리 왼발을 뒤로 빼고 허리를 낮췄다. 노인은 입꼬리를 올리더니 요사스러운 웃음을 띠웠다.

"이건 안 되겠네. 손가락 한두 개, 자칫하다간 팔 한쪽은 잘려나갈 것 같군."

"빨리 그 목패를 챙기지 않아도 되겠나? 그러다 빼앗긴다."

슈지로는 후타바를 밀면서 조금씩 뒷걸음질 쳤다.

"흠흠. 그렇게 하지."

노인은 흥이 식은 것처럼 몸을 돌리더니, 칼끝으로 목패를 잡아챘다. 그것을 지켜보고 나서 다시금 정문을 향하여 뛰기 시작했다.

"저렇게 셀 줄은."

"괴물투성이다."

교진도 그렇고, 저 노인도 그렇고, 어디에나 있는 차원의 실력이 아니다. 더욱이 엔주를 지키던 남자도 마찬가지다.

―게다가 그 녀석도 있었다.

엔주가 이야기할 때, 제일 앞줄 옆에 낯익은 남자가 있었다. 상대방도 이쪽을 눈치챘고, 시선이 허공에서 맞부딪쳤던 것이다. 그 남자의 실력을 슈지로는 너무나 잘 알고 있다.

마치 수십 마리의 작은 새들이 지저귀는 것처럼, 등 뒤에서부터 금속음이 끊임없이 들린다. 정문에는 엔주의 수하로 보이는 복면 쓴 자들이 열 명. 그중에는 창을 든 자도 있다. 그 몸놀림을 보니 각각 상당히 강하다는 것을 알 수 있었다. 경내를 나가려는 자들의 목패를 확인하는 모양이다.

"싫어! 내보내줘—."

목패를 얻지 못했지만, 도망치고 싶다고 호소하는 것이겠지. 당연히 받아들여질 리가 없다. 남자는 막무가내로 도망치려고 했으나, 그 등을 복면 쓴 자의 창이 깊이 관통했다.

나가려던 슈지로 앞에도 복면 쓴 남자가 막아섰다.

"슈지로 씨."

후타바가 목패 한 개를 내밀어, 슈지로는 그것을 받았다.

각자 목에 건 것을 제외한 목패를 보여주자,

"됐다."

라고, 복면 쓴 남자는 응답하고 비켜준다.

"좋은 여행이 되기를."

천에 가려져 보이지는 않지만, 그렇게 말하며 배웅해주는 남자는 웃고 있는 것 같은 느낌이 들었다. 슈지로는 정문을 힘차게 통과해 망설임 없이 오른쪽으로 꺾어졌다.

도카이도를 올라가 도쿄로 가기 위해서는, 우선 라쿠추를 가로질러야 한다. 가쓰라가와를 따라 동쪽으로 가서, 가타비라 십자로를 거쳐 라쿠추로 들어가는 것이 최단거리이기 때문에, 대부분은 그 경로를 택할 것이다. 그러나 누군가 잠복하고 있을 수도 있고, 또 뒤에서 공격당할 가능성도 높다.

그 반전을 노려, 일단 가쓰라가와를 건너 마쓰오 신사 주변까지 남하한다. 그 후에 다시 강을 건너 라쿠추로 향하는 것을 슈지로는 생각하고 있었다. 이런 난전에서, 게다가 강자가 습격해오면, 후타바를 지켜낼 자신은 없었다.

"기다려줘요! 나 혼자 두지 마!"

일이 시작되기 전에 이야기를 나눴던 남자, 구 가가번번사인 다치카와 고에몬이다. 이마에서 땀을 폭포처럼 흘리며, 뺨에서는 피가 흐르고 있다. 거의 기다시피 해서 도망쳐온 듯한 행색이었다.

"다가오지 마."

슈지로는 낮은 목소리로 제지했다. 경내에서 나왔다는 것은, 고에몬 또한 누군가에게서 목패를 빼앗았다는 사실을 의미한다.

"저, 저는 죽이거나 하지 않았어요. 서로 싸우다 같이 죽은 자한테서 목패를 얻어…."

고에몬은 필사적으로 변명했다. 눈앞에서 두 명의 남자가 싸웠다. 서로의 칼날이 명중해서 두 사람은 거의 동시에 절명. 그중 한 명의 목에서 간신히 목패를 뜯어내어 도망쳤다고 빠른 말로 설명했다.

"믿을 거라고 생각하나?"

"이번에는 어떻게 해결되었지만… 앞으로 혼자서 살아남을 수 있다고는 생각할 수 없습니다. 부탁입니다. 부디 함께… 부탁드립니다."

고에몬은 애원하는 것처럼 몇 번이나 고개를 숙였다. 슈지로가 무시하고 가려고 했는데, 후타바가 발을 멈추고 올려다본다.

"슈지로 씨…."

여러 가지 일들이 머리를 스쳐갔다. 그와 후타바도 아직 서로에 대해 아무것도 모르는 것이다. 고에몬 역시 마찬가지라고 후타바가 생각한다 해도 아무것도 이상할 것 없다. 또 한가지, 그것 말고도 이유가 있었다. 그것을 생각한 슈지로는,

"알겠다."

라고 짧게 대답했다. 슈지로가 다가오는 것을 허락하자, 고에몬은 숨을 몰아쉬면서 뛰어왔다.

"감사합니다. 도대체 뭘까요? 이건…."

"발을 멈추지 마."

슈지로는 턱짓으로 가리켰다. 정문에서 새로 그림자가 튀어나왔다. 그림자는 왼쪽으로 꺾어졌으나, 다음은 이쪽으로 올지도 모른다. 그렇게 되면 또 싸움은 피할 수 없을 것이다.

"앞에서 걸어. 이미 절을 나온 자가 잠복하고 있을지도 모른다."

이쪽의 경로를 택하는 자는 적을지도 모르지만, 그런 반전을 노리려는 자가 없을 거라고는 볼 수 없으니 방심은 할 수 없다.

"그럴 수가—."

"후타바… 여자애를 앞에 가게 할 수는 없잖아."

슈지로가 말하자, 고에몬은 내키지 않아 하면서도 받아들였다.

"기습에 대비하고 싶다. 혼자서 뛸 수 있나?"

묻자, 후타바는 고개를 끄덕였다.

고에몬, 그보다 몇 걸음 뒤에 슈지로, 그 뒤에 후타바가 딱 달라붙어, 세 사람은 종종걸음으로 걸었다.

한동안 걸어가니 가쓰라가와가 보였다. 달빛을 받은 수면은, 그을린 은을 흩뿌려놓은 것처럼 무디게 빛나고 있었다. 이어서 유명한 도게쓰교도 보인다. 이 다리를 건너올 때는, 이런 사태가 될 줄은 생각지도 못했다. 그것은 슈지로뿐만 아니라, 덴류지 경내에 있던 모두가 그랬을 것이다. 다리에 접어들었을 때, 고에몬은 목소리를 쥐어짜내는 것처럼 말했다.

"왜 이런 일이…."

"몰라. 뭔가 꿍꿍이가 있는 거겠지. 우리는 큰돈에 낚였다는 거다."

"그놈들은 정체가 뭘까요?"

고에몬은 외치는 것처럼 말했다.

"그것도 모른다."

"차라리 다 같이 협력해서 그놈들을 쓰러뜨리고—."

"무리다."

그렇게 생각하는 데는 세 가지 이유가 있다.

첫 번째는, 엔주 주변을 둘러싼 남자들이 상당한 실력자라는 것. 그 중에서도 안도를 벤 남자의 실력은 두드러졌다. 지금의 내가 도전한다고 해도 이길 가능성은 희박하겠지. 게다가 그런 달인이, 그말고도 더 있을지도 모르는 것이다.

두 번째는, 신문 사건부터 시작해서 이 정도로 대규모의 일을 벌인다면, 배후에는 상당한 거물이 버티고 있는 것이다. 엔주는 하수인에 불과할테고, 그를 해치운다고 해도 사태가 수습될 거라고는 생각할 수 없었다.

그리고 마지막 한 가지 이유로,

"아무도 응하지 않겠지."

슈지로는 조용히 중얼거렸다.

모인 자는 모두가 돈에 굶주린 맹수 같은 눈을 한 자들뿐이었다. 주최측에 거역하면 돈은 받을 수 없다. 그렇다면 엔주가 말하는 '고독'에 참가하는 것을 선택하겠지.

슈지로가 담담히 말하는 동안에, 도게쓰교 한가운데까지 도착했다.

"그렇지요… 웃."

고에몬은 발을 멈추고 몸을 웅크렸다.

"왜 그래?"

"발차기를 맞은 배가…"

"괜찮아?"

후타바가 달려가려고 하는 것을 손으로 막고, 슈지로가 그 옆으로 걸어갔다.

"아픈가?"

"조금… 금방 나을 거다!"

고에몬이 포효하고, 슈지로의 눈앞에 섬광이 번쩍였다. 고에몬이 웅크린 몸을 뒤틀어 검을 뽑음과 동시에 휘두른 것이다. 광기와 교만함이 뒤섞인 고에몬의 얼굴이 순식간에 굳었다. 슈지로도 순간적으로 발도하여 기습을 막아낸 것이었다.

"그럴 테지."

"말도 안 돼─."

이 사정거리까지 유인했는데 해치우지 못했다는 사실을 믿을 수 없다는 듯한 기색. 경악하는 고에몬의 얼굴에는 그렇게 쓰여 있다. 검을 튕겨내자, 고에몬은 황급히 애원하는 것처럼 말했다.

"자, 잠깐만! 착란을 일으켰다."

거짓 웃음을 띤 고에몬의 시선이 힐끔 움직였다. 그 끝에는 후타바가 있었다. 무슨 생각을 하는 것인지 뻔히 보여서, 뱃속에서부터 분노가 솟구쳐 올라왔다.

"후타바, 잘 보고 있어."

슈지로는 옆눈으로 후타바를 봤다. 눈앞의 상황을 어떻게 이해하고 있는 건지, 당혹스러운 섯 같았다. 고에몬을 일행에 넣어준 또 하나의 이유는 여기에 있었다. 처음부터 이렇게 될 것도 상정하고 있었다. 우려가 사실이 된다고 해도, 앞으로의 긴 여정에서 후타바가 가장 경계해야 할 일을 가르쳐줄 수 있다고 생각한 것이다.

"슈지로 씨…."

입을 벌리는 후타바에게, 고에몬이 바닥을 박차고 덤벼들었다. 슈지로는 밤바람에 올라탄 것처럼, 흐르는 것처럼 손을 움직였다.

"끅…."

고에몬은 검을 내던지고 두 손으로 목을 눌렀다. 그 손가락 사이에서 빨간 것이 흘러나와 순식간에 손을 물들였다.

고에몬은 비틀거리며 뒷걸음질 치다가 다리 난간에 몸을 걸쳤다. 슈지로는 말없이 다가간다. 그때, 눈을 번쩍 뜨더니 맨손으로 덤벼든 고에몬에게, 슈지로는 왼손으로 턱에 손바닥 치기를 날렸다.

"어떻게 생각했는지는 모르겠으나… 나는 선인은 아니다."

눈에 탁한 죽음의 빛이 떠오르기 시작한 고에몬, 경악하는 후타바, 두 사람을 향해 말했다.

"이제 충분-."

후타바가 말리려고 했다. 그쪽에 정신이 팔린 한순간, 고에몬은 크게 뒤로 점프해서 도망치려고 했다. 그러나 힘 조절에 실패해, 난간을 넘어가 다리 밑으로 거꾸로 곤두박질치며 떨어졌다.

커다란 물소리가 들리고, 밤의 강 수면에 파문이 일었다. 그 후 고에몬은 다시 떠오르지 않았다. 잠수하여 시체에서 목패를 챙기는 것도 생각했지만, 사람들 눈에 띄는 일은 피하고 싶다. 슈지로는 포기하고 검을 칼집에 넣더니 천천히 몸을 돌렸다.

"후타바, 각오를 해. 살아남기 위해서는…."

눈에 물기가 차오르는 후타바를 보고 있노라니 그 뒷말은 나오지 않았다. 후타바는 어리석지 않다. 말하지 않아도 이해한다. 단지, 이 정신없이 돌아가는 상황에 미처 따라가지 못하고 있을 뿐이다.

슈지로가 한 걸음 내딛자, 후타바는 아주 약간 뒷걸음질 쳤다. 슈지로도 발을 멈추고 그 이상 다가가려고는 하지 않았다.

아주 잠시. 두 사람 사이에 생겨난 무언의 틈새를, 강물이 흐르는 소리가 메운다. 후타바는 입술을 꼭 다물고 강한 눈빛을 향하더니, 이쪽으로 걸어오기 시작했다.

슈지로는 아무 말도 하지 않는다. 후타바도 역시 아무 말도 하지 않는다. 긴 여행이 될 것이다. 그것은 도카이도의 여정이 길다는 단순한 의미뿐만이 아니다. 그보다도 더, 도쿄가 한없이 머나먼 장소로 느껴졌다.

도게쓰교를 다 건너자, 슈지로와 후타바는 어둠 속으로 녹아드는 것처럼 걸음을 옮겼다.

다리를 건너 동쪽으로 걸어갔다. 사이인을 지나쳐 오미야, 가라스

마에 다다랐을 때, 그제야 걸음을 늦추며 슈지로는 말했다.

"여기에서 아침까지 지낸다. 묵을 만한 곳이 있어."

"더 걸을 수 있어."

후타바로서는, 조금이라도 더 참극의 장소에서 멀어지고 싶은 것이리라. 그러나 그것은 이룰 수 없는 바람이다. 맹수들도 도쿄로 가는 한, 참극 그 자체가 쫓아와서 달라붙는다.

"그래도."

"잠복해 있을지도."

"감안하고 있다."

여기까지 슈지로는 이 '고독'에 관해서, 생각할 수 있는 일을 상정하면서 걸어왔다.

우선, 빨리 가서 나쁠 것 없다는 것은 분명하다. 그렇게 하면, 자기들보다도 앞서가는 적은 적어, 후타바가 말한 것처럼 누군가 잠복하고 있을 위험이 적어진다. 그러나 그저 빨리 가기만 하면 되는 게 아니라, 목패를 빼앗지 않으면 통과할 수 없다. 선두 집단에서는 치열한 싸움이 벌어지고 있겠지.

반대로 제일 뒤에서 가는 방법도 있다. 이것은 뒤에서 습격받는 것을 피할 수 있다는 이점은 있다. 단, 최악의 경우, 점수를 빼앗을 상대가 없어져, 점수를 확인하는 관문 역참(국가가 설치한 교통·통신 시설. 공문서 전달, 운송, 숙박 등을 담당한 공공 기관으로 주변에 역참 마을이 형성되었다)을 통과할 수 없게 되어버릴지도 모른다. 그렇게 되면 사실상 탈락을 의미한다. 엔주의 말투로 추측하건대, 탈락해도 무사히 집으로 돌아갈 수 있을 거라는 보장은 없다.

"아무튼, 장기전이 될 거다. 이 틈에 몸을 쉬게 한다."

투쟁을 펼치면서 도쿄를 향한다. 각자 경찰도 조심해야 한다. 체포당하면 그 또한 탈락은 필연적이다. 그렇다면, 싸워야만 한다면, 눈에 띄는 한낮보다는 모두가 잠든 밤이 좋다. 더욱이 사람들 눈이 많은 역 참보다는, 인적이 드물고 한산한 가도나 샛길이 바람직하겠지.

이제부터 도쿄까지의 과정에서 라쿠추만큼 사람들이 많은 장소는 없다고 해도 좋을 것이다. 심야이긴 해도, 절규가 퍼지면 인근 주민들이 튀어나온다. 그러면 경찰에 통보하는 자도 분명히 있을 것이다. 즉, 교토에서는 더는 무턱대고 싸우는 건 피하고, 지금 이 틈에 휴식을 취해두고, 앞으로의 일을 찬찬히 생각하고 싶었다.

"게다가 너에 관해서도 들어두고 싶다."

슈지로가 말하자, 후타바는 고개를 끄덕였다.

어쩌다 보니 여기까지 데려오긴 했지만, 엄마를 위해 참가했다는 것 말고는 자세한 것은 아무것도 모르는 것이다.

다카쿠라 거리를 조금 올라간 곳에 '아자미야'라는 작은 여관이 있었다. 슈지로는 주위를 살피면서 아자미야의 문을 두드렸다. 잠시 후에 안에서 인기척이 났다. 강도는 아닌지 살펴보는 것일까?

시대는 메이지로 바뀌어 새로워졌으나, 세상은 그리 변하지 않았다. 오히려 신센구미 등이 단속하던 무렵보다 치안은 악화했다고도 할 수 있다.

"구라마에서 왔소."

슈지로가 안쪽을 향해 말하자, 빗장을 여는 소리가 들렸다.

"구라마? 아라시야마가 아니라…?"

"괜찮아."

어리둥절해하는 후타바에게 말했을 때, 문이 살며시 열렸다. 거기에 서 있는 것이 사용인이 아니라, 슈지로가 만나려는 사람이었기 때문에 안도했다.

"사, 사가 님?!"

슈지로는 입에 손가락을 대고, 쉿 하고 날카롭게 숨을 뱉어냈다.

"미안하네. 야베 씨."

"설마 했는데… 이게 몇 년 만인지."

메이지 유신 이후로는 한 번도 만나지 못했으니까, 분명 11년 만이겠지. 그 무렵에는 이따금 이 아자미야에 왔었다. 덴류지로 갈 때, 근처에 사는 사람에게 아자미야는 아직도 영업을 하고 있으며 주인도 건재하다는 것을 들었지만, 방문하지는 않았던 것이다.

슈지로가 좌우를 확인하는 것을 보고 야베는 사정을 짐작한 모양으로, 한순간에 차분한 얼굴이 되었다.

"들어오시죠."

"고맙네."

먼저 후타바를 들여보내고 슈지로도 안으로 들어갔다.

"강제 구인 당하게 된 건… 아닌 모양이구먼요."

야베는 문단속을 하더니 작은 목소리로 말했다. 여전한 교토 사투리였다.

"음. 그건 아니야."

"2층으로."

야베의 안내로 2층 제일 구석방으로 들어갔다. 손님은 한 팀뿐인 모양으로, 일 때문에 요 3일 정도 머물고 있다고 한다. '고독'과는 관계없겠지.

"시장하시지는 않습니까요? 잠시 후에 하녀를 깨워서 차리게 하겠습니다."

"하나부터 열까지 다 고맙네."

"쫓기고 있는 건가요…?"

야베는 이불을 깔면서 물었다.

"그것에 가까워."

"역시. 여기에 오셨다는 건, 그런 뜻인가 하고."

13년 전부터 2년 정도, 슈지로는 라쿠추에 체재했었다. 이 아자미야는 그때 이용하던 여관이다.

"자세한 이야기는 할 수 없네."

엔주는 타인에게 일절 발설하지 말라고 했다. 탈락하게 되는 것도 문제지만, 야베에게 누를 끼칠 것을 염려했다.

"상관없습니다요. 옛날부터 그러셨죠. 우선 쉬십쇼. 식사 준비가 끝나면 말씀드리겠습니다."

야베는 그렇게 말하고 미소짓더니 방에서 나갔다. 이 광경도 11년 만이다. 시간을 뛰어넘어 되돌아온 것 같은 착각에 휩싸였다.

"자, 그럼… 잘까?"

후타바의 눈꺼풀이 축 늘어져 있다. 안도감에서인지 졸음이 엄습해 온 것이겠지.

"괜찮아. 나도 이야기하고 싶어."

후타바가 몰래 자기 허벅지를 꼬집는 것을 보고 슈지로는 자기도 모르게 슬며시 웃음을 지었다.

"그럼, 먼저 목패를 보여주지 않겠어? 나는 108이다."

슈지로는 가슴에서 목패를 꺼내 보였다.

"자요. 저는 120이에요."

"그렇군."

그리고 새로 빼앗은 두 개의 목패를 봤다. 그가 덴류지에서 빼앗은 목패는 '칠십육'이고, 교진이 넘겨준 목패에는 '이백 삼십 오'라고 각인되어 있다. 역시 엔주가 한 말에 거짓은 없는 모양으로, 각기 다른 번호가 적혀 있는 것 같다. 이해 못 할 일들의 연속이라서 더욱, 이렇게 하나씩 정보를 확인하고 싶었다.

"그래서, 어디에서 왔지?"

슈지로는 자기 목패를 품속에 다시 넣으며 물었다.

"저는 단바… 가메오카에서 왔습니다."

후타바가 무릎을 꿇더니 격식을 차린 말투로 말하기 시작했다.

"가메오카라면… 가메야마 말인가?"

슈지로가 바로 알아듣지 못했던 것은 이유가 있다. 메이지 2년에 단바의 가메야마는, 이세에 있는 같은 지명과의 혼동을 피하고자 이름을 가메오카라고 바꿨다. 그 무렵에는 슈지로는 이미 교토를 떠났었고, 듣기는 했지만, 아직 낯선 명칭이었다.

"네. 아버지는 구 가메야마번사로 가쓰키 에이타로라고 합니다."

가메야마번이라고 하면, 가타노 하라마쓰다이라 가문 가신의 영지다. 가메야마번은 친막부 성향이 강했으나, 도바·후시미 전투(1868년 교토 남부에서 일어난 전투로 보신 전쟁의 서전이 되었다)에서 막부군이 패하자, 신 정부군의 압력에 굴했다. 그 이후는 신 정부군의 동쪽 원정에도 따라갔다.

이 번에는 덴도류(天道流)라는 유명한 무술 유파가 있다. 전국시대 사이토 덴키보라는 자가 창시한 덴류의 흐름을 이은 유파로, 검술 외에도 단도술, 이도단도술, 더욱이 언월도술, 사슬낫술, 장술 등 온갖 기술이 있다. 후타바의 아버지인 에이타로는 그 덴도류의 무예 지도자 중 한 명이었다.

"네 단검은 덴도류인가?"

야베가 나간 후, 후타바는 품에서 단검을 꺼내 베갯맡에 놓았다.

"네. 아버지께 배웠습니다."

유신 후 가메야마번은 가메오카현이라고 이름을 바꾸고 무사는 사족이 되었다. 그러나, 그들 전원이 관직에 앉은 것은 아니었다. 에이타로도 시대에 뒤떨어진 무술밖에 못 하는 사내라고 업신여김을 당하고 현의 관직에서 제외되었다고 한다.

에이타로는 옛 주인에게서 받은 얼마 되지 않는 돈으로 농지를 사서, 아내와 어린 후타바와 함께 귀농하기로 했다. 처음에는 익숙하지 못한 일이라 밭일도 뜻대로 되지 않았다고 한다.

"하지만 재작년에 아버지는 마침내 관리로 등용되셨습니다."

등용된 직함은 순사. 즉, 덴류지에서 죽은 안도와 같은 경찰관이다. 빈곤에서 탈출할 수 있다는 것도 있지만, 이로써 나라를 위해 일할 수 있다며 에이타로는 뛸 듯이 기뻐했다고 한다. 후타바도, 어머니도, 그런 에이타로의 모습을 보고 기뻐서 어쩔 줄 몰랐다고 한다.

"왜 갑자기…?"

슈지로는 의아했다. 비록 순사라고는 해도, 관리 자리는 수가 적다. 그 자리에 앉기 위해 뇌물이 오가는 일도 횡행했고, 부유한 자가 돈으로 차남, 삼남을 관직에 앉히는 일도 더러 있었던 것이다. 가쓰키 가문은 유복해 보이지는 않고, 또 이야기를 들어본 바로는, 에이타로는 그런 성격의 남자라고도 생각할 수 없었다.

"아버님은 지금은 무슨 일을?"

슈지로가 묻자, 후타바의 얼굴에 그늘이 드리워졌다.

"작년에… 돌아가셨습니다."

"세이난 전쟁에서인가?"

"네."

그래서 슈지로는 모든 것을 알아차렸다. 작년에 일어난, 세이난 다카모리가 대장이 되어 구 사쓰마번사를 중심으로 한 대규모 반란이다. 메이지 정부는 평민들 중에서 징병한 군을 보냈다. 이미 검 같은 것은 과거의 유물이고, 시대의 중심은 총이나 포. 다루는 법만 습득하면, 평민 출신 병사라도 간단히 그들을 진압할 수 있다고 정부는 생각했다.

그러나 그 계산은 크게 빗나갔다. 총구를 들이대도 두려워하지 않고 돌진하는 사족들을 보고, 첫 실전에 나섰던 평민 병사는 겁을 집어먹고 조준을 실패하는 자가 속출. 급기야 총을 내던지고 도망치는 자까지 나온 것이다.

사태를 심각하게 받아들인 정부군은, 대부분이 사족 출신인 경찰조직 안에서 특히 검술이 뛰어난 자를 선발했다. 그들에게 경시대라는 이름을 붙이고, 평민 총병을 호위하며 적의 공격 부대와 격전을 벌였다. 문명개화를 부르짖는 시대에 전국시대의 망령이 나타난 것 같은 광경. 무사가, 검이, 마지막 불꽃을 피워올린 것 같았다고 한다.

경시대 대부분은 도쿄 경시본서 사람들. 그러나 그 성질상, 인원을 모으느라 상당히 고생했기 때문에, 지방 경찰조직에서도 뜻 있는 자가 있으면 추천하도록 했다. 가메오카 현에서도 추천하여 두 명을 보냈다. 그중 한 사람이,

"제 아버지입니다."

후타바는 조용히 말했다.

에이타로는 경시대 중에서도 특필할 만한 실력이었기 때문에 큰 활약을 한 모양이었다. 그뿐 아니라, 평민 병사에게도 차별 없이 대했고, 항상 다정하게 격려하여, 매우 평판이 좋았다고 한다.

그런 에이타로의 죽음은 한순간의 일이었다고 한다. 한 전장에서, 맞서는 반란군 중에 맹위를 떨친 검사가 있었다. 그 검사의 강함은 보통이 아니었고, 에이타로의 동료인 경시대원들도 눈 깜짝할 사이에 몇 명이나 쓰러졌다.

적의 검사는 기성을 지르며 총병에게 돌진해왔다. 평민 출신 총병은 그 기백에 압도되어, 마치 뱀 앞의 개구리처럼 위축해버렸다. 그때 에이타로는 아군을 지키려고 검사에게 정면으로 도전했다.

그러나, 적의 강렬한 일격을 받고 검이 부러졌고, 그대로 칼날을 머리에 맞았다. 즉사였다고 한다. 그 사실을 에이타로가 평소에 잘해줬던 병사가, 굳이 가메오카까지 전해주러 왔었다고 한다. 한편, 메이지 정부로부터는,

"종이 한 장뿐."

전사를 알리는 통지를 보내왔을 뿐이었다고 한다. 에이타로의 유골은 고사하고, 머리카락조차 없었다고 한다. 현으로부터는 위로금이 나왔으나, 쥐꼬리만큼. 가장을 잃은 가쓰키 가문은 순식간에 빈곤해졌다. 아버지가 순사가 되기 전에 받았던 손바닥만 한 전답이 있었으나, 남자 일손이 없기 때문에 제대로 농사를 지을 수도 없었다. 아버

지를 잃고 기운이 빠진 어머니였는데, 더욱이 엎친 데 덮친 격으로 병까지 얻어 쓰러져버렸다.

"그것이 15일 전 일입니다."

지금, 이 나라를 석권하려는 병 이름이 제일 먼저 뇌리를 스쳤다.

"고로리(虎狼痢)인가?"

"네…."

해외에서 들어왔다는 병으로, 서양인은 콜레라라고 부른다. 이 나라에서는 사람이 고로리(맥없이 덜컥) 죽어버린다고 해서, 그렇게 부르게 되었다.

처음 맹위를 떨친 것은 분세이(文政, 1818~1831년) 무렵이라고 하니까, 지금으로부터 50년도 더 전의 일이다. 이 고로리는 메이지에 들어선 이후로 몇 번이나 유행하기를 반복했다. 그중에서도 작년 가을은 엄청나게 맹위를 떨쳤다. 올해 봄까지에 걸쳐 기세가 다소 수그러들기는 했으나, 또다시 서서히 퍼지고 있다. 이대로 가면 올가을에는 작년처럼, 아니, 작년보다 더 많은 목숨을 빼앗길 수 있다고 한다.

"고로리는 위험한 병이지만, 치료할 방법은 있다."

슈지로는 다른 이들보다 이 병에 관해서 잘 안다. 막말 무렵부터 아주 드물기는 하지만, 여자 의사가 나오기 시작했다. 숫자는 남자에 비하면 천 명에 한 명꼴 정도일 것이다. 슈지로의 아내가 바로 그, 매우 드문 여자 의사인 것이다.

"네. 의사 선생님에게서 들었습니다. 쉬지 않고 소금과 설탕을 섞은

물을 마시게 할 것…."

"그렇다. 아침부터 밤까지 계속 마시는 것이 바람직하다. 음식은 죽 정도가 한계겠지."

그래도 낫는다는 보장은 없다. 단, 그 물을 끊임없이 마시다 보면, 나을 가능성은 몇 배로 뛰어 올라간다.

"논밭을 판 돈을 전부 설탕과 소금, 쌀로 바꿨습니다. 그래도 상당히 부족합니다."

"음. 벌린 입이 다물어지지 않을 정도로 가격이 폭등하고 있다."

작년의 세이난 전쟁은 무시무시할 정도의 물가 상승을 세상에 초래했다. 게다가 고로리에 설탕과 소금이 유효하다고 점차 알려지기 시작하자 사재기가 빈번했고, 가격이 천정부지로 솟구쳤다. 3년 전과 비교하면 쌀은 다섯 배, 소금은 열 배, 설탕에 이르러서는 스무 배 정도까지 오른 것이다.

"이제 집에 돈은 없습니다…. 약 한 달 남짓 후면 설탕도, 소금도 바닥납니다."

고로리의 무서운 점은, 고비를 넘겼다고 해도, 거기서 방심하면 단숨에 도져서 죽음에 이를 수 있다는 것. 안심하고 설탕과 소금을 줄였다가 순식간에 죽어버린 자도 봤다.

전답을 팔아버렸다면, 이제 돈을 빌려주는 자도 없을 것이다. 설령 병을 이겨낸다고 해도, 모녀가 함께 굶어 죽는 것을 기다리는 것뿐이다.

"그래서 참가한 건가?"

"네…. 올해 초, 교토에서 신문이 배포되었다고, 가메오카에 온 상인에게서 들었습니다."

"교토에도 퍼졌었나?"

이것으로 슈지로가 아는 한에서만도, 도쿄, 가나자와, 교토에서 '호코쿠 신문'이 배포된 것이다. 분명 큰 도시에서는 전부 돈 것 아닐까?

"슈지로 씨는 왜…?"

후타바는 조심스럽게 물었다.

"나도 마찬가지다."

"고로리?"

"그래. 아내와 아이가."

후타바는 약간 놀란 것 같은 얼굴이 되었다. 고로리의 확산은 엄청났고, 지금 일본에서는 다섯 명에 한 명꼴 이상으로 감염되었다고 들었다. 이 흉악한 병과 관련되어 참가를 결정한 자도 많지 않을까?

"그러나 그밖에도 구해야만 할 자들이 있다."

"얼마나?"

"숫자는 자릿수가 달라질 정도로 많아. 49인이다."

"그렇게나…."

"아내는 부친이 의사였기 때문에 의학은 잘 알았어. 유신 후부터 가나가와현의 후추에서, 여자로는 드물게 동네 의사를 하고 있다."

슈지로가 사는 후추에서도 고로리는 맹위를 떨치고 있었다. 아내는 그것을 무료로 진료해줄 뿐만이 아니라, 사비를 털어 치료를 해주고 싶다고 의논해왔다.

슈지로도 군말 없이 찬성했고, 둘이서 집락 사람들을 돌봤다. 그러나 모아뒀던 돈이 순식간에 줄어들어 돈을 마련해야만 하게 되었을 때, 마침내 아내와 아이도 고로리에 감염되어 쓰러진 것이다.

"다들 어린아이부터 우선시해주고 있지만… 어차피 돈이 떨어지면 끝이다."

"몇 살?"

"일곱 살 사내아이다. 후타바는 몇 살이지?"

"열두 살입니다."

슈지로는 억지로 약간 웃어 보였다.

"그 말투는 숨이 막힌다. 아까처럼 말해도 돼."

후타바는 철이 들 무렵부터 농촌에서 자란 것이다. 평소에는 놀이 상대도 농민 아이들뿐이었으니 늘 아까까지처럼 반말을 했겠지. 진지한 이야기를 하는 자리라서 갑자기 부모의 가르침을 떠올린 것일까?

"응… 알았어."

"긴 여행이 될 거다. 앞으로의 일은 생각해두겠다. 우선은 자."

턱짓을 하며 가리키자, 후타바는 이불 속으로 들어갔다.

슈지로는 검을 품에 끌어안고 벽에 기대고 앉았다. 이제부터 한 달은 이렇게 자게 되겠지. 아무리 아자미야라고는 해도 방심은 할 수 없다.

목패는 덴류지에서 빼앗은 것과, 교진이라고 한 남자한테 받은 것, 두 개. 제2관문인 세키를 통과하려면 3점이 필요하다. 두 개를 후타바에게 넘겨준다고 치면, 슈지로가 통과하려면 2점이 부족하니 이것을 어떻게든 해결해야만 한다. 그것은 즉,

 - 한 명 죽인다.

라는 뜻이다.

이미 덴류지에서 3점을 얻은 자 이외는 호시탐탐 목패를 노리고 있겠지. 이제부터는 적을 찾아내기도 제법 어렵다.

 - 스즈카 고개는 위험하다.

도카이도를 앞서간 자가 세키보다 조금 앞에서 잠복하고 있을 것이 예상된다. 참가자는 반드시 통과해야만 하고, 더욱이 그 주변은 꽤 험준한 산길이 이어진다. 노리기에는 절호의 장소일 것이다.

후타바의 말로 보아 여비도 얼마 없는 것 같고, 슈지로의 소지금도 결코 많지는 않다. 이제부터 노숙도 해야 할 것이고, 한층 더 위험이 예상된다.

거기까지 생각하고, 슈지로도 졸음이 와서 살짝 하품했다. 촛불을 끄지 않았다는 사실을 떠올리고, 몸을 일으켜 숨을 후 불었다.

어둠이 엄습해올까 싶었는데, 하늘이 희끄무레해진 모양으로, 장지문이 푸르스름한 빛을 띠고 있었다.

불과 두 달 전에 도라노몬 공학 대학교에서 아크등이라는 것을 실험했다고 들었다. 불을 사용하지 않고도 몇 배나 더 밝은 빛을 낸다

고 한다. 서양에서는 실용화 움직임도 있고, 조만간 이 나라에도 들여오려고 한다고. 그렇게 되면 촛대란 촛대는 죄다 이 세상에서 사라지겠지.

시대는 눈이 돌아갈 정도로 빠르게 변했다. 작년의 세이난 전쟁에서 많은 사족들이 총화기 앞에서 스러졌다. 사무라이도 또한 무용지물 낙인이 찍혀, 이 세상에서 홀연히 모습을 감추려고 했다. 그런 가운데, 시대에 역행하는 것처럼, 무술을 구사해서 싸우라는 것이다. 마치 사라지기 전에 최후의 빛을 밝혀보라고 무신(武神)이 명하는 것처럼. 그런 생각을 하면서, 슈지로는 멍하니 흐릿하게 빛나는 장지문을 바라봤다.

- 남은 인원, 129명.

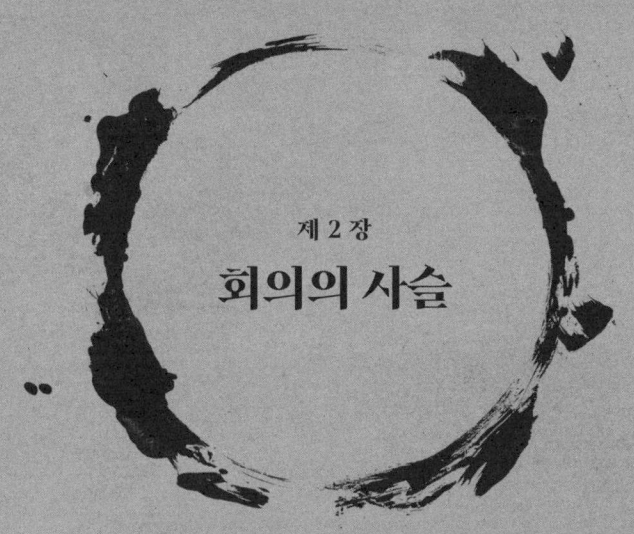

제 2 장

회의의 사슬

1

 두 시간 정도 잤을 때, 기척을 느끼고 슈지로는 한쪽 무릎을 세웠다. 복도를 걸어오는 발소리가 들렸다.

 "야베 씨인가?"

 "네, 열어도 될까요?"

 낮은 목소리로 묻자, 즉각 대답이 있었다.

 "음."

 스르륵 장지문이 열린다. 거기에 서 있는 것은 틀림없이 야베였다.

 "바로 식사가 가능합니다요."

 "고맙군."

 "그쪽 아가씨는 아직….”

 후타바는 아직 가녀린 숨소리를 내며 자고 있다.

 "좀 더 자게 둘까."

 야베는 방 안으로 들어가 살며시 장지문을 닫고, 무릎을 꿇고 정면에 앉았다.

 "사가 님…, 자세히는 묻지 않겠습니다만, 이런 시대에, 설마 지금도 임부를?"

 "아니, 아니야. 오히려 쫓기고 있는 것에 가까워."

 "5년 전에 복수는 금지되었습니다만, 지금도 더러 그런 이야기가 들리곤 하지요."

 메이지 6년(1873년)의 일이다. 정부는 서양 국가의 문명을 참조하여, '야만'적이라 여겨질 일들을 급히 금지했다. 원수를 갚는 일도 그중 하나인데, 지금도 벌 받을 것을 각오하고 복수에 임하는 자가 있는 것도 사실이었다.

 "그야 뭐."

 내용을 야베한테 말할 수 없으므로, 애매하게 대답했다.

 "다른 건 말할 수 있지요? 관직에 앉으신 게 아니었습니까? 사가 님이라면…."

 슈지로는 고개를 가로저으며 씁쓸하게 웃었다.

 "나줄 자리는 들어왔었지. 하지만 거절했네."

 "어째서?"

 "검을 잡는 것이 지긋지긋해져서. 검 같은 건 이제 장식품. 이제부터는 총이라고 설득하던데."

 "그렇다면 거절하길 잘하셨구면요. 작년 세이난 전쟁 때 그 검이 활약한 모양이던디."

 신문에서도 크게 다뤄 화제가 되었기 때문인지, 야베도 그 사실을 잘 알고 있었다.

 "그러나 드디어 검의 시대도 끝이다."

 빈발했던 사족의 반란도, 세이난 전쟁을 마지막으로 더는 일어나지 않을 것이다. 검도, 촛대도 마찬가지. 시대의 마지막에 단말마의 빛을 내뿜었던 것에 불과한 것 아닐까?

"허나, 사가 님은…."

옆에 놓아둔 검에 야베는 시선을 향한다.

"음. 이제 와서 다시 잡게 될 줄은."

"쌀 것을 준비하겠습니다요."

폐도령이 내린 지금, 시골이라면 몰라도, 큰 도시에서 칼을 차고 걸어가면 바로 경관이 달려온다. 천에 싸둬야 한다.

– 이깃도 성기시네.

참가자 중에 슈지로와 마찬가지로 검을 사용하는 자들은 똑같은 고민에 시달릴 것이다. 창이나 언월도 등의 긴 무기는 더욱 그렇다. 반면에, 후타바처럼 단검이나 암기 종류를 사용하는 자는 그 점에서는 유리하다고 할 수 있다.

"식사와 함께 가져오겠습니다."

"깨워두지."

야베가 자리를 뜨자, 슈지로는 후타바에게 말을 걸었다.

"후타바, 일어나."

"응."

별로 시간을 끌지 않고, 후타바는 바로 이불에서 몸을 일으켜, 척척 이불을 개기 시작했다. 그 등을 보고 있노라니, 무슨 힐 말이 있는 것 같아서 슈지로는 물었다.

"왜 그래?"

"슈지로 씨는 무사였어?"

손을 쉬지 않고 후타바는 묻는다.

"듣고 있었나?"

"미안. 엿들으려던 건 아니었어."

"괜찮아. 벌써 10년도 더 된 일이다."

"나졸 자리가 들어왔었다는 건… 신정부의?"

"응. 도사에서 일했다. 낭인 같은 것이다."

그 시대, 사쓰마, 조슈, 도사 등의 번은 각지의 탈번 낭인들을 고용하여, 유신회천(維新回天. 에도 막부 체제를 무너뜨리고 근대 국가로 전환하게 된 역사적 사건. 메이지 유신의 핵심사건)의 첨병으로 이용했었다. 슈지로도 인연이 닿아 도사번에 속해 있었던 것이다.

희미하게 발소리가 들리더니, 장지문에 그림자가 쓱 비치는 것을 옆눈으로 포착했다. 야베의 명을 받은 사용인인가 했는데, 쟁반을 들고 있지 않은 것 같았다.

"4과다. 짐을 검색한다."

덴류지에서 죽은 안도와 같은 소속. 부현청의 4과. 즉, 경찰이다.

슈지로가 눈짓하자, 후타바는 냉큼 단검을 개어놓은 이불 밑에 숨겼다. 그러나 소용없는 발버둥이다. 경찰이라면, 이불은 물론이고 다다미를 뒤집어엎는 정도는 할지도 모른다. 폐도령은 칼을 허리에 차고 바깥을 활보해서는 안 된다는 것. 칼 자체를 갖고 있다고 해서 위반이 되지는 않는다. 그렇다면, 단속이 엄격해질 것을 각오하고, 칼을 지참했다는 사실을 고하는 편이 나을 거로 생각했다.

"들어오시오."

바로 장지문이 열리고, 남자 한 명이 서 있었다. 각진 얼굴에 두꺼운 눈썹, 적당히 햇볕에 탔고, 정간함이 떠돈다. 그러나 어째서인지, 경찰이라고 했는데 제복을 입지 않았고 기모노에 하카마 차림이었다.

"정말 4과인가?"

슈지로가 낮은 목소리로 묻자, 남자는 품속에서 신분증 같은 종이 한 장을 꺼냈다.

"미에현청 제4과다."

확실히 종이에는 4과임을 증명하는 미에현령의 인장이 찍혀 있고, 이름도 오와세 마고타로라고 기재되어 있었다.

"미에현의 4과가 어째서?"

"교토부에 출장 와서 여기에 묵고 있었다. 심야에 여기에 들어왔지? 수상한 점이 있으니 소지품을 검사하겠다."

야베가 있는데도 그가 이 방에 들어올 수 있었던 이유를 알았다. 딱 한 명 있다는 숙박객이 이 오와세였던 것이다.

"검을 소지하고 있다."

"오호. 이 폐도령 시대에 말인가?"

"소지한 것뿐이라면 죄가 되지는 않지. 부친의 유품을 가지러 온 것이다."

슈지로는 거짓말을 섞어가며 앞질러 말했다.

"검은 맡아두겠다. 뭐, 빼앗는 것이 아니다. 조사하는 동안만이다."

아직 여행은 초반, 경찰과 쓸데없이 문제를 일으켜 수배라도 당하면 귀찮아진다. 슈지로는 체념하고 검을 내밀었다.

오와세는 그 검을 복도에 내려놓고 다시금 방으로 돌아왔다.

"자, 그럼… 이름부터 말해주실까."

"사가 슈지로."

"그렇군. 그쪽은?"

오와세는 고개를 틀어, 방구석에 쪼그리고 앉아있는 후타바에게 물었다.

"후타바."

"성은?"

"가쓰키."

"그렇군. 그럼 먼저 사가 님부터 몸을 수색하겠다. 뒤로 돌아주겠나?"

만에 하나 저항이 있을 경우를 대비하여, 뒤로 돌라고 하는 것은 경찰의 상투수단. 슈지로는 후타바 쪽으로 세 걸음 걸어가, 자기 등을 방패로 삼는 것 같은 자세를 취했다.

"그럼…."

오와세도 한 걸음, 두 걸음, 세 걸음, 발을 옮긴 그때, 후타바가 눈을 크게 떴다.

"슈지로 씨 – ."

그때는 이미 슈지로는 몸을 굽히면서 팽이처럼 몸을 돌리고 있었다. 오와세의 손에 길이 1척 3촌 정도의 막 뽑은 칼이 쥐어져 있었다. 오른손으로 오와세의 팔꿈치를 잡고, 몸이 돌아가는 반동을 이용해 왼발로 발을 걸었다. 뒤로 쓰러지나 싶었던 오와세는 낙법 자세를 취하더니 점프하는 것처럼 금방 발딱 일어섰다.

조금 전의 회전과 동시에 왼손을 이불 밑으로 집어넣어, 이미 후타바의 단검을 쥐고 있다. 재빨리 칼집을 털어내고, 오와세의 공격을 세 번까지 막아냈다. 오와세는 뒤로 펄쩍 뛰어 칼을 다시 겨누었다.

"젠장… 생각했던 것보다 빨리 소리 지르는 바람에."

"그 전부터 눈치채고 있었다. 보통은 딸이냐고 묻겠지. 그러나 네놈은 후타바에게 성을 물어봤다. 부녀가 아니라는 것을 알고 있었다는 뜻. 우리를 덴류지에서 봤겠지."

빠른 말투로 말하면서, 슈지로는 후타바 앞에 다시 섰다. 복도를 뛰어오는 발소리가 다가온다. 야베의 모습이 나타났고, 아연실색한 표정이었다.

"이, 이건 - ."

"야베 씨!"

몸을 돌려 도망치려는 야베에게 달려가, 오와세는 목에 팔을 둘렀다.

"움직이지 마!"

슈지로는 이미 움직이고 있었지만, 발이 딱 멈췄다.

"아는 사이 같더군… 이 자를 죽이고 싶지 않다면, 검을 버려라."

오와세는 왼팔로 야베를 조르면서, 오른손으로 칼을 목에 갖다 댔다.

"저는 상관 마시고…."

야베는 얼굴이 빨갛게 물들면서 쥐어짜 내는 것처럼 말했다.

"닥쳐!"

오와세가 외치는 소리에, 아래층에 있던 사용인도 이변을 깨달았을 것이다. 격렬하게 움직이는 기척이 들렸다.

"알겠다."

슈지로는 단검을 다다미 위에 떨어뜨렸다.

"목패를 내놔."

오와세는 두꺼운 눈썹을 추켜올리며 위협한다.

"사가 님…."

야베가 발밑에 나뒹구는 칼을 이쪽으로 찼다.

"이봐! 주인장! 죽고 싶은 모양—."

슈지로는 몸을 낮추고 뛰어나갔다. 미끄러지며 다가온 칼을 잡는다. 오와세와는 닿기 직전인 가까운 거리다. 흠칫 놀란 오와세는 오른손을 올렸다. 다음 순간, 슈지로는 뒤로 점프했다. 그와 동시에 칼집에서 번쩍 빛이 퍼지고, 절규가 울려 퍼졌다.

슈지로가 허공으로 내지른 칼은, 오와세의 오른손을 잘라낸 것이다. 다다미에 칼을 쥔 손이 떨어지고, 선혈이 분출했다.

"이대로 목 졸라 죽여버리-."

"움직이지 마."

야베의 눈을 보면서, 이번에는 비스듬히 앞쪽으로 날았다. 그때는 검을 거꾸로 고쳐잡고 있었고, 야베를 넘어 오와세의 목을 깊이 찔렀다.

"말도 안 되는… 움직임이다…."

신음하는 오와세의 입에서 피거품이 흘러나온다. 야베가 앞으로 도망침과 동시에 칼을 빼내자, 오와세는 풀썩 쓰러졌다. 목에서는 끊임없이 피가 흘러나와 복도로 번졌다.

"이놈은… 누굽니까?"

야베는 목을 누르고 콜록거리면서 말했다.

"미에현의 4과라고 말했다."

"설마, 경찰이 이런 짓을-."

슈지로는 오와세의 가슴팍을 풀어헤쳤다. 거기에는 '15'라고 적힌 목패가 걸려 있었다. 잡아 뜯는 것처럼 끈을 잘랐다. 다른 목패는 몸에 지니고 있지 않은 모양이다.

"거짓말이겠지. 방을 봐도 되나?"

야베는 고개를 끄덕이고 오와세의 방으로 안내하려고 했다.

"후타바, 따라와."

놈의 동료는 없겠지만, 여기에서도 습격당할 정도니 한시도 떨어져 있을 수 없다.

"사가 님, 사용인에게 설명을."

"부탁하네."

사용인들에게 설명하러 야베는 아래층으로 내려가고, 슈지로는 오와세의 짐을 뒤졌다.

"이것은… 진짜 경관인가?"

순사 제복이 나온 것이다. 더욱이 벽장에서는 천으로 싼 삽도 나왔다. 오와세는 돈을 구하기 위해 미에에서 왔다. 혹은 안도와 마찬가지로 정찰을 위해 잠입했던 것이다. 어느 쪽이든, 오와세의 행동을 보건대, 적극적으로 가담한 것은 틀림없다. 나머지 목패는 짐 속에 있는 건가? 슈지로가 손을 뻗으려던 순간,

"사가 님!"

야베가 쿵쾅거리며 계단을 올라왔다. 그 손에는 보자기를 쥐고 있었다.

"사용인이 밖에 지나가던 사람에게 경관에게 통보하라고 말한 모양입니다. 지체 말고 어서 여기를."

"알겠네. 하지만 야베 씨는…."

"손님들끼리 다툼이 있었다고 말하겠습니다. 자, 자, 어서."

슈지로는 목패 수색을 포기하고 보자기를 받아들더니, 후타바와 함께 자기 방으로 돌아가 짐을 꾸렸다.

"사용인에게는 주방에서 나오지 말라고 말해뒀습니다. 뒷문으로 도망가주십시오."

야베의 발 근처에는 오와세가 눈을 부릅뜬 채로 절명해 있다. 일개 여관 주인이라고는 해도, 막부시대 말기라는 격동기를 헤쳐나온 야베는 담력이 있었다. 그것과는 대조적으로, 후타바는 고개를 돌리고 눈을 감고 있었다.

시체가 되어버린 오와세의 옆을 빠져나가, 슈지로는 칼에 천을 감으면서 야베의 뒤를 따라갔다. 계단을 내려가자, 뒷문으로 안내한다.

"사가 님, 이것을."

슈지로와 후타바가 밖으로 나왔을 때, 야베는 품에서 지갑을 꺼내어 쥐여줬다.

"우리가 말려들게 한 것인데ㅡ."

"기억하십니까요? 미부로에게 딸아이가 얻어맞았을 때 일을."

신센구미를 싫어하는 자들은 그들을 조롱 섞어 미부로라고 불렀었다. 신센구미의 말단 무사 몇 명이 아자미야에서 술을 마시다가 야베의 딸에게 술을 따르라고 했었다. 그것을 거절했더니, 그자들은 야베뿐만이 아니라 딸에게까지 손찌검을 했다. 딸에게 깨진 접시를 던져, 뺨에 큰 상처가 났을 정도였다. 그것을 말리러 들어가, 그들을 때려눕힌 것이 슈지로와 야베의 첫만남이었다.

그 인연을 도사번이 알게 되어 아자미야에 협력을 부탁했었다. 야베는 슈지로의 정체를 알면서도 몇 번이나 숨겨준 것이다.

"딸은 유신 후에 좋은 인연을 만났답니다."

야베는 빙긋 웃었다.

"오, 그건 잘됐군."

"게다가 아침을 제대로 드실 수 없었으니, 그 대신입니다요."

"미안하네…. 앞으로 여기에 정체 모를 자가 방문할지도 모르네. 아무것도 모른다고 잡아떼게."

"골치 아픈 일에 휘말리신 거로군요."

"자업자득. 내가 뛰어든 거야. 그때와 같네…. 사례를 하러 다시 오겠다고 말하고 싶지만, 약속은 할 수 없어."

슈지로는 입술을 깨물었다.

"와주십시오. 사가 고쿠슈는 죽지 않습니다."

"또 옛날이야기를…."

슈지로가 쓴웃음 짓자, 야베는 뒤를 신경 쓰면서 말했다.

"나이를 먹으면 옛날이야기를 즐겨 하게 되는 법입니다요. 슬슬 올 것 같습니다… 아무쪼록 무사하시기를."

슈지로는 힘주어 고개를 끄덕이고 달려나갔다. 때때로 후타바가 잘 따라오는지 확인하며, 고양이가 다니는 길 같은 좁은 골목으로 꺾어진다. 천년의 수도라고 할 정도인 교토는, 11년의 세월이 지나 시대가 메이지라 불리게 되었어도 길은 아무것도 변하지 않았다. 슈지로에게는 이 주변은 내 집 앞마당 같은 것이다.

2

 가모강에 걸려 있는 산조 대교에 접어들었을 때, 슈지로는 주위를 확인하면서 발걸음을 늦췄다. 여기가 도쿄로 향하는 도카이도의 출발점이며, 아직 이른 아침인데도 왕래하는 사람들이 많았다.
"됐어. 여기를 넘으면 일단은 걱정 없다. 내 맘대로 단검을 써서 미안했다."
"아니야. 도와줘서 고마워."
"매번 말하려면 끝이 없을 거다."
 여기서부터 도쿄에 도착할 때까지 몇 번이나 그런 위기를 맞닥뜨릴지.
"경찰관도 참가했다니…."
 후타바는 아직 그 사실에 충격이 가시지 않은 모양이다.
"경관 중에도 여러 사람이 있어. 신센구미도 그랬었다."
"슈지로 씨는 교토에 있었구나."
"음. 맞아."
 아침 이야기의 계속이다. 아침에 갓 따온 나물을 가득 실은 등짐장수들이 오간다. 크게 달라진 점도 많지만, 이렇듯 예전과 그리 변함없는 광경도 있다. 그가 살아가는 지금은, 후세의 인간들은 시대의 틈새라 부를지도 모른다.

"고쿠슈라는 건?"

"그렇게 불린 적도 있어."

"고향은 도사가 아니구나."

"그래."

후타바는 쉴 새 없이 질문했다. 호기심 왕성한 연령대겠지만, 후타바 나름대로 어색함을 없애려는 건지도 모른다. 혹은 아직 그에 대한 경계심을 다 풀지 않았다고 생각할 수도 있다.

"어디?"

후타바는 동그란 눈망울로 이쪽을 본다.

"몰라. 철이 들었을 때는 교토에 있었다."

후타바는 의아한 얼굴을 했다. 슈지로는 역시 고개를 돌리고 앞뒤를 살펴보면서 말을 이었다.

"나는 버려진 아이였다."

이런 이야기를 하는 것은 오랜만이고, 아내를 포함한 몇 명밖에 모른다. 그럼 어째서 후타바에게 말하려고 하는 걸까? 후타바는 그의 처자식과 마찬가지로 고로리로 괴로워하는 엄마를 위해 돈을 구하러 왔다. 미심쩍은 이야기라고는 후타바도 생각했겠지만, 그래도 지푸라기라도 잡는 심정으로 온 것이겠지.

그리고 거기에서 제시한 것은, '살육 여행'이다. 슈지로의 예상조차도 크게 뛰어넘었다. 나이 12세인 후타바에게 상상하라는 것이 무리겠지.

슈지로에게는 이제 이 소녀를 못 본 척 내버려 둔다는 선택지는 없다. 그러나 후타바가 자기에게 두려움을 품고 있다면, 차라리 죄다 다 말해주고 신용을 얻는 편이 보호하기 쉬울 것이다.

"주워준 사람이 내 검 스승이다. 같이 살면서 검을 가르쳐줬다."

슈지로는 아기 때 고조 대교 끝자락에 버려져 있었다고 들었다. 이름이 적힌 물건은 아무것도 없었다. 사가라는 성도, 슈지로라는 이름도, 스승이 지어준 것이다.

"도장이라는 곳?"

"아니, 구라마의 산속이다."

구라마데라(교토의 사찰. 미나모토노 요시쓰네가 어린 시절 수행한 곳으로 알려진다)에서 더욱 북쪽으로 들어간 곳에 산을 깎아낸 평지가 약간 있다. 거기에 오두막보다 조금 나은 정도의 집이 있었다. 그곳에서 슈지로는 자랐다.

"배가 고프군. 밥을 먹자."

슈지로는 이야기를 한번 끊고 살짝 웃었다. 두 사람이 걸어가는 곳은 케아게라고 불리는 장소다. 왼쪽에 곤치인(金地院) 사원의 영지가 보이고, 문 앞에 찻집이 몇 개 있다.

따뜻한 물에 만 밥을 주문하여 배를 채웠다. 도시락으로 주먹밥도 샀다.

"슈지로 씨는 스승님과 둘이었어?"

후타바는 젓가락질을 멈추고 눈을 위로 치켜뜨며 물었다. 누구 하나 믿을 수 없는 여행이라는 것을 통감했을 것이다. 역시 그의 출신이 마음에 걸리는 모양이다.

"아니, 형제들이 있었어. 피는 이어지지 않았어. 모두가 나와 비슷한 처지였다."

"그렇구나. 나는 혼자라서, 남동생이나 여동생이 갖고 싶었어."

슈지로를 포함해서 여덟 명. 함께 살며 스승에게서 무술을 배웠다. 대부분이 고아들이었기 때문에 나이조차도 확실치 않다. 그곳에 온 순서대로 형이 되고 동생이 되었다.

"그래서 슈지로(愁二郎)인 거다."

"두 번째라는 거구나."

"그래. 순서대로 숫자가 들어 있어. 성은 교토의 지명에서 적당히 따서 지었다는 것을, 다섯 번째가 왔을 때쯤에 깨달았다."

"형제와는 지금은 만나지 않아?"

"두 명을 제외하고는 13년이나 만나지 못했다."

슈지로는 찻집 여인을 불러 계산을 마치고, 대나무 껍질로 싼 주먹밥을 두 개 받았다. 그중 한 개를 후타바에게 건네고, 두 사람은 찻집을 떠났다.

여기서부터 야마시나를 지나, 오사카노세키를 넘는다. 그러면 첫 번째 역참인 오오쓰(大津)로 나가게 된다. 오늘은 그 뒤에 있는 구사쓰 역참까지는 진행해두고 싶다.

야마시나를 지날 때는 별반 대화도 하지 않았는데, 시가에 이르는 언덕길을 올라가는 도중에 후타바가 생각난 것처럼 말했다.

"재회한 두 사람은 어땠어?"

슈지로는 앞을 응시한 채로 발을 움직이며 잠시 뜸을 들였다가 툭 던지듯 대답했다.

"유일한 형인 아카이케 잇칸(一貫)은 4년 전에 죽었다."

"그래…."

후타바는 물어본 걸 후회했는지 멈칫했다.

"또 한 사람은, 아다시노 시쿠라(四藏). 형제들 중에서 가장 재능이 있던 자다."

"네 번째라는 거구나."

슈지로가 살짝 고개를 끄덕이더니 이번에는 후타바를 쳐다봤다.

"덴류지에 있었다."

"어…."

"그쪽도 날 알아차린 것 같았다."

"그래도! 같이 자란 형제라면…."

이론상으로는 9명까지 도쿄에 들어가는 것이 가능하고, 적어도 그때까지는 함께 싸울 수 있다. 협력하면 되지 않을까? 라고 후타바는 말하고 싶은 것이리라.

"무리야. 형제들은 모두 니를 원망하고 있어. 놈은 날 죽이려고 덤벼들겠지."

그 한마디 후에 후타바는 입을 다물었다.

화창한 날씨 속에서 두 사람은 언덕길을 올라간다. 길 양쪽의 나무들은 신록으로 물들었고, 때때로 가지에 앉아 있는 종달새가 경쾌하게 지저귄다. 평범한 여행이라면 이만큼 가슴 뛰는 날씨도 없겠지. 그러나 스쳐 지나치는 사람이 인사를 하면, 슈지로의 몸이 긴장감으로 굳는다.

 고개를 넘자 눈앞에 비와코(琵琶湖)가 펼쳐졌다. 햇빛을 받은 호수의 수면은 유리를 흩뿌린 듯이 빛났다. 후타바는 살짝 감탄의 목소리를 냈지만, 곧바로 얼굴에 그늘이 드리우더니 다시 말없이 걷기 시작했다. 호수에 빨려 들어가는 것 같은 착각을 느끼며, 슈지로는 시가로 이어지는 언덕길을 내려갔다.

3

 야베가 준 지갑에는 10엔이라는 큰돈이 들어 있었다. 공무원 월급의 두 달 치 반 정도. 이 정도 액수를 항상 지갑에 넣고 다닐 거라고는 생각할 수 없으니, 그 바쁜 와중에 일부러 지갑 속에 넣어준 것이다. 꼬깃꼬깃한 지폐가 그것을 말해준다.

 아무튼 이것으로 한동안은 잠자리에 곤란할 일은 없다. 두 사람이 구 구사쓰 본진에서 가까운 한 여관에 들어섰을 때는 오후 4시 경이었다. 여행 동안은 부녀지간인 척했고, 도쿄에 사는 친척의 혼례에 가는 도중이라고 말하기로 했다.

"나는 1점 더 모으지 않으면 관문을 통과할 수 없다."

시가를 빠져나가면 바로 세키다. 가까이 갈수록 만반의 준비를 하고 기다리는 놈들이 늘어나겠지. 단숨에 빠져나가고 싶다. 즉, 이 부근에서 1점을 더 벌어두고 싶었다.

"괜찮아. 따라갈게."

후티바는 역시 똑똑하다. 무슨 말을 하고 싶은 것인지 알아차린 모양이다.

"그것밖에 없겠지."

슈지로는 야간에도 '1점'을 구하러 나갈 생각이었다. 그때는 후타바를 동행할지, 여관에 남겨둘지, 두 개의 선택지가 있다. 전자는 위험을 동반한다. 지금이야 지키면서 싸울 수 있지만, 강자가 나타나면 절대적인 자신은 없다. 그렇기는 해도, 여관에 남겨뒀다가 아자미야에서처럼 적이 들이닥치면 만사 끝이겠지.

휴식시간까지 생각하면, 5, 6시간이 한계다. 두 사람이 얼굴을 마주보며 일어서려고 했을 때, 복도에서 다가오는 발소리가 들렸다. 교토에서의 불쾌한 기억이 되살아나, 슈지로는 검 꾸러미를 서둘러 풀었다. 후타바도 단검을 손을 대고 한쪽 부릎을 세운다.

"사카다 님, 잠깐 괜찮으신지요?"

주인의 목소리다. 사카다는 여기에서 댄 가명이었다.

"무슨 일인가?"

"사카다 님의 지인이라는 남자분이 오셨습니다."

"지인… 이름은?"

"쓰게 님이시라고."

그런 자는 아는 바가 없다. 슈지로는 특징을 물었다. 주인의 대답에 따르면 이렇다.

눈은 크고 쌍꺼풀. 햇볕에 탔고 무두질한 가죽 같은 피부에, 하얀 치아가 인상적이라고 한다.

"사람을 잘못 봤다. 돌아가라고 해줘."

"하아… 그렇습니까? 알겠습니다."

주인이 멀어져가는 기척이 난 후, 슈지로는 속삭이듯이 말했다.

"확인해보고 오겠다. 금방 돌아올 테니까 기다려. 멀리까지는 안 가. 무슨 일이 있으면 소리 질러."

뒤를 밟을 생각은 없다. 문 앞까지만 나가서, 떠나는 남자의 얼굴을 확인할 생각이었다.

"알았어. 조심해."

슈지로는 일어서서 검을 허리춤에 찔러넣었다. 여관 사람들이 뭐라고 하면, 밖에서 휘두르는 연습을 하고 싶은 것뿐이라고 핑계를 대면 된다. 허리에서 시선을 올린 슈지로는 숨이 멎을 만큼 놀랐다. 후타바 너머, 장지문에 사람 그림자가 떠올라 있는 것이었다.

"후타바…."

어깨에 손을 올려 자기 뒤로 숨겼다. 후타바도 사태를 깨닫고 목소리를 내지 않았다. 그야말로 아자미야의 재래. 게다가 이번에는 발소리 하나 들리지 않았었다. 상당한 수련을 쌓은 자라는 걸 짐작할 수 있다.

슈지로가 천천히 허리춤의 검에 손을 댔을 때, 장지문 너머에서 가벼운 분위기로 말을 한다.

"모른다니, 너무하구먼."

목소리는 귀에 익었다. 그리고 그 가미가타 사투리도 잊을 수 없다.

"열거구먼. 갑자기 베지 마슈."

슈지로가 말없이 있자, 살며시 장지문이 열렸다. 거기에 서 있던 것은 교진이라고 했던 남자였다.

"어이, 어이. 칼을 빼려 했구먼. 위험한 놈일세."

교진은 놀란 것처럼 두 손을 들었다. 말은 그렇게 했으나, 교진은 상대방이 베려고 덤벼들 것은 상정하고 있었다. 그 증거로, 언제든 뒤로 뛰어 물러날 수 있도록 발끝에 힘을 주고 있다.

"무슨 일이냐?"

"목패도 줬는디 그렇게 매정하게 굴지 마셔."

슈지로의 낮은 목소리를 달래듯이 교진은 히죽 웃었다.

"그것과 이건 다른 이야기다. 미행한 건가?"

"역참 바로 앞에서 발견했구먼."

내 감각이 둔해졌나? 그런 기척은 전혀 느끼지 못했다. 슈지로는 아랫입술을 깨물었다.

"아니, 아니, 니는 대단혀. 마을 두 개분이나 간격을 뒀으니께. 보통은 10간(間. 일본의 길이 단위로 1간은 181㎝. 10간이면 약 18미터)이면 충분하구먼. 이쪽은 이게 본업이니께."

"본업?"

"오, 흥미가 생겼나? 일단 흉흉한 건 집어넣으셔."

서로 거리를 조정한다. 한 걸음이라도 앞으로 내디디면 재빨리 검을 뽑을 것이다. 교진도 그것을 알고 뒤로 쓱 물러나, 문지방 근처에서 양반다리를 하고 앉았다. 교진의 재촉에 두 사람도 어쩔 수 없이 앉았다.

"너는 뭐 하러 왔지?"

"아가씨, 점수는 모은겨?"

교진은 후타바 쪽을 향하여 웃음을 보였다.

"앞으로 1점 더….″

"후타바."

말하려던 것을 슈지로가 막았다. 이쪽 점수를 알려서 득 될 것은 하나도 없다. 단, 교진이 너무나 붙임성 있게 이야기하니 후타바가 말을 흘린 것도 이해할 수는 있다.

"앞으로 1점이라고? 이 주머니, 열건데 괜찮은겨?"

허리에 찬 가죽 주머니를 가리킨다.

"천천히 움직여."

"네, 네. 조심성 많은 놈이구먼."

교진은 한숨을 내쉬더니 소의 동작처럼 천천히 움직여, 주머니에서 뭔가를 꺼냈다.

"옛다. 1점이여."

손바닥에 있는 것은 목패. 112라고 적혀 있다.

"두 번이나… 무슨 속셈이냐?"

"지금은 3점이면 된다고 했으니께."

초반에 점수를 지나치게 따놓으면 표적이 되기 쉽다는 것은 슈지로도 깨닫고 있었다. 그렇기는 해도, 교진의 실력을 봐서는, 보통 실력인 자들이라면 5인조를 상대해도 해치울 것 같기는 하다.

"튀어나온 못은 얻어맞는다. 만약 내가 지금 단계에서 30점을 갖고 있다면 어떻게 할 거라고 생각혀?"

교진은 거만하게 웃었다.

"단숨에 도쿄까지 달려가겠지."

"맞았어. 그렇다면 그것을 방해하는 놈도 나올 거구먼."

"하지만 판에는 292점이 깔려 있다. 아홉 명까지 갈 수 있다. 무리해서 너를 노리지 않아도 돼."

"그러면 좋겠지만. 사람이 그리 단순한가? 내가 도쿄에 가면 눈앞에서 30점은 사라진다. 그런 느긋한 놈들로는 보이지 않는구먼. 한방에 30점을 노리는 놈도 나오겠지."

쓴웃음 지으면서, 손가락을 튕겨 후타바 쪽으로 목패를 날렸다. 뭔가

꾸밀 조짐인가? 하고 살폈지만, 교진에게 더 이상의 움직임은 없었다. 목패는 다다미 위에 떨어져, 탁, 소리를 내며 한번 굴렀다. 슈지로가 그것을 흘깃 보고 말했다.

"하지만, 버리면 되지 않나. 도쿄에 도달할 인간을 줄일 수 있다."

도쿄에 들어가는데 필요한 점수는 30점. 최대 아홉 명이 그 자격을 얻을 수 있지만, 점수를 지워버리면, 사전에 도달자의 수를 줄일 수가 있다. 도쿄에서 치러질 후반전이 어떤 것인지는 모르지만, 인원수를 줄여두면 자기가 상금을 획득할 가능성이 커지는 것은 틀림없을 것이다.

"버릴 바에는 차라리 남는 점수로 너희를 사겠구먼."

교진의 얼굴에서 한순간 웃음이 사라졌다.

슈지로는 자기도 모르게 일어서려고 했지만, 다음 순간에는 이미 교진의 표정은 원래대로 돌아와 있었다. 슈지로는 둘째치고, 후타바라면 알아차리지 못할 정도의 한순간의 변화. 슈지로는 교진이 알아차리지 못하도록 살며시 침을 삼켰다.

"후반전에서 뭘 시킬지는 모르지 않는가? 지금 이 틈에 동맹 관계를 맺어둬도 손해 볼 건 없을지도 모르는구먼."

그렇군. 그런 발상은 하지 못했다. 나는 후타바를 지키느라 필사적이라, 도쿄까지의 과정밖에는 생각하지 못했었다. 그러나, 교진에게는 도쿄에 도착할 자신이 있는 것이겠지. 벌써부터 '그 뒤'까지 생각하고 있는 것이다.

교진의 제안 자체는 결코 나쁜 것이 아니다. 그러나, 아직 의문이 남는다.

"어째서 우리지? 우리 말고도 실력 있는 자가 있었을 텐데."

"그 점이구먼, 바로 그 점. 실력이 있는 놈은 대개 자신감도 있고 배신하기 쉬워. 그렇다고 약한 놈이면 곤란해지는 건 나고… 니는 강해. 그리고 아가씨를 지키는 걸 봐서, 다른 놈들과는 좀 다르게 봤구먼."

교진은 양반다리를 하고 앉은 자기 무릎을 탁 쳤다. 이렇게 되면, 슈지로도 끝까지 들어볼 마음이 든다.

"그래도, 그럼 내가 거치적거리는 게…."

고개를 갸웃거리는 후타바를, 교진은 척, 손가락으로 가리켰다.

"좋은 질문이구먼. 그게 니들에게 제안한 제일 큰 이유구먼."

무리 지어 도쿄로 가는 데 있어서 가장 우려해야 할 것은,

"누군가가… 점수를 빼앗아 달아나는 일이여."

그렇게 말하면서 교진은 두 손을 마주 대고 손가락을 꼬았다. 고단(講談. 전통 예능의 하나로 이야기꾼이 부채를 들고 앉아 이야기를 들려준다)에서, 닌자가 사라질 때 취하는 자세, 이른바 인을 맺는다는 것이다.

"후타바라면 신용할 수 있다는 건가?"

"바로 그거구먼."

그 욕심에 눈이 먼 망자들 가운데서 확실히 후타바는 이질적인 존재다.

"게다가 니는 후타바를 두고 도망갈 수 없구먼. 그래서, 만약 둘이

서 도망간다면, 나는 쫓아가서 후타바를 죽인다."

교진은 웃음을 띤 채로 태연하게 말했다. 시야 가장자리에서, 후타바가 손을 꽉 쥐는 것이 보였다. 교진이라면 그늘에 숨어서 센켄(銑鋧), 이른바 수리검을 던지는 일도 가능하다. 후타바만을 노린다면, 반드시 막아낼 수 있다고 단언할 수 없다.

"후타바가 인질이라는 뜻이군."

"그려."

교진은 주저 없이 그렇게 말한 후 후타바 쪽을 봤다. 반사적으로 어깨가 움찔거린 후타바를, 교진은 눈을 가늘게 뜨고 응시한다.

"허지만, 아까도 말한 대로, 니들은 다른 놈들과는 다르다고 생각한 것도 사실이구먼."

후타바와 시선이 마주친다. 받아들여야 할지 아닐지. 애초에 교진을 신용할 수 있나? 아무리 슈지로가 보호하는 입장이라고는 해도, 독단으로 결정하고 싶지는 않았다. 두 사람이 눈으로 대화하는 것을 깨닫고, 교진은 찰싹 부드럽게 손뼉을 쳤다.

"둘이서 의논해서 결정해줘. 욧카이치에 '우즈야'라는 여인숙이 있구먼. 3일 후 저녁에 거기에서 만나자. 그때 대답을 해줘."

여기서부터 아홉 개 지점을 더 가면 나오는 미에의 역참이다. 그 뒤에는 제3관문인 지류 역참이 있다. 후타바가 살짝 고개를 끄덕이는 것을 확인하고 슈지로는 대답했다.

"알겠다."

"가면 갈수록 강한 놈만 남는다. 나쁜 거래는 아니라고 생각혀. 무엇보다 욧카이치까지 오지 못한다면, 내가 잘못 봤다는 것이구먼."

자기는 아무것도 걱정 없다고 말하고 싶은 것이겠지. 교진의 얼굴에는 여유가 배어 나왔다.

"할 말은 이게 다여. 이만 쉴 거구먼. 후타바랑…."

"사가… 슈지로다."

"쓰게 교진이구먼."

아까 밖에서 말했던 성과 같다. 가명인지도 모르지만, 이 여행에서는 이름 같은 건 기호나 마찬가지일 뿐이다. 교진이 두 손바닥을 보이며 천천히 일어섰다. 경계하지 않도록 세심한 주의를 기울이는 것 같다.

"한 가지, 이쪽에서도 물어봐두고 싶다. 네 정체를 말이다."

"그럼 니 정체도 밝혀야 하는디?"

일어선 교진의 표정이 약간 밝아졌다.

"먼저 말을 꺼낸 건 그쪽이다. 내가 믿든 안 믿든 그건 둘째치고, 말하는 게 도리일 텐데."

"그렇게 나오시겠다. 뭐 좋구먼. 원래는 고케닌(御家人. 막부 쇼군의 직속 무사)이었구먼."

"그 가미사타 사두리로 말인가?"

교진은 헛기침을 한번 하더니, 입을 열었다.

"사가 님, 갑자기 찾아온 실례를 너그러이 양해 바라오."

"앗-."

후타바가 놀란 목소리를 냈다. 말투가 무인처럼 변한 것이 아니다. 목소리 그 자체가 다른 사람으로 변한 것이다. 윤기 없는, 녹이 슨 것 같은, 노인을 방불케 하는 목소리였다.

"어때? 여자 목소리도 낼 수 있답니다."

이것에는 슈지로도 목구멍을 울리며 신음했다. 색기 넘치는 요염한 목소리는 여자로밖에는 생각할 수 없었다. 그것만으로도 감탄할 만한데, 더욱 놀랍게도, 교진의 입술은 전혀 움직이지 않았다. 머리 꼭대기에서 목소리가 나오는 것처럼 느껴질 정도였다.

"어떻게 한 거야…?"

"코단에서 말하는 시노비(닌자)여. 내는 이가도신(伊賀同心) 출신이구먼."

교진은 원래 목소리와 말투로 돌아왔고, 입술도 분명히 움직였다.

확실히 이가도신의 선조는 이가국에 살았었고, 그 탁월한 기능을 높이 산 전국 다이묘(大名, 중세~근대 일본에서 각 지방(번)을 다스리는 영주)들에게 고용되었었다. 그러나 막부 시대가 시작됨과 동시에 에도로 옮겨갔고, 3대째가 될 무렵에는 다른 하인들과 다름없어졌다.

"갑자기는 믿을 수 없겠지만, 이가조, 코우카조, 네고로조, 니주고키조, 오니와반…. 그중 일부는 260년 동안 시노비 일을 해왔다."

"닌자라는 게 정말로 있구나…."

후타바는 입에 손을 대고 눈을 동그랗게 떴다.

"그려… 있당께. 그게."

미소지은 교진의 얼굴은 갑자기 서글퍼 보였다.

"하지만, 왜 가미가타 사투리?"

후타바가 미간에 살짝 주름을 잡는다.

"지인이 심한 가미가타 사투리라서 말이여. 이게 제일 편하구먼. 이걸로 괜찮지?"

"알겠다. 욧카이치에서 답변을 주지."

슈지로가 대답하자, 교진이 슬쩍 고갯짓 인사를 하고 몸을 돌렸다. 잘 지껄이는 남자치고는, 마지막은 미련 없이 휙 가버렸다.

"나쁜 사람은 아닌 것 같아."

잠시 후에 후타바가 중얼거리듯 말했다. 이 짧은 시간만으로는 판단할 수 없다.

"그러면 좋겠군."

애매하게 대답하는 슈지로에게, 후타바가 목패를 집어서 건넸다. 교진 입장에서는 동맹을 맺기 위한 선물이라는 건가?

후타바도 잊어버렸던 것은 아니겠지만, 교진이 너무나도 경묘하기 때문에 그리 실감이 없는 모양이다. 교진은 이미 목패를 두 개 넘겨줬고, 본인도 제2관문을 통과할 수 있게 되었다는 것을. 즉, 그만큼의 목숨을 빼앗았다는 뜻이다. 목패, 섬수, 그것들이 서로 목숨을 빼앗는다는 감각을 마비시킨 탓도 있을 것이다. 이것도 엔주를 포함한 주최측이 노리는 바인지도 모른다. 그런 생각을 하면서, 슈지로는 손바닥 위의 목패를 바라보았다.

- 남은 인원, 115명.

제 3 장
수라의 고개

1

다음 날 아침, 아직 주변이 어슴푸레할 때 두 사람은 구사쓰를 출발했다. 3리(里, 일본에서 1리는 약 4km이므로 3리면 약 12km)를 걸어 이시베에 접어들었을 때, 소란이 일어났다. 살해당했다, 칼부림, 순사도 당했다, 등등의 흉흉한 말들이 사람들한테서 튀어나왔다. 분명 슈지로와 '같은 입장'인 자들이 소동에 관련되었다. 후타바도 턱을 당기고 주위를 살피면서 걸어갔다.

길가 한복판에 사람들이 모여 있었고, 그중에는 경찰관의 모습도 보였다. 구경꾼들에게 물러가도록 명령하고 있다.

"도대체 무슨 일이?"

아는 척을 하며 구경꾼들에게 해설해주고 있던 초로의 남자에게 물었다. 남자는 현장에 있었다고 한다.

"살인입니다. 이시베에서 이런 사건은 유신 이후 처음이에요."

"저런, 흉흉하군요."

"난처하게 되었어요. 손님 다 끊기겠어요."

남자는 여관 말고도 우동 같은 것을 먹을 수 있는 찻집도 운영하고 있으며, 이 장소에서 나고 자랐다고 한다.

"살해당한 사람은?"

사람들 사이로 살짝 보이지만, 시체는 이미 거적때기로 덮여 있었다.

"본 느낌으로는 40대 남자였습니다. 폐도령 위반이에요."

남자는 어이 없다는 듯 한숨을 내쉬며 두 손을 들어 올렸다. 죽은 남자는 상투를 틀지 않은 머리. 허리에 쌍칼을 차고 핏발 선 눈으로 주변을 둘러보면서 빠른 걸음으로 걷고 있었다고 한다.

"마치 복수… 아니, 복수자한테서 쫓기는 것 같았습니다."

남자는 어릴 때 그런 자를 아주 가끔 봤다고 한다. 그의 아버지는, 그런 자가 여관을 지나갈 때마다, 복수자한테 쫓기는 것이 틀림없으니 가까이 가지 말라고 말했다고 한다. 이번 사건의 남자도 그 모습과 유사했다는 것이다.

"오호. 요즘 시대에 말인가?"

"정말이지, 시대착오도 유분수지요. 게다가 놀랄 만한 일이…."

"놀랄 만한 일?"

남자는 좌우를 보더니, 손을 입에 대고 가만히 귓속말을 했다.

"용의자는 여자입니다. 나이는 스물 전후쯤일까요."

"여자…."

남자의 이야기에 따르면 이렇다. 기이한 분위기를 풍기는 남자가 들어왔다는 소문은 눈 깜짝할 사이에 역참 주변에 퍼졌다. 옛날이었다면 도추부교(道中奉行. 에도 시대의 관리. 가도와 역참 등을 단속하고 관리했다)의 부하들이 상주했으니 이미 검문을 당했을 것이다. 그러나 메이지가 되어 도추부교는 폐지되었고, 작은 역참에서는 치안기능이 현저히

저하되었다. 둔소(屯所. 각도의 병영에 딸린 논밭을 경작하기 위해 군사들이 모여 있던 곳)까지 가야만 경관이 있어, 자경해야 했다.

사람이 지나갈 때 모두가 밖을 내다보는 것에는 감시의 의미도 있다. 그것이 도움이 된 모양으로, 이만큼 보는 눈이 많아서는 습격당하지 않을 것이라 생각했을 것이다. 남자의 얼굴에서 긴장이 상당히 풀렸다.

"사건이 일어난 것은 바로 그때입니다."

길을 걷고 있던 여자가 갑자기 그 남자에게 덤벼들어 목을 베었다는 것이다. 역참은 비명에 휩싸였고, 전쟁을 잘 모르는 젊은 세대들은 놀라 주저앉는 자도 있었다고 한다.

"여자가 검을?"

"이 정도 길이의 검입니다. 협차일까요?"

남자는 두 손으로 길이를 표현한다. 1척 3촌 정도. 협차 중에서도 특히 짧은 소협차라 불리는 것인가? 여자는 보자기를 짊어졌고, 거기에서 꺼냈다는 것. 보자기는 그 자리에 내던졌는데, 안에는 천 조각이 들어 있었다. 부드럽게 부풀어 보이게 만들어 보통 짐처럼 위장했다는 모양이다.

"몸부림치는 남자의 품속에 손을 집어넣기에, 강도인가 했습니다만… 지갑은 그대로 남아 있다는군요."

남자는 턱으로 현장을 검증하는 경관을 가리켰다.

- 역시 목패를 노린 거겠지.

그렇게밖에는 생각할 수 없다. 이 앞은 험준한 산길이고, 사람들 눈을 피해 빼앗기에는 절호의 장소다. 슈지로가 그런 것처럼, 다른 자들도 특히 경계하고 있을 것이다. 반대로 역참이라면, 사람들이 많아 습격하기 힘들다. 그것을 역으로 이용해, 여자는 방심한 틈을 노려 습격한 것이 틀림없다. 수법을 봐서는 싸움에 상당히 익숙하다는 인상을 받았다.

– 여자라….

슈지로는 덴류지에서의 기억을 더듬어봤다. 경내에는 3백 명 가까이 모여 있었다. 후타바를 포함해 여자는 확실히 몇 명 있긴 했지만, 95퍼센트는 남자였다. 사실 슈지로는 꽤 뒤쪽에 있었기 때문에, 전체를 완전히 둘러본 것은 아니었다.

그 몇 안 되는 여자들 중에는, 이야기를 듣고도 겁먹지 않고, 오히려 언월도를 치켜든, 기세가 왕성한 자도 있었다. 그러나 대부분은 동요를 채 감추지 못하는 모습이었기에, 딱하다고 생각했던 것을 기억한다.

"모여 있지 말고 흩어져! 방해하면 연행한다!"

몇 번을 말해도 구경꾼들이 자리를 뜨지 않아, 경관 한 명이 보다 못해 외쳤다. 그러자 구경꾼들도 내키지 않는 발걸음으로 흩어져간다. 그 속에 섞여, 슈지로도 다시금 걷기 시작했다.

"오늘은 쓰치야마에서 묵는다."

이시베 역참을 나가자 슈지로는 말했다.

"응. 세키는 내일… 이지."

가장 위험한 것은 세키 바로 앞. 점수가 모자라 머뭇거리던 자가 필사적으로 덤벼들 터. 어떻게 변했을지는 아직 알 수 없지만, 역참 안에서 목패를 빼앗으려는 자도 있을지 모른다. 거기를 단숨에 통과한다.

"그래. 가능한 한 많이 간다. 가메야마, 가능하면 쇼노까지 가고 싶다."

"가메야마라."

후타바의 표정이 약간 어두워졌다.

"고향을 떠올렸나?"

후타바가 사는 가메오카의 이름을 바꾸게 된 계기가 된 것이, 바로 그 이세에 있는 가메야마였다.

"아버지는 끝까지 가메야마라고 말해서, 어머니랑 둘이서 웃었는데…."

후타바는 고개를 약간 숙이고 걷는다. 슈지로는 그 머리에 손을 툭 올렸다.

"어머님이 빨리 좋아지셔야지."

"응. 반드시."

후타바가 아이다운 웃음을 보였기 때문에, 슈지로의 긴장했던 뺨도 자연히 풀어졌다. 그러나 동시에 뇌리에 후추에서 자기를 기다리는 아내와 아들이 떠올랐다.

― 기다려.

한 걸음씩이지만 가까이 가고 있는 동쪽 하늘을 향해, 슈지로는 마음속으로 말했다.

쓰치야마에서는 싸구려 여인숙에서 묵었다. 여기가 가장 역참 출구에 가까웠기 때문이다. 검을 끌어안으면서 눈을 감는 슈지로가 생각했던 것은,

― 후타바를 지키면서 나아가는 것은 힘들다.

라는 것이다.

낮에 후타바의 아버지 에이타로 이야기도 나왔기 때문에,

"무술을 배웠었나?"

라고 물어봤다. 후타바의 실력은 어느 정도일까? 확인해두는 게 좋을 거라고 생각한 것이다.

"조금."

후타바는 대답했다. 유신 이후에도 아직 흉흉한 사건이 많다. 그래서 딸이어도 호신에 도움이 될 정도는 생전에 아버지가 가르쳐준 모양이다. 그리고 쓰치야마에 도착한 것이 아직 초저녁이었기 때문에, 적당한 나무막대기를 들려주고,

"마음대로 공격해봐."

라며, 합을 맞춰봤다.

소질은 없지 않다. 확실하게 기본을 익혔고, 검을 막 배우기 시작한

자를 상대한다면 이길 수 있지 않을까? 그러나 어차피 12세 소녀다. 아수라장을 경험해온 검객 상대로 이길 가능성은 없다. 심지어 이 '고독'에는, 그런 검객마저도 어린애 손 비틀 듯이 쉽사리 쓰러뜨리는, 괴물에 가까운 자들도 섞여 있다. 쓰게 교진, 이름도 모르는 노검객, 그리고 의동생인 아다시노 시쿠라. 그밖에도 더 있다고 해도 이상할 것 없다. 그때 문득 의문이 떠올라 후타바에게 물어봤다.

"어머님은 여기 오는 걸 말리지 않으셨나?"

후타바는 고개를 젓더니 푹 숙였다. 속눈썹이 길어서, 세차게 불기 시작한 바람에 살짝 흔들린다.

"고로리는 옮는 거잖아. 그래서 친척 집에 날 맡겼어. 그다음 날에 내 멋대로…."

그제야 이해가 갔다. 즉, 후타바는 지금 가출한 것이나 다름없다는 것이다.

"친척도 지금쯤은 걱정하고 있겠지."

"아니. 이미 옮았는지도 모른다고, 원래는 마구간이었던 곳에 갇혀 있었으니까."

엄마는 후타바가 친척 집에서 사라진 사실조차 모를 수도 있다.

아무튼, 함께 도쿄로 가서, 한시라도 빨리 상금을 받아 돌아가는 것이 서로를 위한 길이다. 그러나 후타바의 실력으로는 미덥시 못하다. 슈지로 혼자라도 확실히 이길 수 있다고 단언할 수 없는 상대도 있다. 지키면서 싸우는 일이 어렵다는 건 숙지하고 있다.

―그 남자 제안을 받아들일까?

교진을 떠올렸다. 분명 참가자 중에서 열 손가락에 꼽을 만한 실력을 갖추고 있다. 우리 편이라면 상당히 든든하다. 남은 건, 그 남자가 신용할 만한지 아닌지 그것뿐이었다.

"오늘은 쉬어갈 수 없어."

닭이 우는 새벽녘, 두 사람은 쓰치야마를 출발했다.

슈지로는 여관 사람들이 쓰던, 다소 큰 짚으로 짠 삿갓을 사서, 그것을 깊이 눌러썼다. 참가자 중에 자기를 아는 자가 있다 해도 이상할 것은 없다. 그 정도로 그의 반생은 싸움의 연속이었다. 기분상 정도밖에 되지 않지만, 얼굴을 가려둬서 손해 볼 것은 없을 거라고 생각한 것이다.

검은 대놓고 허리에 찼다. 이렇게 하고 있지 않으면 갑작스러운 기습에 대비할 수 없다. 역참 등을 통과할 때 성가신 일이 일어나는 것을 피하기 위해, 검을 넣어둘 주머니도 역참에서 샀다.

길이 험해졌다. 스즈카 고개에 접어든 것이다. 도카이도에서는 하코네 관소 다음으로 험준한 길이다. 말도 쉬엄쉬엄 가야 할 정도로 급

경사가 이어진다.

"아… 비."

후타바가 코끝을 손가락으로 닦았다. 툭툭 큰 빗방울이 떨어지기 시작하더니, 작고 둥근 그림자가 떨어진 것처럼 흙이 번진다.

"건너편 쓰치야마는 비가 내린다고 할 정도니까('사카시타는 맑은데, 스즈카 고개는 흐리고, 건너편 쓰치야마는 비가 내린다'는 말이 있다. 스즈카 고개를 경계로 이세 쪽과 오우미 쪽의 기후가 완전히 달라진다는 뜻)."

산간의 날씨는 변하기 쉽다. 특히 쓰치야마는 그런 노래가 있을 정도로 갑자기 비가 내리기 시작하는 것으로 유명했다.

내리기 시작한 비는 순식간에 빗발이 굵어지더니, 억수로 쏟아지는 호우가 되었다. 빗줄기가 세차게 땅을 때려 모래가 튀어 오르고, 흙냄새가 주변에 충만했다. 시야가 흐려져 앞을 보기 힘들 정도였다.

"걸을 수 있나?"

"응. 괜찮아!"

호우는 소리까지 빼앗아가, 자연히 목소리가 커진다. 시야를 확보할 수 있는 곳에서 비를 피할 수 있다면 바람직하지만, 공교롭게도 이 주변에 적당한 장소가 없다. 길을 벗어나 숲으로 들어가는 것은 너무 위험하다.

"이걸 써."

슈지로는 삿갓 끈을 풀더니 후타바에게 씌워줬다.

"고마워. 하지만 이미 흠뻑 젖었는데."

후타바가 키득 웃었다. 삿갓을 타고 폭포처럼 비가 흘러내렸다.

"그러네. 그래도 없는 것보다는 낫지?"

"응."

물에 빠진 생쥐 꼴로 두 사람은 산길을 걸어갔다.

"지나가는 비다. 금방 그치겠지. 발밑을 조심해."

후타바의 귀에 얼굴을 가까이 대고 말했다.

"알았어."

대답하는 그 입술은 보라색으로 변했고, 어깨를 바들바들 떨고 있다. 계절은 초여름이지만, 이 정도로 비를 맞으면 몸은 속에서부터 차가워진다. 슈지로는 걸어가는 도중에 손가락을 계속 접었다 폈다 했다. 이렇게 하지 않으면, 순간적으로 움직여야 할 때 굳어서 쓸 수가 없다. 격동의 교토에 있던 때 몸에 익은 습성이었다.

– 왔다.

슈지로는 혀를 차고, 시선만을 재빨리 움직였다. 오른쪽에 다카하타산, 왼쪽에 미쓰고산. 역참에서 들었던 산 이름. 그것들이 비에 뿌옇게 흐려져 그림자처럼 떠오른다.

후타바의 등을 검지로 두 번 두드렸다. 적이 가까이 있다는 신호다. 움찔 어깨를 흔드는 후타바의 뺨에는 빗물이 떨어지고 있었다.

"뛰어!"

빗소리에 섞여 희미한 바람을 가르는 소리를 귓불이 포착했다. 그들이 원래 있던 장소를 화살 한 개가 날아간다. 이번에는 반대쪽에서도 화살이 날아온다. 순간, 슈지로의 허리춤에서 검이 풀려나, 화살을 두 쪽으로 갈라버렸다.

- 수가 많아.

잇달아 화살이 날아온다. 슈지로는 반사적으로 고개를 흔들어 피했다. 화살은 귓가에 기분 나쁜 웅얼거림을 남기고 나무에 박혔다. 파악한 것만 해도 네 군데에서 화살을 쏘고 있다. 그것들을 막느라고 제대로 전진할 수 없었다.

"떨궈버린다."

피하고, 쳐내면서 돌진한다. 원거리 공격을 반격할 방법은 없다. 그렇다면 도망가는 것뿐이다. 비가 유리하게 작용하는 것은 상대방뿐만이 아니다. 잘 보이지 않게 된 만큼, 10간만 떨어져도 조준도 정확하게 할 수 없겠지.

"슈지로 씨!"

앞쪽 양옆의 덤불에서 세 명의 그림자가 뛰어나왔다. 얼굴은 확실치 않지만, 하나같이 검집에서 뺀 검을 쳐들고 있는 것은 확실하다.

"그렇게 나올 거라고 생각했다. 멈추지 마!"

"하지만-."

"나를 믿어. 무슨 일이 있어도 똑바로 달려."

후타바는 입술을 꼭 깨물고 고개를 끄덕였다. 앞쪽의 적과는 5간, 세 명 다 욕심에 영혼이 사로잡힌 추악한 면상이다. 슈지로는 등 뒤에서 날아오는 화살을 쳐내더니, 후타바를 제치고 맹렬하게 달려 거리를 좁혔다.

칼날이 쏟아진다. 슈지로는 발부터 미끄러졌다. 하얀 날이 적의 다리 사이를 빠져나갔다. 그 사이에 다리를 걸어, 첫 번째 사람은 비명을 지르며 몸을 웅크린다.

뒤의 두 명이 흠칫 놀라는 것이 보였다. 슈지로는 왼손을 미끈거리는 땅에 짚고, 몸을 틀면서 허공을 날았다. 오른손의 검은 물레방아처럼 선회하며 두 번째 사람의 어깻죽지를 깊이 베었다. 슈지로의 발이 땅에 착지하더니, 덤벼드는 세 번째 사람의 얼굴에 왼손으로 강렬한 주먹을 날렸다. 첫 번째 사람의 멱살을 잡고 힘껏 끌어당겨 발로 찼다. 후타바 뒤로 화살이 달려든다. 그사이에 들어가게 된 남자의 목에 박히고, 목을 누르며 몸부림친다.

후타바가 옆을 빠져나간다.

"놓칠 줄 알고!"

주먹을 내지른 남자가 뻗은 왼팔이 허공에서 춤춘다. 슈지로의 올려 베기가 빨랐던 것이다. 팔에서 솟구치는 피는 비와 섞여 복숭아색으로 변해 땅을 적셨다.

"괴물 놈!"

눈꼬리가 치켜 올라간 남자는, 입에서 빗물인지 침인지 알 수 없는 것을 뿜어내며 덤벼들었다.

"어느 쪽이?"

몸통째로 맞부딪치는 것 같은 찌르기를 내지른다. 검으로 배를 뚫고, 오른쪽, 왼쪽 순으로 가볍게 땅을 박차고 올랐다. 하늘에서 내려다 보면, 남자를 축으로 도는 풍차처럼 보일 터. 위치가 바뀜으로써 다음 화살은 남자의 등에 박히고 멈췄다.

급속하게 힘을 잃어가는 남자의 어깨너머로, 길로 튀어나온 사수가 보였다. 역시 숫자는 네 명. 사정거리에서 벗어나자, 새 화살을 활에 끼우면서 쫓아온다.

슈지로는 검을 뽑음과 동시에 남자의 목패 끈을 끊었다. 어딘가에 숨어 있을 또 한 개와, 나머지 두 개의 목패를 빼앗을 시간은 없다. 앞에서 달리는 후타바를 쫓아갔다. 게다가 베기만 하고 내버려 두고 가는 의도는 또 있었다.

"위험해지면 던져."

따라잡고는 목패를 쥐여줬다. 목숨을 빼앗는 것보다, 목패를 빼앗는 것이 목적인 것이다. 던져버리면 적은 그것을 집으러 갈 테고, 도망갈 시간을 벌 수 있다.

"앗―."

열심히 발을 움직이는 후타바가, 숨을 몰아쉬면서 돌아봤다.

"그렇게 될 거라고 생각했다."

네 명의 사수는 이쪽을 쫓기보다 먼저 동료의 시체를 더듬고 있었다. 그리고 내분을 일으켜 서로 목패를 빼앗으려 한다는 것을 알 수 있었다. 일곱 명이 무리 지어 행동했던 모양인데, 혼자서라도 돌파하고 싶다는 욕심에 사로잡혔다. 이렇게 될 것을 예측하고 목패를 남겨

두고 온 것이다.

 그들이 서로 싸우는 사이에 거리는 점점 벌어졌다. 격렬하게 싸우는 모양으로, 자칫하다가는 서로 죽이는 싸움으로 발전할 수도 있을 기세다. 이윽고 고함과 욕설도 멀어졌다. 그래도 두 사람은 걸음을 늦추지 않고 스즈카 고개를 올라갔다.

3

 고갯길을 다 올라갔을 때는, 빗발도 아까보다 약해졌고, 구름 사이로 엷은 빛이 비치기 시작했다.
"곧 내리막이다. 좀 더 갈 수 있나? 뭣하면 잠깐 휴식…."
"괜찮아. 아직 더 갈 수 있어."
 추위에 얼굴은 약간 창백해졌지만, 후타바는 그에게 웃음을 지어 보였다. 마음이 강한 아이다.
"슈지로 씨…."
 후타바의 목소리 상태가 변했다.
"응?"
"강하다고는 생각했는데…."
 덴류지에서 싸웠을 때, 별로 힘을 뺀 것은 아니었지만, 10년 만의 싸움이라 본모습은 아니었다. 그것은 몸보다는 사람을 죽인다는 마음가짐 쪽이 더 그랬다.

"아. 놀랐지?"

"응… 그런 검술을 본 적이 없었으니까."

수많은 검술 중에서도 이질적. 땅을 미끄러지고, 허공을 날아오르고, 몸을 틀고, 사방팔방으로 베기와 찌르기를 내지른다. 옆에서 보면 악마처럼 보인다.

"교하치류(京八流)라고 한다."

가장 오래된 검술이라고도 하는 유파로, 그 기원은 겐페이(源平) 전쟁(1180년에 벌어진 무사 가문 겐지(源氏)와 헤이시(平氏) 간의 내전)까지 거슬러 올라간다. 기이치 호겐(鬼一法眼)이라는 자가 시조이며, 구로 호칸(九郎判官), 미나모토노 요시쓰네(源義經)도 배웠다는 검법이다.

"그렇게 오래된 검술을… 슈지로 씨는 그것을 수련한 거야?"

"응. 하지만 수련한 것은 아니야. 교하치류는 다른 것과는 결이 크게 달라."

교하치류를 기이치 호겐이 구라마에서 여덟 명의 승려에게 전파하여 수많은 유파의 원류가 되었다고 전해진다. 그러나 그것은 전승을 통해 와전된 것으로, 진실은 달랐다.

"여덟 명의 제자에게, 각각의 정수를 나눠서 가르친 깃이다."

먼저 내용의 99퍼센트까지는 여덟 명 모두가 같은 것을 배운다. 나머지 1퍼센트만이 각기 다르다. 그것이 여덟 개의 비술이다. 대부분

같은 것을 배우기 때문에, 보기만 해도 따라 할 수 있을 것 같지만, 그것이 매우 어렵다. 그것이 바로 교하치류가 아무도 흉내 내지 못하고, 아무에게도 알려지지 않으며 맥을 이어갈 수 있었던 까닭이다.

그러나, '계기'만 구전으로 배우면, 금방 기술을 개화할 수 있게 된다. 그 기초가 되는 수행은 이미 했으니까. 현재 슈지로도 비밀리에 전수된 것을 배운 것만으로, 처음부터 서투르게나마 할 수 있게 된 것이다.

"그것이 비술 '무곡(武曲)'이다."

무곡은 무용처럼 경쾌하게 팔다리를 움직여 적을 휘두른다. 아까 보여준 것이 그것이다. 그 외에 녹존(祿存), 파군(破軍), 거문(巨門), 탐랑(貪狼), 염정(廉貞), 문곡(文曲), 그리고 북진(北辰)으로 전부 별 이름이 붙고, 합쳐서 여덟 개의 비술이 있었다. 한 사람이 한 가지씩 그 비술을 전수받았다는 것이다.

"하지만, 그렇다면 수련한 게…."

후타바는 뺨을 타고 흘러내리는 빗방울을 닦으면서 말했다.

"수련을 도중에 내던졌다."

게이오(慶應) 원년(1856년) 초여름, 지금으로부터 13년 전, 슈지로가 15세 때의 일이었다. 슈지로는 구라마에서 도망쳤다. 그리고 두 번 다시 돌아가지 않았다.

"그럼, 그 정도인데도 '무곡'은 완성된 게 아닌 거구나."

"아니, '무곡'은 완전히 내 것이 되었다."

후타바는 미간에 주름을 잡으며 고개를 갸웃거렸다. 슈지로가 하려는 말이 이해가 되지 않는 것 같다.

"여덟 개의 비술을 수련해야만 교하치류를 계승한 것이 된다."

"엇? 하지만 한 사람당 하나씩이라며?"

"그래. 지금 상황과 같다."

"혹시…."

수련의 최종단계. 각자의 비술을 부여받을 때, 스승으로부터 최후의 시련을 명령받는다.

"제자들끼리 서로 죽고 죽여, 남은 한 명이 교하치류의 계승자다."

이 방법으로 교하치류는 장장 7백 년 동안 1인 계승으로 전해져왔다. 모든 것을 알아차린 모양으로, 후타바의 뺨이 긴장했다.

"여덟 명의 제자는 의형제…."

슈지로는 빗방울이 떨어지는 턱을 닦으며 고개를 끄덕였다.

"그렇다. 그리고 계승전 전날 밤, 나는 구라마에서 도망쳤다."

한동안 무언의 시간이 이어졌다. 어느 틈엔가 비는 그치기 시작했고, 나무에 새들이 돌아와 지저귀기 시작했다. 그 지저귀는 소리가 두 사람 사이를 메웠다.

"형제들은 어떻게 되었어?"

후타바는 마음을 굳게 먹은 듯이 묻는다.

"여기 참가한 시쿠라 말고, 딱 한 명 만났다고 말한 걸 기억해?"

형제들의 성은 교토의 지명에서 따와 스승이 대충 지어준 것. 이름은 숫자 1부터 8에 유래한다.

"분명히, 첫 번째인…."

"아카이케 잇칸. 그 사람한테서 들었다."

잇칸과 재회한 것은 4년 전 도쿄. 그때 형제들의 그 뒷이야기를 들었다. 계승전은 여덟 명이 다 모이지 않으면 시작되지 않는다. 스승은 맹렬한 노여움에 눈을 까뒤집고 찾았으나, 그 무렵 시대는 격동기를 맞고 있었다. 더욱이 보신 전쟁(戊辰戰争. 1868년~1869년에 일어난 내전. 에도 막부 세력(사무라이)과 교토 왕실에 정권 반환을 요구하는 세력(신 정부군)과의 싸움으로 신 정부군이 승리하였다)이 일어나 나라 전체가 혼란스러운 와중에 사내 한 명을 찾는 것은, 사막에서 바늘 찾기 같은 것. 도저히 찾지 못하고 스승은 병이 진행되어 실의에 빠진 채로 죽었다.

남은 형제들은 모두가 고아. 검 이외에는 살아갈 방법을 모른다. 그 상태로 새로운 시대에 내던져져, 뿔뿔이 흩어졌다. 아카이케 잇칸도 세상 물정을 거의 몰랐고, 먹고 사는 것조차 힘들었다고 한다.

슈지로도 동란 와중에 검을 잡았다. 그것밖에 할 수 있는 것이 없었기 때문이다. 그리고 아내를 만나지 못했다면, 그 후에 다가온 이 시대를 살아가는 일은 불가능했을 것이다.

"이거."

후타바는 삿갓을 벗어 두 손으로 내밀었다. 비는 이제 거의 다 그쳤고, 길 여기저기에 생긴 물웅덩이에 떠오른 파문도 점점 작아지고 약해졌다.

"고마워."

슈지로는 삿갓을 쓰고 비에 젖은 끈을 단단히 묶었다.

내리막길은 크게 꺾어진 커브 길이 이어진다. 왼쪽은 산, 오른쪽은 깎아지른 듯한 절벽이다. 그 너머, 발아래 저 멀리에는 다음 역참인 사카시타가 보였다. 길 앞에서 짐을 짊어지고 올라오는 상인인 듯한 자가 콩알 만한 크기로 보였다.

"조심해."

후타바를 길 왼쪽으로 내몰았다. 두 번, 세 번, 꺾어지는 길을 거쳐 상인과 스쳐 지나치게 되었다. 상대방이 고개를 까딱여 인사하더니, 허리에 찬 검을 보더니 흠칫 놀란 얼굴이 되었다. 슈지로도 고개 인사로 대답해줬지만, 단 한 순간도 눈을 떼지 않았다. 지나친 후에도 몇 번이나 돌아보며 계속 경계했다.

"관련 없는 모양이군."

슈지로는 가늘게 숨을 내쉬었다.

"하지만, 또 경찰에 통보할지도…."

확실히 그 말이 맞다. 고개를 넘으면 거기에 세 사람의 시체가 나뒹굴고 있으니까. 숫자가 더 늘어났을지도 모른다.

"잠깐…. 지금, 우리는 몇 번째 정도지?"

"글쎄. 중간에서 뒤쪽인 것 같아."

그도 그렇게 짐작하고 있다. 제2관문인 세키에서 97인으로 좁혀진다. 절반보다 뒤라면, 벌써 70명은 통과한 건가? 그렇다면, 이미 2백 명 정도의 참가자가 이 세상에 없다는 뜻이다. 그런 것치고는, 그가 벤 자를 제외하면, 이시베 여관에서 말고는 참가자의 시체를 보지 못했다.

"시체를 숨기는 건가?"

역시 경찰에게 쫓기면 성가실 것 같으니 시체를 처리하고 있는 것이다. 슈지로는 위를 올려다보는 것처럼 고개를 뒤로 돌렸다. 이 산에는 이미 상당수의 죽은 자가 잠들어 있는 것 아닐까?

"슈-."

"응."

후타바의 외침에 겹쳐지듯, 낮게 말했다. 왼쪽 경사면에서부터 두 명의 머리 위로 그림자가 내려온 것이다. 역광 때문에 얼굴은 모르지만, 휘두른 검이 박힌 장소에서 빛난다. 슈지로는 크게 앞으로 내디디며 허공을 향해 검을 내질렀다. 맞부딪치는 순간, 빛의 굴절 탓인지 적의 칼이 일그러진 것처럼 보였다.

-위험해!

발도한 기세를 그대로 실어 땅을 박차고 슈지로는 구르는 것처럼 도망쳤다. 그의 일격은 상대방의 칼날을 포착하지 못했다. 그대로 있었다가는 어깻죽지를 베였을 것이다. 온몸이 진흙투성이가 되어 일어섰을 때, 적은 질풍처럼 칼을 쏟아냈다.

검을 올려 막아내려고 했지만, 적의 칼이 아지랑이처럼 또다시 일렁였다. 비스듬히 뒤로 쓰러지는 것처럼 점프했다. 칼이 삿갓 끄트머리를 스치는 둔한 소리를 낸다.

"슈지로 씨!"

"후타바, 떨어져 -."

대답할 틈조차 없는 연속 공격을 받는다. 베기, 찌르기, 하나같이 잘게 진동하며 잔상을 남기고 궤도가 변하는 것이다. 슈지로는 이리저리 뒹굴면서 계속 도망쳤다. 목을 베려고 덤벼드는 옆으로 베기를 몸을 굽혀 피한다. 그때는 다리를 꼬는 것처럼 교차시켰다. 슈지로는 그것을 풀고, 선풍처럼 몸체를 겨냥해서 일격을 날렸다.

높은 금속음이 났다. 처음으로 검이 맞부딪쳐 육박전 상태가 되었다. 상대의 무기는 길이 1척 3촌의 소협차였다.

"칼을 거둬라… 이로하."

최초의 일격으로 눈치챘다. 이것은 교하치류의 기술이다. 정체는, 의형제 중 유일한 여자, 기누가사 이로하(彩八)다.

헤어졌을 무렵에는 지금의 후타바보다도 어린 10세 소녀였다. 13년의 세월을 거쳐 여자로 성장했으나, 의지가 강해 보이는 쌍꺼풀진 눈, 애교 있는 도톰한 입술은 변하지 않았다. 형제 중에서 특히 그를 잘 따랐고, 걸핏하면 슈 오라버니라고 부르며 장난을 쳤다. 그것만큼은 그때와 크게 달라져, 이로하는 증오의 눈길로 그를 날카롭게 노려보고 있었다.

"닥쳐!"

슈지로 쪽이 힘이 세다. 육박전을 피해 이로하는 왼손으로 허리에서 사스가(刺刀. 찌르는 용도로 사용되며 주로 보조 무기로 썼던 단도의 일종)를 뽑았다. 이것도 아지랑이 너머로 사물을 보는 것처럼 일렁인다. 슈지로 쪽이 펄쩍 점프해서 후퇴해야 했다.

"문곡…."

신기루처럼 허상을 남기고 궤도를 꺾는 교하치류의 비술. 계승한 것은 바로 이 이로하다. 하나하나의 공격이 전후좌우로 1촌에서 2촌까지 구부러진다. 털끝만큼의 사정거리를 노리는 칼싸움에 있어서, 이 오차는 생사를 가르게 된다. 점점 아지랑이와 싸우는 기분까지 든다.

"설마 너까지 있을 줄은."

슈지로는 필요 이상으로 거리를 두면서 말했다. 시쿠라가 있는 것은 확인했지만, 설마 이로하까지 참가했을 거라고는 생각지 않았다.

"내가 할 말이다. 다른 놈을 기다리고 있었는데, 설마 당신이 올 줄이야…."

이로하는 자도와 소협차, 두 자루를 겨누면서 공격할 기회를 노리고 있다.

"시쿠라를?"

"알고 있었네."

"그래. 덴류지에서 눈이 마주쳤다. 설마 세 명이나 있을 줄이야…."

"다섯 명."

이로하가 작게 말을 흘렸다.

"다섯 명… 어떻게 된 거냐?"

"시쿠라 오라버니뿐만이 아니야. 산스케(三助) 오라버니, 진로쿠(甚六) 오라버니도 있어."

"뭐-."

말문이 막힌 순간, 이로하가 화살처럼 달려왔다. 소협차가 옷자락을 찍어내린다. 이것도 또한 허공에서 팔랑 각도가 변한다. 방어가 따라가지 못해 소매가 찢어졌을 때, 자도의 찌르기가 날아왔다. 정면에서 보면 초승달을 그린 것처럼 휘어져, 슈지로의 뺨을 스쳤다.

"이로하!"

상단에서부터 반격을 내질렀다. 그러나 이로하는 막으려고 하지 않는다. 뺨에 닿기 직전에 칼을 멈췄다. 소협차가 달려들어, 슈지로는 옆구르기를 하면서 간신히 피했다.

"아까도 멈출 생각이었구나… 무슨 속셈이야?"

이로하의 문곡은 공격 기술. 방어에는 아무런 도움이 되지 않는다. 즉, 이쪽에서 계속 공격하는 것이 최대의 방어가 된다. 아까의 옆으로 베기도, 그렇게라도 하지 않으면 움직임을 막을 수 없다고 계산했기 때문이었고, 이로하가 피하지 않으면 분명히 멈출 생각이었다.

"너와 싸울 마음은 없어. 그래서 나는 계승전에서 도망쳤다. 그러면 아무도 죽지 않고-."

"아니야! 당신이 도망가서, 우리가 어떻게 되었는지 모르니까 그런 말을 할 수 있는 거야!"

이로하는 외치면서 달려왔다. 방어로 돌리면 이쪽이 당한다. 슈지로는 혀를 차고, 자기도 검을 내질렀다. 이로하는 그것을 소협차로 막아내더니, 다른 손의 자도로 가슴팍을 찌르려고 했다.

온몸의 힘을 빼고 슈지로는 크게 뒤로 젖혔다. 눈앞을 자도가 지나간다. 문곡의 칼 공격을 상대할 때는, 이렇게 과장될 정도의 움직임으로 피하는 것이 핵심이다.

오른손을 땅에 짚는다. 그리고 몸을 뒤로 젖힌 자세 그대로, 왼발을 마치 낫처럼 움직여, 이로하의 무릎 뒤를 찼다.

"무곡 놈-."

예측 불가의 다리 움직임은 무곡의 특색. 이로하는 이를 악물며 고꾸라졌으나, 그 자세로도 마치 노를 젓는 것처럼 협차를 휘둘렀다. 자기 뒷덜미를 노리고 칼날이 다가오는 것이, 슈지로에게 또렷하게,

-보인다.

고개를 땅에 가까이 대고 돌려 종이 한 장 차이로 피하더니, 그대로 몸을 옆으로 굴려 일어섰다.

"지금… 완전히 명중해야 했을 텐데."

등 뒤에서의 공격을 힐끔 보지도 않고 피했기 때문에, 이로하는 동요를 감추지 못하는 모습이다.

"설마 '북진'…."

이로하는 눈을 크게 뜨고 두세 걸음 뒤로 물러났다.

"그래."

"그건 잇칸 오라버니 기술이야!"

북진은 눈에 의존하는 기술. 교하치류의 수련과정에, 발사된 화살에 적힌 글자를 읽어내는 것이 있는데, 이것은 모두가 습득했다.

ㅡ 북진의 정체는, 상대방의 근육 움직임으로 한순간 뒤를 예상하는 것이다.

잇칸은 죽기 직전에 비술을 슈지로에게 맡겼다.

"이놈이고 저놈이고… 뭐가 형제야?"

이로하의 얼굴이 분노로 물든다. 슈지로는 어떤 사실을 깨달았다.

"이놈이고 저놈이고라면… 설마, 누군가 다른 이도?"

"시쿠라는 자기 '파군' 말고도 '거문'과 '염정'을 갖고 있어."

"무슨 소리야?"

"시끄러워!"

이로하가 외치면서 칼을 겨눴을 때, 슈지로의 눈앞으로 후타바가 튀어나왔다. 그리고 두 팔을 옆으로 벌리고 막아서는 것 같은 자세를 취했다.

"둘 다 멈춰!"

"후타바, 물러서 있어."

"비켜, 꼬마 계집."

슈지로와 이로하의 목소리가 겹쳤지만, 후타바는 격렬하게 고개를 저었다.

"남매끼리 싸우다니, 그런 슬픈 일…."

"슈 오라버니는 이치 오라버니의 북진을 갖고 있다. 그것은 즉, 싸워서, 빼앗고, 죽였다는 뜻이다!"

이로하는 흥분한 나머지 옛날처럼 부르고 있었다.

"아니야! 잇칸은 나에게–."

"닥쳐!"

두 사람이 언쟁하는 가운데, 후타바는 똑바로 이로하를 쳐다봤다.

"슈지로 씨는 그런 사람이 아니야. 그런 사람이었다면, 진작에 나를 못 본 척했을 거야…. 이로하 씨도 그렇지?"

"나를 같이 취급하지 마."

"이로하 씨가 숨어 있던 위치에서는 내가 더 가까웠어. 그런데도 나를 노리지 않고 뛰어넘었어."

"그건, 저놈을 치려고 했을 뿐이다."

"거짓말. 그렇다면 나를 인질로 잡는 게 더 간단했을걸."

이로하는 입술을 깨물 뿐, 아무 대답도 하지 않았다.

"이로하! 뒤에 적이 온다!"

"그런 수에 넘어갈 줄 알고."

"아니야. 정말이다."

슈지로는 재빨리 검을 넣고 적의가 없다는 것을 나타냈다. 그제야 이로하가 돌아본다. 고갯길 저편에 사람 그림자가 보인다. 숫자는 네 명. 활을 든 것을 보니 오르막길에서 습격해왔던 사수들인 모양이다. 동료들끼리 내분을 일으키긴 했으나, 어찌어찌 화해한 것으로 보인다.

"저것은 우리한테는 성가시다."

이로하의 문곡은 공격 기술. 그것도 1대 1 접근전에서 효과를 발휘한다. 여러 명인 데다가 날아다니는 도구를 상대하기에는 불리할 터였다.

한편 슈지로의 무곡은 공수 다 커버하는 발기술. 저 정도의 화살이라면 백 개를 쏜다 해도 피할 자신이 있다. 그러나, 후타바를 지켜야 하기 때문에 아까처럼 잘 풀릴 거라는 보장은 없다. 도망치는 것이 최선책이다.

"이로하, 가라. 너라면 여기를 가로지를 수 있겠지."

내리막 경사면을 힐끗 본다.

"아직 결판이 나지 않았어."

"그렇게 날 죽이고 싶다면 도쿄로 가. 나는 반드시 도착한다."

이로하는 혀를 차더니 길을 벗어나 경사면을 내려갔다. 숲에서 자란 그들에게는 별일 아닌 것이다. 그러나 후타바에게는 너무 위험하므로, 구불구불한 커브길로 도망치는 수밖에 없다.

"후타바, 우리도 간다."

적은 3정(町) 정도 뒤까지 다가와 있다. 화살의 사정권 내에 들어가는 것은 위험히다. 둘이 동시에 뛰기 시작했다. 후타바는 달리면서 자기 손을 봤다. 두 손이 덜덜 떨리고 있다.

"무서웠지?"

"응…"

"고마워. 덕분에 살았다."

후타바가 없었다면, 둘 중 하나가 반드시 죽었을 것이다.

"또 다른 형제가…."

"이야기는 나중에. 우선은 저것들을 따돌린다."

실력에 자신이 있어서 참가한 만큼, 다들 체력은 있다. 후타바의 속도에 맞추느라, 한동안 달려도 떼어버릴 수 없는 정도가 아니라, 조금씩 간격이 좁아졌다.

"곧 고개가 끝난다! 빠져나가면 사카시타 역참이다. 거기까지 가면, 아무리 놈들이라도 대놓고 습격해오진 못해."

격려하면서 달리지만, 고개를 끄덕이는 후타바는 확연히 숨이 찬 상태다.

－해치울까.

자기 혼자 되돌아가서 싸운다는 뜻이다. 저 중에 상식을 뛰어넘는 강자는 없다고 판단했다. 네 명을 상대해도 이길 수 있겠지. 그러나 그 네 명이라는 것이 골치 아프다. 아무리 슈지로라도 네 명을 동시에 해치우는 것은 불가능하다. 한 명이라도 남기면, 그놈이 후타바에게 가게 된다.

슈지로는 등 뒤로 쫓아오는 남자들을 신경 쓰면서, 거친 숨을 몰아쉬는 후타바의 손을 잡고 고갯길을 내려갔다. 평소 이 고갯길에서는 나그네들의 따뜻한 인사, 위로의 말들이 오가겠지. 그러나 지금 수라들에게 점거된 탓인지, 슈지로의 눈에는 구불구불한 고갯길 자체가 끝없는 지옥길처럼 비쳤다.

- 남은 인원, 101명.

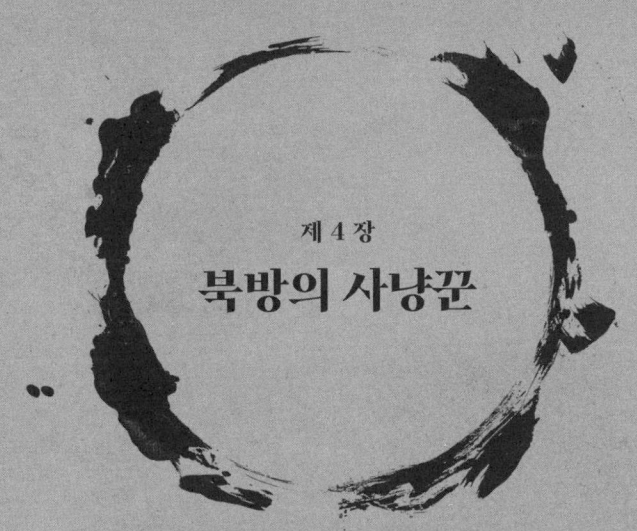

제 4 장
북방의 사냥꾼

*

 보이는 사방의 대지 전체가 하얗게 물들고 있었다. 매해 겨울에는 눈이 많이 내리지만, 올해는 특히 더하다. 그저께 하늘이 빠진 것처럼 큰 눈이 내렸는데, 지금 또 눈가루가 흩날리기 시작했다.
 고요한 숲속, 가무이코차는 눈이 쌓인 바위에 배를 대고 엎드려 있다. 익숙지 않은 자라면 그 상태로 100을 세는 것도 참을 수 없겠지. 그러나 아이누(오늘날의 일본 홋카이도 지방과 도호쿠 지방, 러시아의 쿠릴 열도 등에 정착해 살던 원주민. 일본의 근대화 이후 일본 민족으로 편입되었다) 남자라면, 어릴 때부터 사냥을 하는 아이누 족이라면, 그보다 두 배는 더 버틸 수 있다.
 ―아직도 내리나?
 또 눈발이 거세졌다. 아이누에게는 '년(해)'이라는 개념은 별로 없다. 봄이 오면 꽃이 피고, 여름이 되면 녹음이 우거지고, 가을이 되면 낙엽이 춤추고, 그리고 겨울이 되면 눈이 내린다. 가무이코차는 계절이 한 바퀴 도는 것을 1년으로 이해하고는 있지만, 왜인(일본인)처럼 1년마다 이름을 붙이지는 않았다. 지금은 왜인이 말하는 메이지 10년(1877년) 겨울. 홋카이도는 여느 때보다도 폭설이 내렸다.
 애초에 홋카이도라는 이름도 왜인이 붙인 것이다. 그때까지는 왜인들은 이 땅을 '에조' 등으로 불렀다. 그렇다면, 아이누는 뭐라고 불렀나 하면, 그냥 '대지'라고 부를 뿐이었다. 여기 말고도 왜인들이 사는 토지가 있다는 것은 알고 있었지만, 그 땅으로 이주하는 것은 생각지도 않았던 아이누에게 있어서는 이 땅만이 대지였던 것이다.

그러나 왜인들은 때때로 아이누의 땅을 빼앗으려고 했다. 그것은 태곳적부터 그랬었다. 아이누는 성격이 온화한 자가 많지만, 이때만큼은 일어서서 저항했다. 이 대지는 우리가 사는 장소이기 때문만이 아니라, 신에게서 받은 것이기 때문에 당연한 일이다.

긴 역사 속에서 왜인에게 빼앗긴 토지도 있다. 그러나 이 대지는 북쪽으로 가면 갈수록 더욱 눈이 자주 온다. 왜인들에게 있어서도 그다지 '득' 될 것이 없는 모양으로, 빼앗아간 것은 일부 남쪽 토지뿐이었다.

– 그러나, 변했다.

절묘한 균형을 유지하던 것이 돌변한 것은, 계절이 열 번 바뀌기 전. 왜인들끼리의 항쟁이 있었고, 열세를 면치 못한 자가 이 땅으로 도망쳐와서 저항하기 시작한 것이다.

남쪽에서 격렬한 싸움이 벌어졌다. 그 주변의 동포들 중에도 휘말린 자가 많다고 들었다. 그러나 결국, 도망쳐왔던 쪽이 패하고, 일단 수습되었다.

진짜 변한 것은 그 후의 일. 이긴 쪽 세력이 '정부'를 편성하고, 이 대지 전체를 합병하려고 한 것이다.

이에 아이누 사람들은 저항을 표시했다. 전투가 벌어진 마을도 있었다고 한다. 그러나, 방대한 숫자에 총을 들고 공격해오는 왜인 앞에서 아이누의 용사들은 승천했다.

　가무이코차의 마을은 싸우는 일 없이 순순히 따랐다. 모두의 존경을 받던 촌장이 마침 죽었을 무렵이었기 때문에, 설령 싸운다고 해도 제대로 저항할 수 없었을 것이다.

　촌장은 가무이코차의 아버지였다. 그 무렵 가무이코차는 아직 11세의 어린아이. 아버지 대신에 마을을 통솔하는 일은 불가능했을 것이다.

　그 후 메이지 4년(1871년)에는 호적법이 제정되어, 아이누는 평민으로서 호적 등록을 했다. 정부는 아이누의 독자적인 풍습을 금지하고, 왜어(일본어)를 배우도록 강요했다. 더욱이 둔전병(屯田兵)이라 불리는 왜인 이주자가 들어와, 대지는 잠식당하듯이 조금씩 빼앗기고 있다.

　- 생각하지 마.

　잡념이 문득 머리를 스쳐서, 가무이코차는 자기 자신에게 일렀다. 재작년에는 여기까지 왜인들의 손길이 뻗쳤다. 처음에는 아이누에게 개의치 말고 계속 여기 살아도 좋다고 했었으나, 아무래도 왜인들의 사정이 바뀐 모양이었다. 왜인들이 약속을 깨는 것은 종종 있는 일이었다.

　왜인은 그의 마을을 포함한 주변 세 곳의 마을에 수일 내로 퇴거하라고 말했다. 그래서 세 명의 촌장이 모여 논의를 하게 되었다.

　"포기하는 수밖에 없어."

　먼저, 첫 번째 마을을 다스리는 이와케시가 말했다. 이와케시는 가무이코차보다 30살도 더 연상. 돌아가신 아버지와 같은 연배의 고령이다.

남쪽에서 저항했던 자들이 어떤 꼴을 당했는지 알고 있다. 그렇다고 해서 달리 갈 곳도 없다. 이대로 다른 마을에 몸을 의탁하든가, 왜인의 땅으로 옮겨가든가, 각자의 길을 가기로 하자고 이와케시의 마을에서는 결정한 모양이다.

"어리석군."

그렇게 말하며 격앙되었던 것은, 또 하나의 옆 마을 촌장인 우타리안이었다. 가무이코차도 젊은 촌장이지만, 우타리안도 겨우 한 살 연상이었기 때문에 상당히 젊다. 아버지끼리 친한 사이였고, 나이가 비슷하기도 해서, 우타리안과는 어릴 때부터 자연히 친하게 지냈다.

"어째서 왜인들에게 대지를 빼앗겨야 하는가?"

우타리안은 흥분해서 침을 튀기며 말했다.

같은 생각을 가무이코차도 하고 있었다. 왜인들이 사는 땅이 얼마나 넓은지는 모르지만, 적어도 살기에는 부족하지 않을 터. 그런데도 어째서 왜인은 우리 토지를 빼앗는 건가? 줄곧 의문이었다.

"그뿐만이 아니야. 왜인은 우리의 생활까지 빼앗는다."

아이누와 왜인은 생활 방식이 많이 다르다. 숭배하는 신조차 다르다. 그것을 전부 파기시키고, 똑같이 생활하고, 같은 신을 섬기도록 왜인은 명령했다. 이것을 토지를 빼앗긴 것보다도 더한 굴욕으로 여기는 아이누도 많았다.

"이러다가 사냥까지 금지시킬 거다."

우타리안은 계속 말을 이었다. 왜인은 농기구를 빌려주며 논밭을 개간하도록 강요했다고 한다. 그것은 주로 수렵으로 살아가는 아이누의 생활양식과는 크게 달랐다. 그저 논밭을 개간하라는 거라면 그나마 낫다. 수렵을 하면서도 할 수 있으니까.

그러나 왜인은 수렵 그 자체를 좋게 보지 않는 모양으로, 언젠가는 금지하는 것 아닌가? 하고 우려하는 아이누도 많았다.

아이누는 수렵을 통해 얻은 고기를 먹고, 뿔과 가죽을 팔아 다른 물건과 교환한다. 그 길이 없어진다는 것도 문제지만, 그보다 아이누에게 있어서 수렵은 신앙과 밀접하게 관계가 있다. 온갖 생물에는 신이 깃들어 있다. 그것을 사냥함으로써 신을 하늘로 돌려보낸다. 즉, 아이누에게 있어서 수렵은 종교의식이기도 한 것이다.

왜인이 수렵을 금지하기까지는 하지 않더라도, 총을 사용하라고 강요할지도 모른다고 말하는 자도 있다. 활을 쏴서 잡아야만 신은 해방된다. 정체 모를 무기로 잡는 것은, 신에 대한 모독이라고 아이누는 생각한다.

"그것은 아직 몰라."

가무이코차는 우타리안을 말렸다. 확실히 걱정은 된다. 그러나 실제로 아직 수렵을 금지한 것은 아니다.

"너는… 싸우지 말라는 건가?"

으르렁대는 것처럼 묻는 우타리안에게 가무이코차는 대답할 말이 없었다. 아까 고령의 촌장이 말한 것처럼 마을을 없앨 생각은 없다. 설령 그렇게 한다 해도 마을 사람들이 살아갈 수 있을 거라고는 도저히 생각할 수 없기 때문이다.

그렇다고 해서 우타리안처럼 봉기할 생각도 없었다. 왜인과 싸워 이길 수 있을 리가 없는 것이다. 총을 비롯한 장비 등도 그렇지만, 그보다 우선 숫자가 다르다. 싸워봤자 결국엔 굴복하게 될 것이다. 그때 과연 우리는 얼마나 남아 있을까? 그것은 생각만 해도 무서운 일이었다. 그렇게 고하자, 우타리안은 서글픈 표정을 짓더니,

"너는 아무것도 몰라."

라는 말을 남기고 그 자리를 떠났다.

그것이 가무이코차가 본 우타리안의 마지막 모습이 되었다.

10일 후, 우타리안 마을은 봉기했다. 그 당시에는 거기 와 있던 왜인도 적었기 때문에, 우타리안들이 쫓아냈다. 그러나, 그로부터 20일 정도 지나, 2백 명 정도의 왜인이 들이닥쳐, 우타리안의 마을은 궤멸했다. 마을 사람들 대부분이 죽었다고, 가무이코차 마을까지 도망 온 몇 안 되는 사람들이 말했다.

우타리안의 마을이 불에 탄 후, 도망친 자를 숨겨주고 있다는 의심을 하여 가무이코차 마을에도 왜인들이 왔었다.

가무이코차는 그런 자는 없다고 일축했다. 왜인들도 가무이코차가 순순히 항복할 뜻을 표명하는데 일을 크게 만들고 싶지는 않았을 것이다. 한 달 이내에 마을을 떠날 것을 조건으로 물러났다. 이렇게 해

서 가무이코차는 마을에 사는 43명과 함께 마을을 떠나 북쪽으로 갔다. 그리고 계곡 사이의 작은 토지를 발견해, 거기에서 새로운 마을이라고 부를 만한 집락을 이뤘다.

― 이게 맞는 걸까?

가무이코차는 언제나 생각한다.

우타리안의 마을에서는 많은 사람이 죽었다. 모든 아이누가 그런지는 몰라도, 적어도 그들의 마을에서는, 어린아이는 신의 선물이며 결코 손을 대서는 안 된다는 규칙이 있었다. 그런데, 아무런 죄도 없는 아이들까지 싸움에 휘말린 것이다. 나라도 달려가서 구해내야 했던 것이 아닐까? 아니, 벗으로서 내가 말릴 수 있었다면, 사라지지 않았을 생명도 있었던 것 아닐까? 그렇게 자문자답하지 않은 날은 단 하루도 없었다.

게다가 우리 마을은 간신히 싸움은 피했으나, 이곳 역시 안식의 땅은 아니고, 언젠가 쫓겨날지도 모른다는 불안은 남아 있는 것이다.

가무이코차는 그들의 토지를 빼앗은 왜인에게 가서, 어떻게든 돌려받을 방법은 없는지 물었다. 왜인들의 대응은 아주 냉담한 것이었다. 듣자하니 그들의 토지를 어떤 돈 많은 자산가가 샀다고 한다. 남의 토지를 멋대로 매매하다니, 이상했지만, 왜인들의 논리로는 그렇지 않은 모양이다.

"얼마인가?"

가무이코차는 물었다. 뿔과 가죽 교역을 하고 있었기 때문에, 일상

회화 정도의 왜어는 말할 수 있었다.

"왜 그런 걸 묻지?"

기름기가 번지르르한 얼굴의 왜인은 코웃음을 쳤다.

"내가 도로 사겠다."

가무이코차가 그렇게 말하자, 왜인들은 서로 얼굴을 마주 보며 한순간 입을 다물더니, 그 후에 배를 움켜잡고 폭소했다. 아무래도 그 가격이 어마어마한 금액인 모양이라는 것만은 알았다.

"좋다."

그 목소리에 왜인들이 퍼뜩 돌아본다. 거기에는 뒤룩뒤룩 살찐 남자. 이자가 왜인들이 말하는 '자산가'라는 것을 바로 알았다. 평소에는 도쿄에 있다고 하는데, 때마침 이 땅에 시찰하러 왔다는데, 다른 왜인들도 듣지 못했던 모양으로 깜짝 놀란다.

"충동적으로 사긴 했는데, 이렇게 와보니 개척하려면 제법 손이 가고 돈이 들 것 같네. 원래는 값을 더 올려서 팔겠지만, 샀던 가격만 주게."

"그건…."

"34,300엔."

남자는 짧게 내뱉었다. 우리 마을뿐만 아니라, 주변 스무 개 마을도 포함할 정도의 토지를 산 모양으로, 그 가격은 그 때문이었다. 주위의 왜인들이 놀라는 모습을 보니, 그것이 엄청난 금액이라는 것만 알겠다.

"알겠다. 이번에야말로 약속을 지켜라. 지키지 않으면 목숨은 없는 거라고 생각해라."

"지불만 한다면."

남자가 비웃음을 띠며 조속히 개간하라고 지시하는 가운데, 가무이코차는 그 자리를 나왔다.

그로부터 2년. 가무이코차는 반쯤 포기하고 있었다. 우선, 남자가 말한 '34,300엔'이, 그가 상상했던 것 이상의 큰돈이라는 걸 알았기 때문이다. 남자도 설마 정말로 재구매할 것이라고는 생각하지 않겠지. 그 비웃음에는 그런 의미가 담겨 있던 것이다.

유일한 희망도 있긴 했다. 왜인이 더없이 사랑하는 '금'의 존재. 이 대지 어딘가에도 금을 채굴할 수 있는 산이 있다고 왜인은 생각하는 모양으로, 토지를 사 모으는 것은 그것도 이유 중에 있는 모양이다. 멀리까지 금광을 찾으러 나갔지만, 그리 쉽게 발견할 수 있는 것은 아니다. 더욱이 사냥을 하지 않으면 먹고 살 수도 없어, 금광을 찾는 일에만 몰두할 수도 없다. 그래서 사냥하러 나가면서 한편으로는 금광을 찾는 나날이 이어졌다. 지금도 마을 사람들의 식량이 바닥날 것 같아, 이렇게 한겨울임에도 불구하고 사냥하러 나온 것이다. 그러나 그것도 지금은,

- 위법.

이 되었다.

우타리안이 말한 대로, 그 직후에 자동 발사되는 활 등을 비롯한 아

이누의 수렵법이 금지되었다. 어장도 규제해서, 강촌 근처에 사는 자들은 심각한 손해를 입었다고 한다.

그러나 가무이코차는 사냥을 그만두지 않았다. 이것을 그만둬버리면, 생명의 존귀함을 가르쳐온, 대지의 위대함을 가르쳐온 선조들께 이번에야말로 면목이 없어져 버린다.

─슬슬.

가무이코차는 눈을 한 움큼 입에 넣었다. 입안이 따뜻해지면 숨결도 하얘진다. 숲에 사는 동물들은 금방 그 숨결을 발견하기 때문에, 때때로 이렇게 입 안을 식히는 것이다.

잠시 후에 그때가 왔다. 유쿠. 왜인들 말로는 사슴이다. 가무이코차는 바람의 흐름을 따라가는 것처럼 천천히 몸을 일으켜, 활에 화살을 끼우고 조준했다. 유쿠는 새끼손가락만 한 크기로 보인다. 가무이코차는 숨을 옅게 가라앉히더니, 기도하며 화살을 쏘았다.

눈발은 한층 더 거세졌고, 걸어가는 즉시 발자국을 흐릿하게 만든다. 유쿠의 앞다리 바로 윗부분. 화살은 심장을 꿰뚫었다. 고통을 느낄 사이도 없었을 거라는 사실에 안도했다.

정적 속에서 가무이코차는 유쿠에게 이오만테라는 의식을 행한다. 이것으로 유쿠에게 깃들었던 신은 하늘로 돌아갈 수 있는 것이다.

"부디."

편안히 지내길. 그 마음을 담아 하늘을 올려다봤다. 춤추는 눈발 때문에 자신이 하늘로 빨려드는 것 같은 착각에 휩싸인다. 이대로 대지에서 사라져버리면, 내 고뇌도 눈처럼 녹아 사라질까? 그런 생각을 하면서, 가무이코차는 은백의 풍경 속에서 주먹을 꽉 쥐었다.

한겨울에 가무이코차의 집락으로 한 남자가 찾아왔다. 각자 다른 길을 가기로 결정한 이와케시 마을에 있던, 시바우라는 장년의 남자다.

지금 시바우는 왜인들의 거리에서 살고, 아이누와의 교역을 중개하면서 생계를 유지하고 있었다. 거래를 마친 뒤 시바우는 문득 생각난 듯이 말했다.

"가무이코차, 돈을 구하고 있다는 말을 들었는데, 사실인가?"

내가 돈을 필요로 한다는 것은, 예전 이웃 마을들뿐만 아니라, 한참 먼 곳의 동포에게까지 전해진 모양이다.

"응. 하지만…."

말끝을 흐린 가무이코차에게, 시바우는 종이 한 장을 꺼내 보였다.

"동네에서 신문을 나눠줬다."

시바우는 말했다. 신문이 어떤 것인지 가무이코차는 들은 적은 있다. 그러나 이 대지에서 팔았다는 이야기도, 배달되었다는 이야기도 아직 들어본 적이 없다. 왜인의 문화가 그 정도로 침투하기 시작했다. 그런 이야기인가 했더니, 시바우의 진의는 거기에 있는 것이 아니었다. 어려운 글자를 읽지 못하는 가무이코차를 대신하여, 왜인의 글자에도 꽤 익숙해진 시바우가 읽어줬다.

-무예에 능통한 자. 올해 5월 5일, 오전 영시. 교토 덴류지 경내에 모여라. 10만 엔을 받을 수 있는 기회를 부여한다.

"10만 엔이라고…?"

가무이코차는 숨을 헉 들이켰다. 이것이 사실이라면, 숙원을 이룰 수 있는 금액이다.

"거리에서 화제가 되었다. 사실 장난일 거라고 하는 자도 있지만."

"사실은 어떤데?"

가무이코차는 몸을 앞으로 내밀었다.

"모르지. 단, 무예에 능통한 자라는 것이… 왠지 안 좋은 예감도 들어."

시바우는 얼굴이 굳으면서 말했다.

"응. 허나, 진실이라면, 그리 쉽게 얻을 수 있을 리가 없으니까."

"나는… 당신을 자랑스럽게 여긴다. 그에 비해…."

시바우는 고개를 숙이며 힘없는 목소리를 흘렸다.

"왜인과 함께 살면, 불쾌한 일을 당하는 경우도 많겠지. 그래도 이를 악물고 살아가는 것 또한 자랑으로 생각해야 한다."

가무이코차는 진심으로 그렇게 생각했다. 아이누는 지금 커다란 갈림길 앞에 서 있다. 뭐가 옳고 뭐가 그른지, 그런 것이 아니다. 그저 나는 이 길을 선택한 것에 불과하다.

"이손노아시. 당신이니까 말한 거다."

이손노아시. 그것이 내 본명이다. '사냥꾼의 명인'이라는 뜻이다. 그 이름대로, 내 활 솜씨는 독보적이었다. 불과 여섯 살에 유쿠를 잡았을 정도다.

─ 바람의 움직임이, 화살이 지나갈 길이 보입니다.

그렇게 말하자, 마을의 노인이 가르쳐주었다. 아이누 중에서는 백 년에 한 번꼴로 그런 자가 태어난다는 전승이 있다. 그자가 바로 '가무이코차'라고.

그 이후로 대부분의 사람들이 가무이코차라는 이름으로 부르게 되었다. 성장한 후에도 누구에게도 활 실력으로 져본 적이 없었고, 아득히 먼 곳의 동포들까지 한번 보려고 찾아왔으며, 하나같이 신의 솜씨라며 놀라워했던 것을 기억한다.

시바우는 뺨이 굳은 채 힘주어 말을 이었다.

"당신은 아이누의 희망이다. 신의 아이… 가무이코차가 질 리는 없어."

마을 사람들에게 사정을 설명하고 가무이코차가 집락을 출발한 것은 3일 후의 일. 찬란하게 쏟아지는 햇빛을 향해, 가무이코차는 한걸음, 또 한걸음, 대지를 뒤덮은 눈에 발자국을 남기며 걸어갔다.

1

 슈지로와 후타바가 마지막 큰 커브 길을 빠져나갔을 때, 1정 정도 앞에 사람이 서 있는 것이 보였다. 이로하가 먼저 가서 기다리는 것인가 했더니, 아니었다. 보아하니 남자 같다. 그리고, 그보다 다른 사람이라는 것을 알 수 있는 특징이 있었다.
 "또 적…."
 후타바는 가쁜 숨 사이로 신음하는 것처럼 말했다.
 "저 차림은 아이누인가…?!"
 보신 전쟁의 마지막, 하코다테 전쟁에도 슈지로는 신 정부군의 일원으로서 종군했다. 그때 본 에조치(에조. 홋카이도의 옛 명칭)의 민족의 상과 흡사한 것이다. 게다가 남자는 손에 활을 들고 있었고, 화살통도 등에 메고 있었다. 그것이 남자의 특기라는 것은 명백했다.
 ─앞뒤에서 노리고 있다.
 슈지로는 후타바 앞으로 뛰쳐나갔다. 날아오는 화살을 전부 쳐낼 생각이다. 남자는 화살통에서 화살을 쓱 꺼내더니, 활에 끼웠다. 무서울 정도로 빠르고, 물 흐르는 것처럼 낭비 없는 동작이다. 그것만으로도 상당한 실력자라는 것을 알 수 있어, 슈지로는 마음을 다잡았다. 남자가 오른손을 튕기듯이 잡아당겼다.
 "젠장─."

아직 반정 정도의 거리가 있다. 조금 더 다가가면 쏠 것이라고 생각했었다. 심상치 않은 속도로 화살이 날아온다. 검을 뽑으려고 한 슈지로였으나, 화살의 궤도는 약간 위로 비껴가는 것으로 보였다. 그 예상대로, 화살은 슈지로의 머리 위를 넘어갔다.

뻣뻣한 활이라는 것은 틀림없고, 남자는 마른 체구치고는 힘도 있다. 하지만, 실력은 처음에 생각했던 만큼 좋지는 않은 모양이다.

"후타바, 잘 따라와."

"알았어!"

단숨에 거리를 좁혀 베어버릴 생각이다.

남자는 새끼손가락과 약지에 화살을 끼워, 등 뒤에서 회전시키는 것처럼 화살을 꺼내, 다시금 쐈다. 이번에도 머리 위를 넘어간다. 초조한 나머지 조준을 실패한 모양이다. 남자까지의 거리는 15간까지 좁혀졌다.

"뭘…?"

자기도 모르게 목소리가 흘러나왔다. 이번에는 두 개의 화살을 손으로 잡아, 혀를 내밀고 깃털을 만지작거리는 것처럼 핥더니, 그대로 두 개를 동시에 시위에 메기는 것이 아닌가. 활시위를 당기고는 아까보다도 신중하게 조준한다. 남자가 한쪽 눈을 감고 있는 것까지는 확실하게 보였다.

"많이 쏘면 맞을 거라는 건가?"

슈지로가 중얼거렸을 때, 화살은 시위에서 풀려났다. 이번에는 똑바로 슈지로의 목덜미를 향해 날아온다. 한꺼번에 쳐내려고 검을 칼집에서 뺐다.

"후타바!"

발도와 동시에 휘두른 검은 허공을 벴다. 나란히 날아오던 화살이, 갑자기 둘로 나뉜 것이다. 나를 피해 뒤에 있는 후타바를 노린 것이 틀림없다.

속도가 붙은 검을 머리 위에서 돌리면서 뒤를 돌아보았다가, 갑자기 누가 막은 것처럼 우뚝 멈춰섰다. 급하게는 채 멈출 수 없었기 때문에 팔에 부딪히는 후타바를, 슈지로는 한 손으로 감싸는 것처럼 안았다.

높은 톤의 윙윙거림과 함께 화살이 귓가를 지나갔다. 아니었다. 후타바를 노린 것이 아니다. 두 개의 화살은 완만한 곡선을 그리며 한참 먼 곳으로 날아가, 슈지로를 쫓아온 남자들에게 근사하게 명중했다. 한 명은 가슴팍, 또 한 명은 도망치려고 했던 모양으로 뒷덜미에 박혔다. 그 너머에 점점이 쓰러져 있는 남자 두 명의 모습도 보였다. 아이누로 보이는 남자는 처음부터 우리 뒤에 있는 추격자를 노렸고, 게다가 전부 다 명중시킨 것이었다.

"이 녀석도 괴물인가."

남자는 유유히 이쪽으로 다가왔다. 폭이 넓은 머리띠 같은 것을 둘렀고, 그들 문화 특유의, 당초 무늬인지 뱀눈인지 모를 문양이 그려져 있다. 동물의 뼈를 가공한 것으로 보이는 귀걸이도 했다.

그 용모를 말하자면, 눈은 뚜렷한 쌍꺼풀이고, 멀리 떨어져서 봐도 알 수 있을 정도로 속눈썹이 길다. 피부는 투명해 보일 정도로 희어 쏟아지는 백설을 방불케 했다.

활에 손을 뻗을 기색은 없다. 허리에 장식된 검을 찼으니 방심할 수는 없다. 그것말고도, 허리 오른쪽에는 석궁 같은 것을 매달았다.

"덤벼라."

슈지로는 후타바를 뒤로 물리며, 검을 앞으로 내밀고 상대와 눈을 맞추는 자세를 취했다.

"왜인… 검을 넣어라. 싸울 마음은 없다."

아이누 중에는 일본어를 못 하는 자도 많지만, 남자는 의외로 유창하게 말을 이었다.

"우리 일족은 어린아이를 죽이는 것을 가장 악한 짓으로 여긴다. 아이를 지키는 자를 존경은 못 할 망정, 싸울 마음 같은 것은 없다."

"그리 호락호락 믿을 수 있겠나?"

슈지로의 말에 남자는 약간 코웃음 치더니 비웃음을 짓는다.

"그 말, 그대로 돌려주지. 우리는 약속을 어기지 않는다."

왜인과 다르다. 그런 뜻이 말에 포함되어 있다고 느꼈다.

"저것을 챙겨도 되나?"

남자는 살짝 고개를 기울이고 오른손으로 등 뒤를 가리켰다. 목패를 말하는 것이다. 역시 참가자 중 한 명이 틀림없다.

"알겠다. 천천히 움직 – ."

슈지로가 말하는 도중, 남자의 손이 쓱 허리로 뻗었다. 검의 사정거리에서는 크게 빗나가 있다. 슈지로는 단숨에 내딛고 검을 휘둘렀으나, 남자는 더욱 뒤로 뛰어 피했다. 그리고 허공을 춤추며 방아쇠에 걸린 손가락을 당겼다. 찰칵 소리가 나고 짧은 화살이 튀어나온다. 눈으로 좇는 것이 고작. 아까보다 더 빨랐고, 슈지로의 얼굴 옆을 날아간다. 남자가 땅에 착지한 그 순간을 노려 슈지로가 검을 되돌렸을 때, 후타바가 외쳤다.

"잠깐!"

슈지로가 움직임을 딱 멈췄다. 남자는 허공에서 석궁을 내던지고, 땅에 발을 붙였을 때는 허리의 칼자루를 쥐고 있었다.

"슈지로 씨, 저걸 봐!"

아까 화살을 가슴에 맞은 남자가 아직 숨이 붙어 있던 모양으로, 무릎을 꿇고 화살을 빼내려고 했다. 그 얼굴은 분노로 물들었고, 미간에 석궁의 화살이 박혀 있다. 긴장했던 몸에서 갑자기 뭔가가 빠져나가는 것을 느꼈다. 쓰러짐과 동시에 쏜 화살은 엉뚱한 방향으로 날아갔다.

"저 사람을 해치워준 거야."

"우리는 약속을 어기지 않는다고 했지?"

남자는 땅에 떨어진 석궁을 집어 들더니, 등 뒤로 손을 뻗어 짧은 화살을 잡았다. 숨겨져 보이지 않았던 화살통 두 개를 등에 멨고, 길이가 다른 두 종류의 화살을 갖고 있었다.

"그것은…?"

"아맙포라고 부르는 것. 원래는 설치해놓고 덫으로 쓴다."

석궁을 든 남자는 말했다. 또 갑자기 누군가의 습격을 받지 않으리란 보장은 없다. 장전을 해두고 싶으니 빨리 가라고 재촉한다.

"덕분에 살았다."

"인사를 받을 이유는 없다. 우리의 규칙을 지킨 것뿐이다."

이 남자는 거짓말을 하는 것이 아니다. 우리를 죽일 생각이었다면, 이런 성가신 일도 하지 않을 것이며, 냉큼 화살의 장전도 마쳤겠지.

"아이누로군."

"그것도 왜인들이 붙인 이름이다. 우리는 우리. 그 이상도 그 이하도 아니다."

이쪽으로는 눈길도 주지 않고 거리를 일정하게 유지한 채로, 자기가 해치운 남자들을 향해 걸어갔다.

"오빠, 이름을 가르쳐줘."

나이는 20세 전후일까? 후타바가 그렇게 부르는 것도 납득할 정도로 젊다.

"어째서냐?"

"은인의 이름을 묻는 것은 내 규칙."

후타바가 의젓하게 밀하자, 남자는 고개를 살짝 틀더니 생각에 잠긴다.

"가무이코차."

남자가 이쪽을 보고 말했을 때, 마치 타이밍을 노린 것처럼 한 줄기 바람이 지나갔다. 남자의 머리띠 자락이 바람에 흔들린다.

"가무이코차…."

후타바는 신기하다는 듯이 그렇게 반추했다.

"왜인 식으로 말하면, 신의 아이다."

거창한 이름을 눈썹 하나 까딱하지 않고 말했다. 지금 지어낸 이름은 아닌 것 같고, 정말 그렇게 불렸던 것이리라. 망설임 같은 것은 일절 보이지 않는다.

"가자."

후타바의 소매를 당겼다. 가무이코차는 시체가 된 남자들을 향해 걸어갔다.

"아이와 함께 있는 한, 너도 노리지 않겠다."

가무이코차는 돌아보지도 않고 말했다. 바꿔 말하면, 혼자라면 망설이지 않고 쏘겠다는 뜻이겠지. 가무이코차가 남자들에게서 목패를 챙기는 와중에도 슈지로는 결코 눈을 떼지 않고 서서히 거리를 두었다. 이윽고 길이 꺾여져 모습도 보이지 않게 되자, 단숨에 앞을 향해 달려나갔다.

"가무이코차, 엄청났지?"

"응. 저것도 괴물… 아니, 신의 아이인가."

그 정도로 정확한 사격을 아직 본 적이 없다. '고독'이 시작되고 교진, 덴류지의 노인, 이로하, 아다시노 시쿠라, 그리고 방금 전의 가무이코차까지 다섯 명의 달인과 조우했다. 아니, 이로하의 이야기가 사실이라면, 확실히 앞으로 두 명은 더 있다. 모두 교하치류의 계승 후보자이며, 그의 의동생들이다.

― 무슨 일이 있었던 거야?

슈지로는 산을 떠나온 후에, 세상을 떠난 잇칸을 제외하고는 동생 중 누구와도 만나지 못했다. 그런데도 마치 누가 짠 것처럼 모였다.

만약 만난다면, 이로하처럼 공격해올까? 그리고 그때, 과연 나는 그들을 벨 수 있을까? 슈지로는 자문자답을 반복하면서 발걸음을 옮겼다.

난관인 스즈카 고개를 넘으면 사카시타 역참이다. 고개를 다 내려가서 돌아보니, 아무도 쫓아오는 자는 없었다. 이시베 여관에서 그런 일이 있긴 했지만, 그래도 사람들이 많은 역참은 비교적 안전하다.

특히 사람들의 왕래가 잦은 길가의 작은 찻집에서, 휴식도 겸하여 요기하기로 했다. 우동을 두 그릇 주문해서 먹었다. 그 사이에도 슈지로는 역참 입구를 계속 응시했다.

30분 정도 지났지만, 가무이코차가 들어오는 일은 없었다. 가무이코차는 이미 상당한 점수를 얻었다. 세키는 물론이고, 좀 더 나중 관문까지 통과할 수 있는 점수다. 그러니 습격당하는 것을 피해 산길을 빠져나가 곧바로 세키로 가고 있는지도 모른다.

― 아니, 그놈은 여기에서 가능한 만큼 벌어두려고 할까?

놈의 무기의 성질상, 거리를 두고 싸우는 것이 바람직하다. 가무이 코차가 서 있던 위치는, 길을 꺾어진 곳에서부터 직선거리로 1정은 되었다. 상대방이 거리를 좁히기 전에 쏘기에는 안성맞춤인 장소다. 거기서 가능한 만큼 목패를 벌어두고, 단숨에 가도를 빠져나갈 것이라고 본다. 각자 나름의 전략이 있는 것이다.

"그 무기, 처음 봤어."

후타바는 우동 그릇에 입을 대며 말했다.

"분명히, 아맙포… 석궁 같은 것이지."

구조는 흡사하다. 한 발 쏘고 나면 발로 줄을 밟아 장전하는 것이겠지. 연사는 할 수 없는 것으로 보인다. 거리가 좁혀졌을 때, 필살 일격으로써 사용하는 것으로 짐작된다.

"신의 아이라니, 엄청난 이름이네."

"응. 뭔가 사연이 있을 것 같다. 그러나… 놀랐다."

"뭐가?"

"아이누가 있다니. 그 신문은 홋카이도에도 배포되었다는 뜻이다."

오랫동안 에조치라 불렸으나, 정부가 11국 86군으로 분류했고, 총칭으로 홋카이도라 불리게 되었다. 관동 지역이 쏙 들어갈 정도로 드

넓은 토지다.

이번 일을 관리하는 조직은 도대체 얼마나 거대할까? 10만 엔이라는 상금의 출처는 어디일까? 정말로 도중에 포기하고 도망치면, 이름만 아는데도 잡으러 오는 걸까? 궁금한 점은 잔뜩 있지만, 도쿄에 도착해서 상금을 받는 것 말고는 두 사람 다 가족을 구할 길이 없다.

사카시타 여관을 나가서 1리 반 더 가면 세키. 해는 중천을 넘어가고 있다. 가장 사람들의 왕래가 잦은 시각에 나그네나 행상인의 일행에 섞여 세키를 향해 갔다.

"어떻게 확인하는 걸까?"

당면의 관심사는 그것이다. 현재 두 사람이 소지한 목패는, 본인들 것을 포함해서 7점. 제2관문인 세키를 둘이서 통과할 수 있는 6점을 넘겼지만, 그 확인 방법을 알 수 없다. 이대로 가면 되는 걸까?

"누군가에게 보여주는 걸까?"

"가보면 알겠지."

세키는 서쪽 갈림길에서 야마토 가도로 갈라지고, 동쪽 갈림길에서는 이세베쓰 가도로 갈라진다. 교통의 요충지로 사람들의 왕래가 잦고, 도쿠가와 막부 시대에는 상당히 번성했었다. 신시대를 맞아 많은 것이 변해가는 와중에, 세키의 번성은 지금도 변함없다. 길이나 동네라는 것은 가장 늦게 변화가 찾아오는 것인시도 모른다.

길 양옆에서 힘찬 호객 소리가 들리는 가운데, 두 사람은 역참 마을을 걸어간다. 스쳐 지나쳐가는 사람, 추월해가는 사람들이 교차하여 똑바로 걸어가는 것도 쉽지 않다. 사람들 눈이 전혀 없는 것도 위험하지만, 이렇게 혼잡한 것 또한 경계해야 한다. 인파에 섞여 목패를 소매치기하거나 비수로 푹 찌른다. 온갖 상황을 생각할 수 있다.

"역참을 나가버린다."

슈지로는 올 때도 여기를 지나왔었다. 유명한 과자인 '세키노토'를 파는 후카와야 상점 앞을 지나쳤고, 역참은 벌써 반을 통과했다.

"보여주지 않고 통과하면… 실격?"

후타바가 불안한 듯이 올려다본다. 슈지로도 내심 초조했다. 덴류지에서 엔주가 한 말을 다시 한번 되새겨봤지만, 역시 관문인 역참에서 확인한다는 것밖에는 말하지 않았었다.

– 뭔가 놓치고 있나…?

왔던 길을 되돌아가려던 때, 옆으로 쓱 다가선 남자가 있었다. 슈지로는 반사적으로 칼집에 손을 댔다. 키는 5척 4촌 정도. 삿갓을 썼다. 문명개화 등을 외치며 양복을 입는 자도 늘어났지만, 도쿄에서도 삿갓을 쓴 자는 아직 많다.

"사가 슈지로 님. 가쓰키 후타바 님. 목패를 확인하러 왔습니다. 걸음을 멈추지 말고 그대로."

– 이렇게 나오는 건가.

귀에 익은 목소리다. 덴류지에서 슈지로에게 목패를 건네줬던 남자다. 이번에는 복면은 하지 않았다. 갸름한 얼굴에, 하나같이 평범한 크기인 눈, 코, 입. 일본인의 평균 같은 평범한 얼굴. 그것이 오히려 기분 나쁜 분위기를 부추긴다. 목패를 나눠준 사람 전원의 얼굴을 기억하고 있다는 건가? 분명 역참 입구에서부터 감시하고 있었을 테지.

둘이서 얼굴을 마주 보고 고개를 끄덕이고는, 둘 다 품속에서 주머니를 꺼냈다. 주머니를 묶은 끈을 풀어 안에 있는 목패를 보였다.

"사가 님은 3점, 가쓰키 님은 4점. 확인했습니다… 가쓰키님의 세 개를 이리 주십시오."

"왜?"

"부피가 커서 거치적거리지요? 이것과 교환해드립니다."

남자도 품에서 목패를 꺼냈다. 슈지로가 목에 건 목패와는 달랐다. 구멍은 뚫리지 않았고, 끈으로 묶을 수 없기 때문에 목에 걸 수는 없다. 그리고 무엇보다 다른 것은, 목패 양쪽 가장자리에 붉은색 표식이 있다는 점이다.

"이것은 3점, 파랑이 5점, 흰색이 10점짜리입니다. 사가 님은 목에 건 것을 포함해서 3점이므로 교환은 하지 않습니다. 다음 역참에서."

그렇군. 30개의 목패를 들고 이동하는 것인 줄 알았더니, 준비성이 좋기도 하다. 후타바가 세 개의 목패를 넘겨주자, 남자는 대신에 붉은 표식의 목패를 내밀었다.

"그럼 이만…."

"잠깐, 너희는 정체가 뭐냐?"

발길을 돌리려는 것을 붙잡았다.

"그것은 대답할 수 없습니다."

남자는 돌아가려던 걸음을 멈추더니, 살짝 한숨을 쉬었다. 몇 번이나 들어서 지긋지긋하다는 듯한 기색이다.

"상금의 출처, 애초에 '고독'이란 게 뭔지도 말인가?"

"상금에 관해서는 역시 대답할 수 없는 점을 양해 바랍니다. 단, '고독'에 관해서는 답변드릴 수 있습니다."

분명 아무것도 대답하지 않을 거라고 생각하면서 물어본 것이었다. 슈지로는 미간을 폈다.

"교양 있는 분들은 처음부터 눈치채셨습니다. 사가 님은…."

히죽 웃은 입에 조롱의 빛이 떠오른다. 슈지로는 강한 혐오감을 품으며 혀를 찼다.

"무식해서 미안하게 됐군. 산속 생활이 길다 보니."

남자는 허리춤의 주머니에서 장부와 문방구 주머니를 꺼내, 작은 붓으로 쓱쓱 글자를 쓰기 시작했다.

"이것입니다."

남자는 장부를 보라고 턱짓을 했다.

"고독(蠱毒)… 대륙의 주술…."

슈지로는 말꼬리를 흐렸다. 교하치류의 계승법은 이것을 모방한 것이다. 딱 한 번이었지만, 스승이 말했었던 것을 떠올린 것이다.

뱀, 개구리, 지네, 나방, 이 등 백 가지 생물을 단지 하나에 넣고 방치하여 서로 잡아먹게 한다. 최후에 살아남은 것이 신기(神氣)를 띠게 된다고 여겨, 이것으로 제사 지내면, 원하는 대로 부귀영화를 누릴 수 있다고도 하고, 아무리 건장한 자라도 죽일 수 있는 독을 만들 수 있다고도 한다.

"생각나셨습니까?"

"그래서 5월 5일…."

기억이 잇달아 환기된다. 고독은 예로부터 5월 5일에 실행하는 것이라고, 이것도 스승이 말했었다. 따라서 교하치류의 계승전도 그것을 따라 5월 5일에 치를 예정이었다. 그리고 이번 덴류지에 사람들이 모인 것도 5월 5일. 지금 이 순간까지도 알아차리지 못했던 것은, 꺼림칙한 기억이라 잊어버리려고 했었기 때문이다.

"무식하다니, 겸손의 말씀이었군요. 잘 아시는군요…. 이토록 알맞은 이름은 없습니다."

남자는 한쪽 입가를 올렸다.

"벌레가 우리라는 건가?"

그제야 전모가 보이기 시작했다. 한 마리와 아홉 명의 차이는 있지만, 서로 싸우게 해서 숫자를 줄인다는 점에서는 확실히 고독이라 할 수 있다. 아마도 도카이도가 고독의 단지에 해당하는 것이겠지.

"곧 역참을 나갑니다. 저는 이것으로… 말씀드리는 걸 깜빡 잊었습니다. 앞으로도 두 분을 담당하게 될 쓰루바미라고 합니다. 잘 부탁드립니다."

"엔주도 그렇고, 같지도 않은 이름이다. 다른 동료들은 사쿠라나 모미지, 히노키 등도 있나?(엔주는 회화나무, 쓰루바미는 상수리나무, 사쿠라는 벚

나무, 모미지는 단풍나무, 히노키는 편백나무)"

 가명이 틀림없겠지. 슈지로는 혀를 찼으나, 나란히 걸어가는 쓰루바미는 진지한 얼굴로 끄덕인다.

 "정답. 케야키, 히이라기 등도 있습니다(케야키는 느티나무, 히이라기는 호랑가시나무). 그럼 이만."

 쓰루바미는 고개를 숙이고는, 냉큼 발길을 돌려 왔던 길을 되돌아갔다. 덴류지에서는 한 사람이 스무 명에게 목패를 나눠줬었다. 다시 역참 입구로 돌아가, 자기가 담당하는 다른 자를 기다리는 것이겠지.

 "놈들의 목적은 뭐지?"

 막대한 상금을 내놓으면서까지 서로 죽이게 하는 이유는 뭔가? 그저 단순하게 무예가 뛰어난 자들을 죽이고 싶은 것뿐이라면, 덴류지에 모였을 때 일망타진하는 방법이 있다. 게다가, 도카이도에서의 경쟁은 전반전에 불과하고, 도쿄에서 후반전이 치러진다고 한다.

 ─굳이 복잡한 방법을 택하는 것은 어째서인가?

 몇 명의 괴물 같은 자들은 당연하고, 확실히 참가자 전원이 상당한 숙련자라는 것은 확실하다. 스즈카 고개에서 슈지로가 벤 자들도, 다른 웬만한 도장에서라면 목록이나 비법을 전수받을 수 있을 만한 실력이었다. 그중에서 가장 뛰어난 자를 고르고 또 골라, 뭔가를 시키려고 꾸미는 것이 아닐까?

 놈들의 정체에 관해서는 정보가 너무 없다. 단, 이만큼의 장치, 상금을 준비할 수 있다는 걸 보면 상당한 권력자임은 틀림없다.

"슈지로 씨…."

후타바는 붉은 표식의 목패를 전대에 넣고 끈을 꼭 묶었다. 여기까지 왔으니 어쩔 수 없이 간신히 상황을 받아들이기 시작한 후타바였지만, 또다시 표정이 어두워진다.

"우선 도쿄에 도달하는 것만 생각하자."

도쿄에서 무슨 일이 벌어질까? 정말 상금을 지급할지조차 분명치 않다. 그래도 나도 후타바도 물러설 수는 없다. 지푸라기라도 잡는 심정으로 이 '고독'에 걸어보는 수밖에 없는 것이다. 그러지 않으면, 둘 다 가장 소중한 사람들의 목숨이 위험한 것이다.

두 사람은 세키 역참을 뒤로하고 네 개 뒤의 역참 마을, 교진과 만나기로 약속한 욧카이치 여관을 향해 걸어갔다.

*

어둑어둑한 서양식 방이다. 바닥에는 자주색의 월튼 직물 양탄자가 깔려 있고, 벽에 고정된 램프 등이 흐릿하게 실내를 비춘다.

중앙에는 자단나무 테이블이 놓여 있고, 장식이 새겨진 의자가 딸려 있다. 그러나 지금 앉아 있는 것은 나뿐이다. 탁자에 팔꿈치를 짚고 양손을 깍지 낀 자세로, 눈을 감고 때를 기다리고 있다.

자리에 앉아 10분 정도 지났을 때, 문이 열리는 소리가 들렸다.

"들어와."

비서인 히라기시였다. 그 말고도 사설 비서 7명이 더 있으며 히라기시는 그들을 총괄하는 비서장 역할을 맡고 있다.

"오셨습니다."

"안내해."

짧게 말하자, 히라기시는 꾸벅 절하고 일단 물러났다. 그리고 잠시 후에 히라기시의 재촉을 받으며 네 명의 남자들이 들어왔다.

"늦었군."

"이런 산속이라서 마차는 이용할 수 없었습니다. 사람들 눈도 피해야 하기 때문에 다소 시간이 걸렸습니다."

네 명 중에서 가장 키가 큰 남자가 대답했다.

"앉게."

짧게 말하자, 각자 의자에 앉았다.

"저희와 뜻을 같이해주신 것을 다시 한번 감사드립니다."

그렇게 말하고 고개를 숙인 것은, 옅은 콧수염을 기른 남자였다.

"이 나라를 생각해서 한 일이다."

"이제 작년 같은 일은 일어나지 않을 것이라 생각하나, 정부에 불만을 품은 사족은 아직 있습니다."

이중에서 가장 체격이 좋은 남자가 거친 콧김을 내뿜으며 말했다.

"난세이 전쟁 말인가? 사이고를 활보하게 내버려 두니까 그런 일이 생긴 것이다. 일찌감치 뿌리를 뽑았으면 좋았을 것을…."

"저희도 그리 생각합니다. 정부도 걱정하고는 있지만, 가혹한 처치를 하면 그야말로 봉기가 일어날 거라고, 아직도 말리는 분이…."

마지막으로 입을 연 약간 마른 체형의 남자는 말꼬리를 흐렸다.

"오쿠보 말인가?"

"네."

키 큰 남자가 대표로 대답했다.

메이지 정부 안에서도 사이고 다카모리, 기도 다카요시, 오쿠보 도시미치는 가장 권세를 떨쳐 메이지 3걸 등으로 불린다. 이중에서 사이고와 기도는 작년에 세상을 떴고, 오쿠보만이 남았다. 그 오쿠보가 더 이상 사족들을 자극하지 않는다는 방침으로 움직이고 있다고 한다.

"사이고 건으로도 꽤나 주저했던 모양이던데."

"잘 아시는군요. 공은 너무 무릅니다."

"무사 따위는 절멸해야 해."

도쿠가와 막부 시대는, 무사는 충의를 중시하고, 용감하며, 그리고 청렴해야 한다고 대대로 가르쳐왔다. 서민도 또한 다소의 예외는 있지만, 무사란 그런 자들이라고 믿어왔기 때문에 더욱 신분제도의 상위에 오를 수 있었던 것이다.

  - 그러나 막상 뚜껑을 열어보니 어땠나?

동란의 시대는 무사의 정체를 폭로했다. 이국의 위협이 닥쳐오는 와중에, 우선 대부분의 무사가 쓸모없었다. 특히 상위 무사이면 일수록 그런 경향은 현저했다.

그럼 나머지는 어떤가? 확실히 나랏일로 분주한 것 같기는 했다. 그러나 그중에서 또 태반이, 존왕양이를 제목처럼 외치기만 하면 허용될 것이라고 생각하고, 자기들 욕심을 채우기에 급급한 자들이었다. 술값을 떼먹는 것은 그나마 나았고, 상가에 들이닥쳐 돈을 강탈하고, 취해서 사람을 베는 등 방약무인한 행동을 했다. 그러면서 막상 전쟁이 시작되면, 천재지변을 만난 쥐새끼처럼 일제히 모습을 감췄다.

이 나라의 변혁을 실행한 것은 사이고, 기도, 오쿠보 등의 영걸. 그리고 나 같은 한 줌의 지사들이었다. 동란 속에서 무사라는 생물을 보면서 나 역시 무사임을 버렸다.

유신 시대가 되자, 도망쳤던 쥐새끼들이 우르르 모습을 드러냈고, 사족이 된 자기들의 기득권을 주장했다. 그것을 빼앗으려고 하면 반란을 일으킨다. 나라를 위해 싸우지도 않았으면서 자기 보호를 위해서라면 크게 저항을 표시하는 모습에 구역질이 치밀었다.

이른바 전 시대의 망령의 반란이 끊이지 않았고, 정부는 이것을 진압하느라 바빴다.

"작년 이상의 일은 이제 일어나지 않겠지만…."

"아니, 이번 일로 메이지 정부의 약점이 드러났다. 그들이 제대로 하면 위험해져."

"역시 반란의 싹은 일찌감치 뽑아버려야 해."

등등, 남자들이 국가 정세를 논하는 것을 보고 있다가 무겁게 입을 열었다.

"진정으로 무서운 것은 봉기가 아니야."

모두의 시선이 일제히 모인다.

"그러나, 이번 일은 반란을 미연에 방지하기 위해서…."

"그것도 있다. 그러나, 가장 무서운 것은 암살이다."

나랏일을 조금도 생각하지 않는 흉적이, 밤낮없이 나라 걱정만 하며 정치하는 영웅의 목숨을 한순간에 빼앗는다. 메이지에 들어선 후에도 요코이 쇼난, 오무라 마스지로, 히로사와 사네오미 등 우국지사들이 흉악한 칼날에 쓰러졌고, 미수에 그치긴 했으나 에토 신페이, 이와쿠라 도모미 등도 피습당했다. 그들을 잃음으로써 나라의 정치와 군사의 개혁은 1년은 더뎌졌을 것이다. 격변해가는 세계정세를 보면, 단 1년이라고 낙관시 할 수는 절대 없다.

"그래서 이번 장치가 마련된 것이다."

모든 무사를 치워버리는 것은 불가능하지만, 암살을 실행할 수 있을 만큼 무예가 뛰어난 자만을 없애버릴 수는 있다.

"자기 무술에 자신이 있고, 정부에 원한을 품을 만큼 곤궁한 자들을 모은다. 이것이 노림수라는 것이다."

진의를 처음 듣고 남자들은 감탄의 목소리를 냈다.

나에게는 자금은 풍족하게 있고, 정재계에도 입김이 닿은 자들이 많다. 이 자들도 그렇다. 그것을 크게 이용하여 가본을 짠 것이,

"고독…."

마른 체형의 남자가 마른침을 삼켰다.

"놈들이 강하다는 건 뼈저리게 알고 있다. 박살 내려고 하면 이쪽도 상당한 피해를 본다. 애초에 자객을 보내려고 해도 벌판에 잠복해서 찾기도 쉽지 않아. 그렇다면, 모아놓고 서로 죽이게 하면 되는 것이다."

"깊은 혜안에 감복할 따름입니다."

모두가 일제히 머리를 책상에 가까이 댔다.

"5월 5일, 덴류지에서 고독은 개시되었다. 참가자는 292명."

"오오…."

"히라기시."

문 옆에 서 있던 히라기시가 옆으로 걸어와 책상 위에 몇 장의 종이를 놓았다. 거기에는 참가자의 이름이 죽 적혀 있었다.

"개시 3일째 저녁 시점에서 제2관문인 세키를 통과한 것은, 75인."

"그렇군. 단순하게 생각하면, 앞으로 22명이 더 돌파할 수 있지만, 그대로 되지는 않겠지…."

마른 남자가 고개를 갸웃거린다.

"네."

히라기시는 고개를 끄덕였다.

"죽이긴 했지만 목패를 챙기기 전에 경찰로부터 도망칠 수밖에 없었던 자. 사람들 눈에 띄지 않고 싸우다 무승부로 양쪽이 다 죽은 자들. 혹은 절벽에서 떨어진 자도 있어서. 혹은, 혼자서 많은 점수를 획득한 자가 출현할 가능성도."

"그렇군. 그럼 도쿄에 도달하는 자는 9명보다 훨씬 적을 가능성이 있는 거로군."

"네. 그 때문에 조금 장치를 준비했습니다."

히라기시는 다시금 고개를 끄덕이면서 말을 이었다.

"과정 중 반 정도, 제3관문인 지류 역참 이후의 관문을 마지막으로 통과한 자에게는 그때까지 사라진 '점수'를 줍니다. 물론 참가자에게는 알리지 않았습니다만."

"오, 그렇군. 그것은 행운이겠어."

"과연 그럴까요? 차고 남을 정도의 점수를 얻어, 다른 참가자들에게 일제히 노림받게 될 것은 충분히 생각할 수 있습니다."

히라기시는 옅은 웃음을 띤다.

"버릴 거라고는 생각할 수 없나?"

수염이 물었다. 점수를 필요한 만큼만 남기고, 나머지는 버려서 노림받지 않도록 하지 않을까? 라는 의미다.

"걱정 없습니다. 그것도 이미 손을 써놨습니다."

히라기시가 가슴의 주머니에서 목패 한 개를 꺼냈다.

"검정…."

"네. 제일 마지막 자의 목패는 전부 검게 물들인 이 목패로 교환합니다. 이것을 버린 자는 즉각 실격이 됩니다."

"그렇군."

"게다가 이 검은 목패를 지닌 것이 누구인지, 이후에 모든 참가자에게 전달합니다. 아까 말씀드린 것처럼, 표적이 될 것은 틀림없으리라 봅니다."

히라기시는 더욱 유창하게 덧붙였다.

"게다가, 계속 제일 뒤에 붙어간다는 계책을 막기 위해, 마지막으로 관문을 통과하는 것이 두 번째면 실격이라고 전하겠으니 안심하십시오."

"과연. 잘 짜놓았군."

마른 남자는 감탄한 것처럼 크게 고개를 끄덕였다.

"히라기시, 특필할 만한 자는 있는가?"

"그것은 아직까지는. 지류에서 50몇 명으로 좁혀지기 때문에 저절로 알게 될 것이라 생각됩니다. 단 한 사람⋯ 간지야 부코쓰가."

"그 난자의 부코쓰 말인가?"

키가 큰 남자가 안색이 바뀌어 몸을 앞으로 내밀었다.

"네. 보신 전쟁 때 행방을 감춰 죽었다고 여겨졌습니다만⋯ 살아 있던 모양입니다."

신 정부군이 도바·후시미 전투에서 승리했다고는 해도, 막부는 아직 많은 병력을 갖고 있었고, 반면에 신 정부군은 만성적인 일손 부족에 시달리고 있었다. 그래서 신 정부군은 신원을 불문하고 상시 병사를 모집한 것이다. 그런 자들을 낭인 부대로 조직하여 첨병으로 이용했다.

그중에 문제의 간지야 부코쓰(無骨)가 있었다. 분명 스스로 지은 이름이겠지. 그 시대는 돋보이기 위해서 조금이라도 눈에 띄려고 그런 것인지, 그런 기묘, 진묘한 이름이 많았다.

부코쓰는 어디에서 태어나 어디에서 자랐는지도 확실치 않다. 출생을 기록한 명부에는 반슈의 히메지라고 되어있었으나, 같은 부대에 있던 자의 말에 따르면, 그보다 조금 더 서쪽인 빗추 사투리가 있었다고 한다.

부코쓰는 실력이 있었다. 유파를 물어본 자가 있었으나, 부코쓰는 자기류라고 대답했었다. 이것도 본 사람 말에 따르면, 여러 가지 유파의 습성이 섞인 걸 봐서는 완전히 거짓말은 아닌 것 같다고 한다.

보신 전쟁에서 부코쓰는 낭인 부대인의 한 사람으로서 싸웠다. 그러나 전쟁 동안 부코쓰는 일절 총을 손에 들지 않았다.

– 구슬 놀이가 끝나면 깨워줘.

라며, 전장에서 누워 뒹굴뒹굴하는 일도 종종 있었다고 한다. 그리고 총격전이 끝나고 칼싸움이 된 단계에서 벌떡 일어난다. 부코쓰는 그 자리에 있던 적들을 모조리 베어버렸다. 어째서 백병전에만 참가하는 거냐고 대장이 질책하자,

– 총으로는 사람을 죽이는 감촉이 없어. 불만이라면 막부 쪽으로 갈아탈 수도 있다.

그렇게 음산한 웃음을 띠며 지껄였다고 한다. 이 말에는 대장도 할 말을 잃었으나, 그 후에도 명령을 따르지 않아서 때때로 추궁당했다.

사건이 일어난 것은, 보신 전쟁도 막바지에 접어든 하코다테에서의

일. 부코쓰는 곧 전쟁이 끝난다는 사실이 참을 수 없이 싫다고 말했다. 입으로만 허세 부리는 것이 아니라, 정말 눈물을 흘릴 만큼 슬퍼했다고 한다. 하코다테에서 어느 전투 한복판, 대장이 또다시 부코쓰에게 주의를 줬다. 이쪽은 밀리고 있었고, 총으로 반격하느라 한 명이라도 더 필요했던 것이다. 이때 부코쓰는,

─ 어차피 마지막이니까 괜찮은가?

라고 중얼거리자마자, 놀랍게도 대장의 목을 단칼에 베어버렸다. 그 자리에 있던 자들 거의 모두가 망연자실했다. 그러나 이내 제정신으로 돌아온 반수 정도가 부코쓰에게 덤벼들었다. 검뿐만이 아니었다. 총알이 장전된 총을 구 막부군한테가 아니라 부코쓰에게 겨누는 자도 있었다.

"그러나 부코쓰는 그들을 전부를 베어버리고 도주. 남아 있던 자들은 구 막부군의 반격으로 단 세 명만 남고 전멸했다. 부코쓰의 행방은 불명… 이라는 것이 사건의 전모입니다."

부코쓰의 일화를 몰랐던 자도 있어 히라기시는 새삼 그 전모를 설명했다.

"세이난 전쟁에도 있었던 것 아닐까? 라는 소문도…."

히라기시는 더욱 말을 이었다. 세이난 전쟁 때 사이고군 쪽에서 부코쓰를 봤다는 자가 있었다. 그러나 목격 정보는 그것 하나뿐이어서, 환각을 본 것일 수 있다고 처리되었다고 한다.

"그 부코쓰가 고독에…."

콧수염은 그렇게 말하더니 침을 삼켰다.

"부코쓰가 하나의 중심이 될 것은 틀림없으리라 봅니다."

히라기시의 말을 받아, 네 명의 얼굴을 번갈아 보면서 입을 열었다.

"다 같이 덤벼들어 죽여주면 돼. 그런 놈을 없애기 위한 고독이다."

각각 표정을 풀며 고개를 끄덕였다. 부코쓰 같은 구시대의 망령들이 대거 참가했겠지. 서로 죽고 죽여 숫자를 줄여주면 나는 그것으로 만족이다. 흐릿하고 어둑어둑한 방 안에서 슬며시 코웃음을 쳤다.

– 남은 인원, 91명.

제 5 장
동맹

1

 두 사람은 1리 반을 더 가서 가메야마 역참에서 숙소를 잡았다.
 거기까지의 과정에서 습격을 당하는 일은 없었다. 관문을 지난 이쪽에 있는 참가자는 제2관문인 세키를 통과한 자들뿐. 그것은 즉, 대부분이,
　-두 명은 죽였다.
 라는 사실과 다름없다. 지금까지 보다도 훨씬 더 강하다는 것을 예상할 수 있다. 모두가 상황을 살피면서 진행하는 것인지도 모른다. 그날도 슈지로는 검을 끌어안고 앉아서 잤다.
 다음날, 아직 주변이 어슴푸레할 때 가메야마 여관을 출발하여, 2리 떨어진 쇼노 역참도 무사히 지나쳤다. 적의 습격을 당하지 않는 것은 좋지만, 이래서는 점수를 얻을 수도 없다. 지류 관문을 통과하는 데 필요한 것은 5점. 그러나 후타바는 4점, 슈지로는 3점밖에 없다.
 쇼노에서 이시야쿠시 사이는, 스즈카 고개만큼은 험하지는 않지만, 다시 산길이다. 험준하다기보다는 큰 언덕을 올라가는 것 같고, 길 양쪽으로는 경사가 완만하다. 때때로 수목이 무성한 곳도 있지만, 몸을 숨길 곳은 그리 많지 않다.
 "후타바, 또 뛰어야 한다."
 "어…."

후타바의 얼굴이 순식간에 굳었다.

"뛰어!"

슈지로가 포효함과 동시에 후타바는 뛰어나간다. 그때는 이미 두 사람 뒤로 큰 커브길 저편에서 사람의 윤곽이 보였다. 깊게 눌러쓴 삿갓 때문에 얼굴은 전혀 보이지 않는다. 게다가 우비에 잠방이. 손에는 봉이나 시코미가타나(지팡이나 봉으로 위장한 도검. 일본도에 속한다) 같은 것. 이른바 떠돌이 예인 같은 차림이다.

빠르다. 남자의 발이 너무 빠르다. 대충 계산하기에 1정을 10초에 달린다. 내가 전력을 다해 달려도 거리는 좁혀지는데, 후타바는 눈 깜짝할 사이에 따라잡힐 것이다.

"내가 막겠다. 먼저 가서 덤불 속에 숨어 있어. 반드시 따라갈게."

"알았어!"

달려가는 후타바의 뒷모습을 보고, 슈지로는 발을 멈추고 돌아봤다. 처음에는 2정 이상 떨어져 있었는데, 이 짧은 시간에 반정을 좁힐 정도로 다가와 있다.

어딘가에서 우리가 참가자라는 것을 알아차린 것이겠지. 덴류지 경내에서 봤는지도 모른다. 여기서부터는 누구와 싸워도 간단히는 이길 수 없다. 이왕 싸울 거면 두 명에게 목패를 얻는 게 좋다. 그렇게 생각하고 급습을 결정한 것이겠지.

"그 이상 가까이 오면 벤다."

만약을 위해 경고했다. 그러나, 남자는 발걸음을 늦추긴커녕 선풍처럼 선회했다. 저 심상치 않은 다리 힘, 그냥 나그네는 아닐 것이다.

슈지로는 약간 허리를 낮추고 칼자루를 가볍게 쥐고 대비했다. 사정거리에 들어선 순간에 재빨리 검을 뽑아 해치울 생각이다.

열 걸음의 거리가 되고, 그래도 움직임을 멈출 기색은 없다. 고독 참가자가 틀림없었다. 다섯 걸음, 네 걸음, 세 걸음,

– 지금.

그렇게 계산한 그때, 남자는 뭔가 눈에 보이지 않는 것에 맞고 튕겨 나가는 것처럼 옆으로 뛰었다. 그리고 산 경사면을 박차고, 아니 경사면을 달린다. 그때는 시코미가타나의 칼집을 떨쳐버렸고, 슈지로의 머리 위에 섬광이 쏟아져 내렸다.

"큭."

슈지로는 재빨리 뒤로 뛰어 피했다. 애초에 검을 뽑음과 동시에 베는 것은, 머리 위에서 오는 공격은 상정하지 않은 것이며, 설령 실행한다고 해도 위력이 떨어진다. 체중이 실린 일격에는 밀렸을 것이다.

"죽어라."

습격자가 처음으로 입을 열었다. 삿갓 아래로 얼굴도 살짝 보인다. 남자가 틀림없다. 나이는 나와 비슷한 28, 29 정도일까? 쏟아지는 공격을 피해 슈지로는 검을 빼며 앞으로 내질렀다. 뒤로 뛰어 물러나는 것은 물론이고, 좌우로 피하는 것도 무리. 검으로 막는 깃도 늦는다. 확실하게 포착했다고 생각했는데, 남자는 머리가 땅에 닿을 정도로 몸을 뒤로 젖혀 피했다. 슈지로의 검은 삿갓을 찢어발기고, 허공에 사

초 이파리의 파편이 춤춘다.

 – 세다.

 절대 잔챙이는 아니다. 과거 어느 번에 속해 있었거나, 애초에 무사인지 아닌지도 모르긴 하지만, 상당한 실력자임은 분명했다. 그리고 이 싸움방식은, 내 '무곡'과 흡사하다.

 네 개의 다리가 땅을 비트는 것처럼 끊임없이 움직이며 모래 먼지를 일으킨다. 그사이에 높은 금속음이 계속 울려 퍼진다. 옆에서 보면, 눈으로 채 쫓을 수 없을 만큼 일진일퇴의 공방전으로 비칠 것이다.

 그러나 실상은 좀 달랐다. 슈지로의 안색은 일절 변하지 않은 것에 비해, 남자의 얼굴에는 초조함이 떠올랐고, 이윽고 고뇌로 일그러지기 시작했다. 이 정도까지 막아낸 상대는 남자한테는 처음이었던 모양이다.

 "뭐야? 네놈은 – ."

 비통한 목소리와 함께 남자는 시코미가타나를 옆으로 후려친다. 동요가 극에 달했는지, 지금까지 중에 칼놀림이 가장 진부했다. 슈지로는 그것을 튕겨내더니, 쇄골과 겨드랑이 사이를 통과하는 것처럼 비스듬히 내리쳤다.

 절규는 없었다. 무거운 신음 소리를 남기고, 이름도, 고향도, 정체도 모르는 남자가 땅에 침몰했다. 자기가 베었음에도 불구하고, 마음속으로 염불을 읊었다. 이때만큼 무예의 길을 걷는 자의 모순을 느끼는 때가 없다.

숨을 쉬지 않는 것을 확인하고는 곧바로 몸을 뒤졌다. 이상하다. 목에 건 목패 말고는, 여행용 전대에 목패가 한 개밖에 들어 있지 않았다. 관문을 통과했다면 최소 3개는 갖고 있어야 한다. 다른 장소에 숨긴 것인가? 라는 생각도 했으나, 그렇다면 전대에 한 개가 들어 있는 것이 설명이 안 된다. 생각할 수 있는 것은, 좀 봐달라고 사정하면서 건네줬거나, 혹은 던져버리고 주의를 끈 건가?

– 한 개를 버려 궁지를 모면했다.

라는 뜻이다.

이 남자는 결코 약하지는 않았다. 즉, 그 정도 되는 남자가 그렇게 할 수밖에 없었을 정도로 강한 참가자가 섞여 있다는 것을 의미한다.

더 이상 찾고 있을 시간은 없다. 뒤에서 또 사람이 올지도 모르고, 무엇보다 혼자 도망간 후타바가 걱정이다. 슈지로는 두 개의 목패를 챙겨 후타바에게로 서둘러 갔다.

3정 정도 가도 후타바의 모습이 보이지 않았다.

"후타바."

몇 번이나 목소리를 낮춰 불렀지만, 대답도 없었다.

후타바의 다리를 생각하면, 이보다 멀리 도망갈 수 있었을 거라고는 생각할 수 없다. 덤불이 무성한 곳, 혹은 산으로 들어가 숨어 있느라 목소리가 들리지 않은 건지도 모른다. 지나쳐왔을 가능성도 생각하고, 큰 커브 길에 접어든 그때였다. 불과 반정 정도 앞에 후타바의 모습이 보였다.

혼자가 아니다. 후타바는 다리가 풀린 것처럼 땅바닥에 주저앉아 있고, 그 주위에 생사도 알 수 없는 두 명이 나뒹굴었다. 그리고 한 명, 날씬한 체형의 남자가 후타바를 내려다보듯이 서 있었다.

— 태도(太刀)인가?

남자가 손에 든 무기다. 일반적으로 무사가 사용하는 검(우치카타나)의 날 길이는 2척 이하이고, 날을 위쪽으로 오게 허리에 찬다. 한편 태도의 날 길이는 2척 이상으로, 평균적으로 2척 7촌 정도가 된다. 날은 아래로 향하고, 태도 끈을 이용해서 허리에 매다는 형태로, 차는 것이 아니라 메는 것이다. 태도가 일반 검보다도 훨씬 역사는 길다. 이른바 태고의 칼이라고도 할 수 있다.

남자가 손에 든 것은 태도 중에서도 특히 날이 긴 것. 3척은 족히 넘을 것이다. '야태도'나 '대태도' 등으로 불리는 물건이다. 요즘 시대에 그런 것을 길거리에서 뽑아 든다는 것은, 고독 참가자가 틀림없겠지.

"슈지로 씨—."

후타바가 외쳤을 때는, 슈지로는 이미 남자를 향해 돌진하고 있었다.

남자는 태도를 겨눴다. 의지를 갖고 그렇게 했다기보다, 이쪽의 살기에 반사적인 행동일 것이다. 즉, 남자가 상당한 숙련자라는 것을 의미한다.

후타바가 이어서 뭔가를 말했으나, 눈앞의 남자에게 집중하느라 목소리가 멀어서 들리지 않는다. 슈지로는 단숨에 가속하더니, 달리면서 검을 뽑으며 내질렀다.

태도는 일반 검의 사정거리 밖에서 싸우기에는 유리하지만, 안쪽으로 들어가 버리면 오히려 다루기 힘들고, 어지간한 달인이라도 막는 것은 어렵다. 양쪽 다 이미 그 사정거리다.

"큭."

슈지로는 이를 악물었다. 고독의 참가자는 괴물들뿐이다. 남자는 어떻게 한 건지, 태도를 빙글 돌려 근사하게 막아낸 것이다. 교하치류로 말하자면, 이로하의 '문곡'과 비슷한 기술이다.

육박전의 모양새가 되고, 그제야 남자의 용모도 눈에 들어왔다. 등에 닿을 정도로 길고 아름다운 머리카락을 하나로 묶었다. 이른바 총발. 외꺼풀의 눈매는 서늘하고, 콧날도 가늘고 날카롭다. 보기에 따라서는 여자로 착각할 정도의 미형. 몸도 약간 가녀린 편이긴 하지만, 키는 6척 가까이 된다.

"오해입니 – ."

슈지로가 발을 걸었지만, 남자는 교묘하게 피했다. 그 순간, 슈지로는 잽싸게 몸을 돌려 남자와 후타바 사이를 막아섰다.

"그게 아니야! 이 사람은 나를 구해준 거야!"

"뭐…?"

그제야 후타바의 목소리가 귀에 닿았고, 슈지로는 미간에 주름을 잡았다.

"이 두 사람한테 습격당한 거야."

후타바의 말을 요약하자면 이렇다. 슈지로와 떨어진 후에 시키는 대로 이 주변 덤불 속에 숨었다. 그러나 아무래도 그 모습을 보고 있던 모양이다. 지금 땅바닥에서 나뒹구는 두 사람이, 억지로 길로 끌어냈다고 한다. 덴류지에서 봤던 모양으로, 후타바가 고독 참가자라는 것을 알고 있었다. 슈지로의 이름을 불렀지만, 닿지 않는다. 이제 틀렸다고 포기하려던 그때, 한 명이 비명을 질렀다.

어느 틈엔가 뒤에 다른 남자가 서 있었고, 그가 두 명 중 한 명의 팔을 힘껏 비튼 것이다. 그것이 이 어여쁜 사내였다고 한다.

ㅡ비겁한 짓은 그만하시죠.

그렇게 예쁜 사내는 충고했으나, 두 사람은 들을 생각이 없었다. 남은 한 명이 흥분해서 베려고 덤볐다. 예쁜 사내는 씁쓸하게 뺨을 씰룩거린 후, 후타바를 향해,

ㅡ아가씨. 움직이지 말도록.

이라고, 분명히 말했다. 다음 순간, 쥐고 있던 남자의 팔을 꺾어버리고, 한 손으로 야태도의 칼집을 털어내더니, 그대로 덤벼든 남자를 비스듬히 베어 침몰시켰다. 그것도 한 손으로. 이 호리호리한 체격에 숨

어 있을 거라고는 생각지도 못한 힘이었다.

그리고 또 한 명의 등을 발로 차더니, 비틀거린 남자가 돌아봤을 때, 이마에서 가랑이까지 쓱 먹물로 똑바로 선을 그은 것처럼 베어버렸다고 한다.

– 일어설 수 있습니까?

예쁜 사내는 배려해서 손을 내밀어주었지만, 후타바는 아직 신용해도 되는지 알 수 없어서 그 손을 잡을 수가 없었다. 그때 슈지로가 달려왔다는 것이다.

"그런가…."

일단은 이해했다. 그러나 후타바의 이야기를 듣는 동안에도, 지금 이 순간도, 예쁜 사내에게서 시선을 떼지 않는다. 후타바를 도와준 것도, 두 사람이 방심해야 해치우기 쉽다고 생각한 것뿐인지도 모른다. 그래서 그렇게 건성으로 대답했다.

"계속할까요?"

남자는 꽃을 방불케 하는 부드러운 미소를 짓는다.

"그쪽이 그럴 생각이라면, 나는 상관없다."

"저는 싸울 마음은 없습니다. 관둘까요?"

그렇게 말하고 네다섯 걸음 물러나, 떨어진 칼집을 주워들어 태도를 쓱 집어넣었다. 하나같이 느긋한 동작으로, 살기는 전혀 느껴지지 않았다. 슈지로도 남자에게 맞추는 것처럼 검을 집어넣었다.

"미안했다. 도와줘서 고맙다."

"아닙니다. 따님인가요?"

"아니, 아니다."

"그렇군요. 혼자 있는 것을 차마 못 본 척할 수가 없어서… 그런 연유인가요?"

"대충 그렇다. 한 가지 묻고 싶다."

"뭘까요?"

"어째서, 후타바를 도와줬나?"

"잠깐 길을 벗어나 쉬고 있던 참에 비명이 들려서."

통상이라면 그것으로 납득했을 것이다. 그러나 이 고독 안에서는, 지금은 남자가 말하는 이유가 오히려 이상하게 들린다. 그것을 깨달았는지, 남자는 쓴웃음을 지으며 말을 이었다.

"비겁한 짓은 좋지 않아."

"소녀를 노리는 것이 비겁하다는 건가?"

"아니요."

남자는 고개를 가로젓고는 말을 이었다.

"여기에 참가한 이상, 아가씨도 각오는 했을 터. 안타깝지만, 공격을 당한다 해도 어쩔 수 없는 일이겠지요."

"그러면 어째서?"

"둘이 덤비는 건 좋지 않아."

"그게 비겁하다고?"

"저는 올바르고 싶습니다. 그렇게 이기지 않으면 의미가 없어요."

제5장 동맹

남자의 목소리에서 처음으로 열기 같은 것이 느껴졌다.

"무엇 때문에 돈을?"

고독 중에서는 역시 이질적. 그래서 대답해줄 리가 없다고 생각하면서도, 자기도 모르게 물어봤다.

"오명을 씻고, 추도하고 싶은 분들이."

그것이 진짜 속마음인지 아닌지는 둘째치고, 남자는 의외로 순순히 대답했다.

"그것도….".

"감출 필요는 없습니다. 정정당당히 이기겠습니다."

고독에 있어서 정정당당함이라는 건 약점밖에 되지 않는다. 그러나, 남자에게서는 그것을 해내겠다는 자신감이 배어 나왔다. 또한, 그만한 실력을 갖추고 있다는 것은 아까의 검 놀림을 봐도 분명했다.

"챙겨도 될지요?"

남자는 자기가 벤 두 명의 시체를 힐끔 쳐다봤다.

"당연하다."

남자는 시체를 향해 잠깐 합장한 뒤, 조심스럽게 몸을 확인하고 목패를 회수했다.

"모두가 피에 굶주린 늑대 같은 자들뿐. 나 같은 자는 적어요. 아가씨한테서 한시라도 눈을 떼지 말아야 합니다."

자애가 넘치는 웃음을 띠더니, 고개를 숙인 후에 자리를 뜨려고 했다.

"사가 슈지로다."

갑자기 이름을 말해버렸다. 아까처럼 이름도 모르고 죽이기만 하는 여행이지만, 이 남자의 이름은 머릿속에 넣어두고 싶다고 생각한 것도 있었다.

"가쓰키 후타바입니다. 정말로 고마웠습니다."

후타바도 퍼뜩 정신을 차린 듯, 정식으로 예를 갖춰 고개를 숙였다.

"기쿠오미 우쿄라고 합니다. 무운을 빕니다."

우쿄라 말한 남자는 그 말과 함께 미소를 남기고는 초여름의 바람에 몸을 맡기듯이 떠나갔다.

두 사람은 그 뒷모습을 바라본 후에 길을 벗어났다. 뒤를 따라가면 또 쓸데없는 오해를 초래할지도 모른다. 게다가 시체가 어떤 상태인지 확인해두고 싶다는 이유도 있었다.

"미안해요."

덤불에 몸을 숨기고는 후타바는 작은 목소리로 사과했다.

"사과해야 할 건 나다."

"우쿄 씨도…."

"그래. 상당한 달인이다."

슈지로가 새삼 떠올린 우쿄의 검 놀림은, 어딘가 교하치류와도 통하는 구석이 있었다. 태도라는 고풍스러운 무기를 쓴다는 점을 봐도, 옛것으로 분류되는 유파를 이은 것이 아닐까?

"뒤에 오던 사람은…?"

후타바가 조심스럽게 물었다. 슈지로는 전대를 풀고, 아까 벤 남자에게서 빼앗은 목패 두 개를 보여줬다.

"응."

그것이 어떤 의미인가? 이미 후타바는 알고 있었고, 그래서 애매하게 대답했다.

"어떻게 된 일인지는 모르겠지만, 2점밖에 갖고 있지 않았다."

이번에 의도치 않게 얻은 것은 2점. 이것으로 후타바는 제3관문인 지류 역참을 통과하기에 필요한 5점을 채웠으나, 슈지로는 4점. 1점이 모자란 상황이다.

"앗–."

"쉿."

후타바가 소리를 낼 뻔해서, 슈지로는 입을 손으로 막았다. 여러 개의 발소리가 가까이 오고 있던 것이다. 이윽고 그들의 모습도 보였다. 숫자는 여섯 명. 하나같이 순사 제복을 착용했다. 소위,

– 경관.

이다. 소동을 듣고 출동한 것인가?

"이봐."

한 명이 낮은 목소리로 부르자, 그중 두 명이 앞뒤를 살핀다. 그러더니 포댓자루를 꺼내 바닥에 나뒹구는 시체를 안에 집어넣기 시작하는 것이 아닌가. 후타바의 입술이 떨리는 것이 손바닥을 통해 전해졌다.

경관이 아니었다. 경관으로 위장한 고독 주최측 사람이다. 복면은 쓰지 않았고, 다들 얼굴을 드러냈다. 애초에 덴류지에 있던 자들과 같은 사람들인지 아닌지도 알 수 없다.

– 상당한 숫자가 있는 것 아닌가?

감시당하고 있다면 알아차렸을 것이다. 선두와 제일 뒤만을 파악하고, 그 사이는 수시로 둘러보고 있는 것이다. 그자들은 분명 보통 여행자로 위장했을 것이다. 그리고 시체를 발견하면, 경관으로 분장한 '처리 부대'에 연락하여 이렇게 처리한다. 이 추측이 정확하다면, 고독의 주최자는 엄청난 인원을 밑에 둔 사람이라는 뜻이고, 새삼 강대한 조직이라는 것을 알 수 있다.

생각하는 동안에 두 구의 시체는 포댓자루에 담겼고, 세 명이 한 개씩 운반한다. 역시 주위를 살피고 있으며, 서서히 이쪽으로도 다가온다. 포댓자루를 크게 흔들더니, 작게 목소리를 모아 내던졌다. 풀잎이 소리를 내며 흔들린다.

다른 한쪽. 그쪽은 약간 굴러서 두 사람 근처까지 왔다. 후타바가 소리를 내지 않도록, 슈지로는 더욱 손바닥에 힘을 주었다.

―그렇게 된 건가.

왠지 알겠다. 만약 목격자가 있다면 '사건'이 발생했다며 경관인 척 해서 대낮에 당당히 처리한다. 이번처럼 목격자가 없다면, 대충 적당한 곳에 숨겨뒀다가 밤에 다시 회수하러 오겠지.

남자들이 뭔가 속삭이면서 멀어져갔다. 슈지로는 발소리가 들리지 않게 된 것을 확인하더니,

"손 뗀다."

라고 작은 목소리로 말하고, 후타바의 입에서 천천히 손을 뗐다.

"이렇게 해서…."

"그런 모양이야. 잠시 동안은 여기 있자."

숨어서 시체를 감시하는 자가 있을지도 모른다. 참가자가 그것을 봤다고 해도 질책할 거라고는 생각할 수 없지만, 안 들키는 것이 가장 좋기는 할 거라고 생각했다.

"이제 어떻게 할 거야?"

후타바가 눈을 치켜뜨며 묻는다.

"우선 욧카이치에서 그 남자와 만난다."

"교진 씨."

그 경묘한 가미가타 사투리를 떠올린 것이겠지. 후타바의 표정이 약간 밝아졌다.

교진이 믿을 만한 인물인지 아닌지는 모른다. 그러나 우쿄가 말한 것처럼, 둘이서는 조만간 한계가 올 것은 분명했다. 이로하, 가무이코

차, 우쿄 정도의 강자가, 망설이지 않고 후타바를 노린다면, 반드시 지켜낼 수 있다고는 말할 수 없다.

"욧카이치까지는 단숨에 빠져나간다. 인기척은 없는 것 같아. 나가자."

"알았어."

좌우를 살피면서 슈지로는 길로 나왔다. 뒤를 돌아보자, 후타바는 시체가 든 포댓자루를 향하여 합장하는 것처럼 두 손을 맞대고 있었다.

"서둘러야 해."

슈지로가 재촉하자 후타바도 고개를 끄덕이고 뒤를 따라왔다. 아랫입술을 깨물고 있다. 이 가혹한 상황에서 열심히 버티고 있다. 그런 얼굴이었다.

두 사람은 노중에 한 번도 멈추지 않고, 그날 저녁에는 욧카이치 역참으로 들어섰다. 교진이 말했던 '우즈야'라는 여관은 금방 찾았다.

"네? 그런 분은 숙박객 중에 안 계시는데요…."

교진의 이름과 용모를 말했지만, 여관 종업원은 고개를 갸웃거린다. 오늘 숙박객은, 어제부터 연박 중인 중년 여성 한 명뿐이라고 한다.

아직 도착하지 않은 건가? 아니면,

─도중에 당했나?

그랬을 가능성도 있다. 아무튼, 어느 쪽이든 오늘은 너무 늦었다. 여기 묵으려고 방을 잡았다.

"오늘이지?"

후타바가 불안한 듯이 묻는다. 그때 약속한 3일 후 저녁은 지금이 틀림없다.

"응. 무슨 일이 있었나? 아니면…."

함정일 가능성도 있어서, 슈지로는 잠시도 칼을 손에서 놓지 않았다.

"왔나?"

마치 두 사람의 대화를 듣고 있다가 타이밍을 노린 것처럼, 장지문 너머에서 목소리가 들렸다.

"교진…."

"열 거구먼. 공격하지 마라."

천천히 장지문이 열린다. 거기에 서 있는 것은 틀림없는 교진이었다.

"몰래 숨어들어왔나?"

"아녀. 어제부터 계속 기다리고 있었구먼."

"그렇군. 그렇게 된 건가."

이해하지 못한 것이겠지. 후타바는 두 사람을 번갈아 쳐다본다.

"어제부터 묵고 있다는 중년 여성이 이 녀석이다."

"엇…."

"그렇게 된 거구면."

놀라는 후타바에게 교진은 미소지었다. 지난번엔 여자 목소리를 완벽하게 흉내 냈었다. 변장에도 능하다면, 여관 사람들 정도는 쉽게 속일 수 있겠지.

"그 기술은 쓸모가 있군."

그때그때 변장을 하면 적에게 노림 당할 일도 없다. 고독에서는 유익한 기술이다.

"그럼, 결론은 나온거?"

교진은 약간 떨어진 곳에서 양반다리를 하고 앉았다.

"한 가지만 묻고 싶다. 그게 우리의 조건이다."

"거절한다면?"

"이야기는 없었던 것으로 한다."

관자놀이를 손가락으로 갉작거리면서 교진은 쓴웃음 지었다.

"좋구먼. 뭐여?"

"너는 무엇 때문에 돈을 원하는 거지?"

"남은 인생을 여유롭게 보내기 위해서. 그거로는 안 되나?"

교진은 난처한 얼굴을 했다. 그러나, 진지한 얼굴을 보고는 그냥 넘어가 주지는 않을 거라고 생각한 모양이다. 가늘게 숨을 내뱉은 뒤, 이쪽을 똑바로 바라보며 말을 이었다.

"도와주고 싶은 여자가 있다."

닌자 출신이라기에 밀명 비슷한 이유를 상상했었으나, 의외의 이유가 튀어나와서 슈지로는 잠시 어안이 벙벙해, 후타바와 얼굴을 마주 봤다.

"라는 것도, 좀처럼 믿기 어렵겠구먼."

교진은 목덜미를 긁으면서 얼굴을 찡그렸다.

"아니… 병인가?"

"아녀."

슈지로의 물음에 교진은 그저 부정하기만 했다. 별로 대답하고 싶지 않은 것은 아닌 모양이다. 교진은 후타바 앞에서 할 만한 이야기가 아니라고 눈으로 호소했다. 돈이 필요하다는 것을 합쳐서 생각해 보면, 대충 그 이유를 상상할 수 있었다.

"그 가미가타 사투리도, 그 여자인가?"

"그려. 제법 눈치가 빠르구먼."

교진은 약간 턱을 까딱였다. 더욱 자세히 듣고 싶으면, 자리를 바꾸던가, 나중에 하자는 의미다.

"아니, 한 가지 더 물어보겠다…."

"뭐여? 그럼 하나가 아니구먼-."

장난처럼 쓴웃음 짓는 교진에게, 슈지로는 낮은 목소리로 물었다.

"그 사람을 도와준 후에 어떻게 할 건가?"

"같이 살고 싶다."

급변. 교진은 진지한 얼굴로 되돌아와 단언했다. 또 후타바와 얼굴을 마주 보고 동시에 고개를 끄덕였다.

"알았다."

"좋았어. 동맹 성립이구먼."

교진은 송곳니를 보이며 웃었다. 그때 옆에서 후타바가 무겁게 입을 열었다.

"나도 조건… 부탁이."

"치사해. 둘이서 세 개잖어."

교진은 과장되게 몸을 뒤로 젖힌다. 슈지로도 놀랐다. 후타바가 이런 이야기를 할 거라고는 듣지 못했던 것이다. 교진도 사정을 깨달은 모양으로, 의아한 듯이 눈썹을 모은다.

"슈지로 씨도 들어줬으면 해…."

"뭔데?"

슈지로는 애써 부드럽게 물었다.

"죽이지 말고… 도쿄까지 갈 수는 없을까?"

"아니 아니 아니. 안 그래도 엄청 어려운데, 그건 무리랑께. 한 손만 쓰면서 가라는 쪽이 차라리 낫겠구먼."

교진이 눈앞에서 격렬하게 손을 내젓는다. 후타바는 표정이 그늘진 채 고개를 숙였다.

"후타바… 그건."

후타바의 마음은 이해하지만, 슈지로 또한 교진과 같은 의견이다.

"그렇지. 마음이 무르다는 건 나도 알아."

후타바는 기어들어가는 것 같은 목소리로 말을 이었다.

"그래도… 고독의 규칙은 목패를 서로 빼앗는 것뿐이지, 목숨을 빼앗는 건 아니야."

"가령 목패만 빼앗았다고 치자. 하지만 목패를 빼앗긴 자는 그 후에 결국 죽겠지."

"그런 말은 안 했어. 상응한 처벌을 한다고밖에."

"참말로 그러네."

교진은 퍼뜩 놀란 얼굴로 턱에 손을 갖다 댔다.

확실히 공지한 고독의 규칙 중에서, 탈락자의 처우에 관해서는 명확하게 말하지 않았었다.

덴류지에서는, 주최측에게 칼을 들이대거나, 점수 부족인 채로 정문을 나가려고 한 자들이 칼을 맞았다. 그러나, 도카이도 전체를 종일 감시할 수는 없다. 그렇다면, 탈락자도 즉각 죽이는 것은 아닌지도 모른다.

혹은 주최한 무리는, 고독이 시작되어버리면, 목패를 빼앗을 때는 목숨도 당연히 빼앗을 거라고 생각하고 그런 상황을 상정하지 않았을 것이다.

아니, 엄밀히 말하자면, 목패를 훔치는 일 정도는 생각했을지도 모른다. 그러나, 도둑맞은 자는 그야말로 목숨을 걸고 죽기 살기로 되찾으려고 할 테고, 설령 달성하지 못하더라도, 그런 소인배는 상대하지 않겠다는 것 아닐까? 적어도 후타바처럼 죽이지 않고 목패만 빼앗는 것에 전념하려는 자가 있을 거라고는 꿈에도 생각 못 했을 것이 틀림없다.

"만약 후타바 말처럼 탈락해도 무사할 수 있다면, 이렇게 동맹을 맺은 이상, 우리는 최악이라도 하마마쓰까지만 가면 되는구먼."

한동안 생각에 잠겨 있던 교진이 입을 열었다.

"확실히 그렇게 되나."

다시 정리해보면, 이세국 세키는 3점, 미카와국 지류는 5점, 도토우미국 하마마쓰는 10점, 스루가국 시마다는 15점, 사가미국 하코네는 20점, 무사시국 시나가와는 30점 있으면 통과할 수 있다. 하마마쓰에서 각자 갖고 있는 10점을 맡기면, 한 명은 도쿄까지 갈 수 있게 되고 후반전으로 진출할 수가 있다. 남은 두 사람은 하마마쓰 부근에서 대기, 잠복하면 되는 것이다.

"하마마쓰 정도까지라면, 어떻게든 할 수 있지 않을까?"

교진은 얼굴을 폈다. 무슨 말을 하려는 건지 깨닫고 슈지로는 한숨을 내쉰다.

"하마마쓰 정도까지라면, 그리 대단치 않은 실력인 자도 있다. 따라서 죽이지 않고… 라는 일도."

"그려."

"교진 씨!"

빛이 보인 것처럼 후타바의 얼굴이 밝아졌다.

"후타바에게는 미안하지만, 그런 어수룩한 말을 하고 있다가는―."

"아녀, 그뿐만이 아니구먼."

"그 뜻은?"

"최악의 경우, 하마마쓰까지만 가서 한 명을 도쿄로 보내는 것밖에는 길이 없을 수도 있구먼."

"흠."

교진이 하려는 말은,

― 하마마쓰까지 모두가 무사할 것이라는 보장은 없다.

라는 것이다.

목숨을 잃는다면 거기서 끝. 그러나, 그것 말고도 크게 다치거나 해서, 더는 진행할 수 없을 경우도 분명히 있을 수 있다.

"그렇게 되었을 때, 하마마쓰에 남은 두 사람이 어떻게 되는가가 문제여. 그것을 사전에 확인해두고 싶구먼."

"그렇군."

그렇게 했을 때, 나머지 두 명은 '탈락자'가 된다. 이런 괴상한 일을 기획한 자들이다. 처우에 관해서는 언급하지 않았지만, 무사할 거라는 보장이 없다는 것도 분명하다. 교진은 목패를 빼앗겨 탈락한 자가 그 후에 어떻게 되는지 확인하기 위해서도 해볼 만한 가치가 있다는 것이다.

"후반전도 마음에 걸려."

슈지로가 말했다.

후반전이 어떤 것인지는 모르지만, 이 전반전을 생각해 보면, 말도 안 되는 일을 시킬 것이 틀림없다. 만약 전반전 같은, 죽고 죽이는 싸움이 되고, 게다가 한 명밖에 살아남을 수 없는 경우, 거기에 후타바를 데려갈 수는 없다. 살아서 탈출할 수 있는 길은 모색해둬야 한다. 덴류지에서 규칙을 설명할 때 엔주는,

– 도쿄에 도착하고 나서 말씀드리겠습니다.

라고 말했었다. 만약 후반전도 이런 것이고, 더욱이 탈락해도 무사할 것이 보장된다면, 후타바에게는 참가시키지 않는 길도 있다.

"그렇구먼."

교진도 의도를 깨달았는지 고개를 끄덕였다. 후반전이 한 명만 남을 때까지 죽고 죽이는 것이라면, 그것은 즉, 자기와 교진 또한 최후에는 싸워야만 한다는 뜻이 되는 것이다. 그러나 지금은 일단, 도쿄에 한 걸음이라도 가까이 가는 것이 중요하다는 것을 서로 이해하고 있다.

"알겠다."

"슈지로 씨…."

"가능한 한 노력하겠다. 단, 그런 여유를 가질 수 없는 적과 대치할 때, 게다가 우리가 죽이려고 하지 않아도 상대방이 집요하게 우리 목숨을 노릴 때… 그때는 이해해줘."

슈지로가 차근차근 설명해주듯이 말하자, 교진도 진지한 얼굴로 고개를 끄덕였다.

"후타바, 그건 나도 마찬가지여."

"알았어. 고마워."

후타바는 입술을 꼭 다물고 고개를 끄덕였다.

"자, 그런데… 이제부터 어떻게 할 거지?"

슈지로는 새삼 말했다. 교진이 말한 것처럼, 이 관계는 동맹이라고 할 수 있다. 그렇다면 전략을 공유해둘 필요가 있다고 생각했다.

"아까는 하마마쓰까지라도 상관없다고 했지만, 가능한 한 셋에서 쭉 가고 싶구먼."

하마마쓰에서 한 명을 선발했다고 해도, 그자가 도쿄로 향하는 도중에 죽으면 모든 것은 물거품이 되어버린다. 도쿄에 가까이 갈수록 강자만 남는 것이다. 아슬아슬한 지점 직전까지 서로 협력하는 것이 좋다.

"일단 셋이서 도쿄를 목표로 한다."

"알겠다."

"둘 다 고독의 의미는 알고 있겠지?"

"응…."

도중까지 의미를 몰랐던 것을 떠올린 것이겠지. 후타바가 슈지로를 보며 슬그머니 웃었다. 교진은 더욱 말을 이었다.

"이 고독, 전반전에 한해서 말하자면, 본가와는 다른 점이 있구민."

"숫자겠지."

"맞어. 고독은 최후의 한 마리만 남을 때까지 서로 죽이는 것에 비해, 이 모방극은 아홉 명까지 남을 수 있다. 즉, 강적과 한 번도 싸우지 않고 도쿄까지 도달하는 길도 있다."

"그러나 차츰 숫자가 줄어들겠지. 즉, 하코네를 넘을 때쯤부터는 서서히 강자만 남게 된다. 언젠가는…."

"머리가 굳었구먼."

교진은 관자놀이를 손가락으로 찌르며 히죽 웃었다.

"무슨 뜻이야?"

"확실히 후반으로 가면 그렇게 되겠지만, 지금 이 틈에 점수를 모아놓으면 워뗘?"

"과연 그렇군."

교진이 말하려는 의미를 깨닫고, 슈지로는 고개를 끄덕였다.

"약한 놈이 아직 남아 있다는 뜻이여."

약자는 언젠가는 도태되겠지만, 지금 단계라면 아직 많이 남아 있다. 이 틈에 그자들에게서 가능한 한 목패를 빼앗자는 것이다. 그렇게 하면, 후타바의 바람도 더욱 이루어주기 쉽다.

"지류는 5점. 셋이면 15점이군."

"거기까지 가능하면 30점 모았으면 싶구먼. 그럼 하마마쓰를 단숨에 통과할 수 있으니께. 거기서부터는 위험해지면 한 명만 가게 하는 계획도 쓸 수 있으니까 말이여."

"그때까지 탈락자가 어떻게 되는지도 확인하자는 거로군."

"그려. 그럼 먼저, 서로 가진 정보를 꺼내놓자고."

교진은 목소리를 낮추고 몸을 앞으로 내밀었다. 이번 싸움에서는 개개인의 강함보다도 정보가 싸움의 열쇠를 쥐게 될 거라고 슈지로도 눈치채고 있었다.

특히 강자에 대해서 알고 있으면, 그자들과의 싸움을 피할 수도 있다. 그래도 꼭 싸워야만 하게 될 때는, 상대가 쓰는 무기, 유파, 그 외 세세한 정보가 승패를 좌우하게 된다.

5

"먼저 나부터 간다. 지금까지, 눈여겨봐야 한다고 생각한 건 다섯 명."

교진은 손가락 다섯 개를 하나씩 세웠다.

"먼저 첫 번째는, 키가 작은 영감님이여. 무기는 칼이 들어 있는 지팡이."

"분명 나도 아는 사람이다."

출발지인 덴류지 경내에서 여러 명의 남자를 쓰러뜨린 노인이다. 움직임에 요기 같은 것이 떠도는 것 같았다. 대치해본 것만으로도, 싸우면 몸 성히 끝나지 않을 거라고 느꼈다.

교진이 본 것은 텐류지가 아니라 쓰치야마 산 부근이었다고 한다. 잠복하고 기다리던 남자 두 명이 그 노인에게 덤벼들었다.

"남자들은 결코 약하지는 않았다. 허지만… 순식간에 이거랑께."

교진은 손날로 자기 목을 문질렀다.

눈 깜짝할 사이에 벌어진 일이었다고 한다. 두 사람 다 목이 잘려 거의 동시에 쓰러졌다. 게다가 그때는 이미 노인의 칼은 칼집으로 돌아가 있었다고 한다.

교진은 조금 떨어진 나무 위에서 그 모습을 지켜봤는데, 노인은 그것도 알아차렸다고 한다.

- 할 텐가?

라고, 노인은 이쪽을 보며 꺼림칙할 정도로 기분 나쁜 웃음을 보였다고 한다.

"그자는 보통내기가 아니여."

교진은 낮게 말했다.

"어디 번의 검술 지도자라거나 그런 부류는 아니야. 그렇다고 신센구미나 자객도 아닌 것 같았다… 굳이 말하자면, 옛 유파에 가까운 것으로 보였다."

"아, 뭔가 기분 나쁜 검이었구먼."

교진도 상당한 실력자인 만큼, 슈지로와 비슷한 감상을 품은 모양이다. 교진은 이야기를 되돌리고 두 번째 사람을 꼽았다.

"머리띠를 두른 놈. 궁수. 분명 아이누 민족이여."

"가무이코차."

후타바가 자기도 모르게 이름을 흘렸다.

"뭐시여, 이름까지 아는겨?"

"음. 스즈카 고개에서."

슈지로는 가무이코차와의 만남에 대해 이야기했다.

"그것도 대단하구먼… 내가 본 것은, 바위 뒤에 숨은 남자를 쏴서 맞춘 것이여."

그것도 또 2인조. 가무이코차의 화살을 이마에 맞고 한 명이 쓰러졌다. 그 거리가 족히 25간은 떨어져 있었다고 한다. 다음 순간, 나머지 한 명은 자기를 노린다는 것을 깨닫고 반사적으로 큰 바위 뒤로 숨었다. 그리고 5분 정도 고착 상태가 이어졌다고 한다. 그러나, 가무이코차가 갑자기 활을 하늘로 들어 올리더니, 휙 화살을 쐈다. 화살은 하늘을 향하여 비상하더니, 커다란 곡선을 그리고는 숨어 있던 남자의 정수리에 박혔다고 한다.

"용케 안 싸우고 넘어갔네."

후타바가 솔직한 의문을 입에 올렸다. 자기들도 여기에 올 때까지 몇 명의 달인과 만났다. 그러나, 자칫 잘못하다가는 싸우게 될 뻔했던 그들과 달리, 교진은 제대로 서리를 두고 결정적인 순간을 목격할 수 있었던 것이다. 그것이 신기했던 모양이다.

"보는 것이 목적이었겠지."

"당연. 그때도 절벽 위에 엎드려서 아래를 살펴보고 있었구먼."

가능한 한 많은 정보를 보다 빨리 얻는 것이 고독에서 살아남기 위해서는 필수라고 생각하고, 목패를 모으고 그 이후는 계속 관찰에 전념한 모양이다.

"다음은 세 번째. 이게 골치 아프구먼."

"아는 사람인가?"

교진의 말투에서 그렇게 느끼고, 슈지로는 눈을 가늘게 떴다.

"간지야 부코쓰."

교진은 낮게 말했다.

출신은 불명. 막부 말기 무렵 교토에 불쑥 나타난 낭인이다. 조슈번에 들어가 암살을 의뢰받아 일했다는 소문도 있다. 황실 쪽으로 붙은 뒤에는 신 정부군의 낭인부대에서 활약. 백병전에서 백 명이 넘는 적을 무찔렀다는 소문도 있다. 보신 전쟁 최종반에 뭐에 씌웠는지 상관을 베고 도주. 그 이후로 소식은 들리지 않는다.

"난자의 부코쓰로군."

슈지로는 조용히 대답했다. 부코쓰에게는 그런 흉흉한 별명이 붙어 있는 것이다.

"역시 알고 있나."

"조슈에 소속되었었다는 것은 사실이다."

"만난 적이 있는겨?"

"한번. 대치했었다."

도사와 조슈, 기본적으로는 서로 반목하는 사이가 아니었지만, 사소한 오해로 술자리에서 싸움이 벌어진 적이 있었다. 그때 슈지로와 부코쓰도 그 자리에 있었다. 도사가 다섯 명, 조슈가 네 명. 밖으로 나가 서로 노려보는 상황이 되었다. 그때, 누가 먼저랄 것도 없이, 뭔가에 잡아끌린 것처럼 대치하게 된 것이다.

"누가 이긴겨?"

교진은 몸을 앞으로 쓱 내밀었다.

"결국, 검은 뽑아보지도 못했다. 신센구미가 출동했다. 그 결과, 어영부영 마무리되었다고, 도사 사람들은 말했었다. 그러나…."

"그러나?"

곧바로 앵무새처럼 똑같은 말을 하며 교진은 묻는다.

"상당한 실력자라는 것은 확실하다. 그보다, 너야말로 어떻게 부코쓰를 알고 있지?"

"이가조 중에서 나를 포함한 몇 명은 교토로 들어가 밀정 일을 했었구먼."

"밀정의 감시 대상이었다는 건가?"

"그려. 간지야 부코쓰는 막리 여러 명, 신센구미, 정찰조까지 죽였기 때문에 요주의 인물이었구먼."

"그렇군."

부코쓰의 눈을 봤을 때, 상당히 많은 사람을 죽였다는 것은 알았지만, 이렇게 메이지 시대가 된 후에 구체적인 내용까지 듣게 될 줄은 몰랐다.

"그리고 네 번째… 이건 잘은 모르겠는디….'

교진은 처음으로 머뭇거렸다.

"무슨 소리야?"

"먼저, 3대 1 싸움이었구먼."

이시베와 미나쿠치 사이의 가도에서 있었던 일이다. 혼자 걸어가는 남자를 참가자인 줄 알아본 것이겠지. 건장한 남자 세 명이 미행하다가, 인적이 드문 곳에서 일제히 덤벼들었다.

"첫 공격을 받았을 때, 습격한 남자의 칼이 부러졌다."

그뿐이라면 잘못 맞은 거겠지, 라고 교진은 생각했을 거라고 한다. 그러나 두 명, 세 명째의 칼도 뿌리 쪽부터 부러졌다고 한다. 교진이 보기에 남자는 키는 5척 8촌으로 크지만, 근육이 울퉁불퉁한 것은 아니고, 오히려 날씬한 체형으로, 칼 세 자루를 연속으로 부러뜨릴 만한 괴력으로는 도저히 보이지 않았다고 한다. 그렇다고 우연이 세 번씩이나 이어질까? 게다가 남자는 한 명을 베었지만, 나머지 두 명이 도망치는 것을 허용해버렸다. 따라서 달인인지, 그저 운이 좋았던 건지, 교진의 눈으로도 아직까지 확실하게 판단할 수 없다는 것이다.

"…왜 그러는겨?"

슈지로의 얼굴이 어두워졌다는 것을 알아차린 것이겠지. 교진이 미간에 주름을 잡는다.

"그 남자, 틀림없이 강해."

"설마…."

후타바는 짐작이 간다는 듯이 눈을 크게 떴다.

"그 기술은 '파군'… 아다시노 시쿠라, 내 의동생이다."

"뭐시여?"

교진도 이 말에는 놀란 모양으로, 목소리가 살짝 뒤집혔다.

"부코쓰 따위보다 그쪽이 훨씬 골치 아프다."

"동생이라면 힘을 합쳐서 - ."

"무리다."

슈지로는 말을 가로막고, 재빨리 고개를 가로저었다.

"뭔가 깊은 연유가 있는 것 같구면."

"나중에 이야기하겠다. 다섯 명째는?"

"바로 니다. 고쿠슈."

"어…."

후타바는 깜짝 놀라 두 사람의 얼굴을 번갈아 보았다.

"역시 알고 있었나."

아까 교진은 막말 무렵 교토에서 밀정 일을 했다고 말했었다. 간지야 부코쓰에 대해서도 분명히 알고 있다. 그런데,

　- 나를 몰랐을 리는 없지.

라고 생각했다. 더욱 말하자면, 그에 대해시 알고 있었기 때문에 접근한 것이 아닐까? 그러한 추측을 말하자, 교진은 의외라고 할 정도로 순순히 인정했다.

"그려. 먼발치에서지만, 이 눈으로 본 적도 있다."

"어디에서?"

"기야마치의 다카세강 근처."

"있을 법하군."

그 근처에는 교토의 도사번 저택이 있다. 슈지로는 그중 한 방에서 지냈었다. 무슨 일이라도 있지 않는 한, 함부로 돌아다니는 성격은 아니었지만, 그 근처라면 때때로 걸어 다니기도 했다.

"도사번사를 포함한 네 명. 그중 한 명이 니였구먼. 몸놀림을 봐서…"

"호위였겠지."

막말의 교토에서는 암살이 횡행했다. 그래서 도사번의 요인 호위를 하게 되는 일도 더러 있었던 것이다.

"언제 알아차렸나?"

"덴류지 경내. 고독이 시작되기 전이여. 그래도 분명히 닮긴 했는디, 뭔가 달라 보였다… 그래서 다가가서 확인했다 이거구먼."

"그 무렵은 애송이였다. 나름대로 늙기도 했겠지."

그 당시 슈지로는 아직 15, 16세. 정통파 무사 집안의 아이였다면 막 성인식을 치렀을 무렵의 나잇대다. 그로부터 10년도 더 지났으니, 용모에 변화가 생기는 것도 당연할 것이다.

"그런 것이 아니구먼… 옛날에 봤을 때는, 사방팔방으로 찌르는 듯한 살기를 내뿜었으니께."

"그런가."

슈지로는 중얼거리듯 답했다. 예전에 지금 교진이 한 것과 같은 말을 들은 적이 있고, 그때 일이 문득 뇌리를 스쳤기 때문이다. 그것이 아내와의 첫 만남이었다.

"본인은 깨닫지 못했을지도 모르지만, 꽤 유한 인상이 되었당께."

"그렇구나."

후타바는 가벼운 놀라움을 보이며 살짝 맞장구를 쳤다.

"실력도 녹슬었을지도 모른다 생각해 미행해봤는디, 기우였던 모양이여. 그래서 동맹을 맺자고 한 것이여."

"아니… 확실히 녹슬었다."

"녹슨 게 그거라고?"

교진은 씁쓸하게 웃었다.

"보신 전쟁 이후로 한 번도 검을 잡지 않았었으니까. 이제야 조금 감이 되돌아온 참이다."

"과연 고쿠슈여. 든든하구먼."

우리 편이라 다행이라는 듯이, 교진은 과장된 몸짓으로 가슴을 쓸어내렸지만, 슈지로는 복잡한 심경이었다. 확실히 요 10년 동안에 자기가 변했다는 자각은 있다. 아내와 살게 되고, 아이가 태어나고, 내가 이토록 행복해져도 되는 걸까? 라고 생각할 정도의 나날을 보냈다.

더욱이 감이 되돌아오면 돌아올수록, 그 온화했던 일상이 멀어지는 것 같은 느낌이 드는 것이다. 그러나, 싸우지 않으면 아내와 아이의 목숨을 구할 수도 없다.

잠시 생각에 잠기고 말았지만, 퍼뜩 제정신을 차리고 슈지로는 모순에 대한 망설임을 토해내 버리듯이 목소리를 발했다.
"다음은 내가 이야기할 차례다."

제 6 장
교하치류

1

 이 욧카이치 역참으로 오는 과정에서 만난 맹자에 관해서, 슈지로는 꼼꼼하게 이야기했다. 그 노검사와 가무이코차는 교진도 봤다. 교진이 만나지 못했을, 기쿠오미 우쿄라고 하는 남자에 관해서다.
 "그자는 상당히 강해."
 "허지만, 지금 들은 바로는, 아무래도 내가 유리할 것 같구먼."
 우쿄의 무기는 야태도. 보통 검의 사정거리 바깥에서 하는 공격에 능하다. 그러나 교진은 몸이 가벼운데다가, 봉수리검으로 그 사정거리보다도 더 바깥에서 공격할 수 있다. 그밖에도 닌자답게 수많은 암기를 이용해 상대방을 농락하는 것이 특기인 모양으로, 확실히 우쿄와 싸우기에는 유리할지도 모른다.
 "그래도…."
 후타바가 어물거렸다. 자기를 도와준 은인이라고 말하고 싶은 것이겠지.
 "그러나, 다음에는 어떻게 될지 몰라."
 "나도 알아."
 지인들끼리도 서로 죽이는 것이 고독이라는 깃을, 후다바도 이해하기 시작했다. 아니, 억지로 이해하려고 애쓰는 것이겠지.
 "그리고 이로하다."

"이로하?"

앵무새처럼 교진은 묻는다. 시쿠라뿐만이 아니라, 그밖에도 이름을 아는 자가 있다는 사실을 수상쩍게 여기는 모양이다.

"내 의남매인 여동생이다."

"남동생뿐만 아니라, 여동생도 있는겨!"

"이로하가 말하기를, 그들 말고도 산스케, 진로쿠, 두 명의 동생도 왔다고 한다."

"도대체 뭐시여? 니들 형제는 서로 죽이는 게 가훈이기라도 한겨?"

어이가 없다는 듯이 말하는 교진이지만, 이쪽이 아무 말도 하지 않자, 조심스럽게 묻는다.

"설마 참말로 있는겨…?"

"그것에 가까워. 시쿠라에 관해서는 나중에 말하겠다고 한 것은, 그 점도 포함해서 이야기해야만 하니까."

과거에도 이 이야기는 아내한테 말한 것 말고는 입에 올린 적이 없었다. 후타바도 아직 대충밖에 모른다. 앞으로 시쿠라, 이로하 등과 맞서게 되는 일은 충분히 있을 수 있기 때문에, 아무래도 두 사람에게는 전부 말해둘 필요가 있다.

"먼저 교하치류에 관해서다."

후타바는 또 듣게 된 셈이지만, 교진을 위해서 슈지로는 간단하게 이야기하기 시작했다.

겐페이 전쟁 무렵, 기이치 호겐이라 불리는 자가 편성했고, 가장 오래된 검술이라고도 한다. 반드시 여덟 명의 계승자 후보를 준비하고, 99퍼센트까지는 똑같은 것을 배우게 한다. 그러나 나머지 1퍼센트만이 다르다. 그것이 슈지로의 '무곡', 이로하의 '문곡', 시쿠라의 '파군' 등, 북극성과 북두칠성의 이름에서 유래한 교하치류의 비술이다.

그 비술은 '계기'만 말로 전해주면 금방 습득할 수 있다. 그렇다고 해서 모방은 할 수 없다.

"잠깐만 기다려!"

교진이 손을 들어 이야기를 끊었다.

"뭐지?"

"여러 가지로 하고 싶은 말은 많지만, 억지로 납득하는 셈 치고⋯ 그 계승전이라는 건 서로 죽이는 거지? 비술이 구전으로 습득 가능하다지만, 의욕이 넘친 나머지 싸움이 끝나기도 전에 죽게 만드는 일은 없는겨?"

"우리는 죽기 전에 전달하도록 명령받았다. 그러나 실제로 그런 일이 과거에 있기는 했던 모양이다."

달인끼리의 싸움이다. 종이 한 장 차이가 승패를 가르고, 패한 쪽이 즉사하는 일도 더러 있었다고 한다. 그때는 교하치류의 현 계승자가 구전으로 전한다. 그 때문에 현 계승자가 정정한 동안에 다음 계승전을 치르는 것이다. 이것을 교하치류는 7백년이라는 세월 동안 지켜왔다.

"또 한 가지, 물어봐도 되나?"

"그래."

"이래 봬도 내는 막부의 밀정 출신. 대충은 알고 있다고 생각했다. 허나, 내랑 같은 이가나 고가, 오니와방 사람들도, 교하치류라는 이름은 알아도 그 실태는 전혀 몰랐구먼. 그것이 신기하당께."

교진은 턱에 손을 대고 의아하다는 듯이 고개를 갸웃거렸다.

"스승에게서 막부는 알고 있다고 들었다. 엄밀히 말하자면, 오로지 쇼군(將軍. 막부의 수장으로 막부시대 국가의 실질적인 통치자) 혼자만 알고 있었을 것이다."

교하치류가 7백 년 동안이나 다른 사람들은 모르게 이어져 온 것에는 이유가 있다. 교하치류는 권력자가 바뀔 때마다 그자에게 찾아가,

– 죽고 싶지 않으면 우리를 품어달라.

라고 강요한 것이다. 교하치류를 비호한다면, 권력자의 적을 일생 중 딱 한 번 제거해준다. 그러나 거절하면 죽이겠다는 협박이다. 받아들여서 손해 볼 것이 없고, 오히려 거절하면 해를 입는 이 제안을, 대부분의 권력자는 받아들였다.

이렇게 해서 가마쿠라 막부, 호조집권, 남조, 무로마치 막부, 미요시 나가요시, 마쓰나가 히사히데, 오다 노부나가, 도요토미 히데요시, 그리고 도쿠가와 막부의 비호를 받아왔다. 교하치류는 항상 위정자의 검이었던 것이다.

"거절한 자는 없었나?"

"몇 명인가 있었던 모양이다. 나도 잘은 모르지만, 딱 한 명은 기억

한다."

슈지로가 기억했던 것은, 무로마치 막부 13대 쇼군인 아시카가 요시테루. 본인도 검을 웬만큼 다룰 줄 알았기 때문에, 교하치류의 무서움을 실감하고 배제하려고 했다고 한다. 역사상으로는 미요시 3인방과 마쓰나가의 손에 살해당했다고 알려졌지만, 이것도 그 당시의 교하치류 계승자가 한 짓이라고 스승은 말했다.

"그럼, 니들은 막부의 보호를 받고 있었다는 말인겨?"

"그래, 먹고살기에는 지나칠 정도로 충분한 돈이 나왔던 모양이야. 교하치류는 거액을 지원받는 대신에, 그 위정자가 '딱 한 번' 뽑을 수 있는 검. 막부는 마침내 그 검을 뽑기로 결정했다."

"삿초 동맹(薩長同盟. 에도 시대 말기 사쓰마번(가고시마)과 조슈번(야마구치)이 맺은 정치적·군사적 동맹으로, 막부 타도와 근대화를 목표로 했다) 말인가…?"

"그래. 반 막부파 주요인물 합계 78명을 말살한다는 것이다."

의뢰한 것은, 시기를 계산해보면, 14대 쇼군인 도쿠가와 이에모치라고 봐도 좋을 것이다. 권력자의 적을 해치우는데 딱 한 번 힘을 빌려준다는 것이 교하치류의 규칙. 사쓰마와 조슈 중 어느 한쪽 번을 지명하면, 다른 한쪽은 놓치게 된다. 이에모치는 기지를 발휘하여,

– 막부에 적대하는 자를 해치워다오.

라고 의뢰했을 것이다.

슈지로의 스승은 그 당시 이미 60세가 넘었었다. 교하치류는 몸에 부담이 크다. 스승은 달인이긴 했으나, 중병을 앓고 있기도 했다. 한두

명이라면 몰라도, 그 정도 인수를 해치우는 것은 도저히 할 수 없었겠지.

"그것을 위한 계승전이었다는 건가?"

교진은 침을 꿀꺽 삼켰다. 교하치류의 새로운 계승자가 삿초를 중심으로 한 '막부에 대적하는' 자들을 무찌른다. 그것이 스승의 계획이었다.

"그러나… 그 계승전 전날, 나는 산에서 도망 나왔다."

후타바는 이미 알고 있다. 교진도 왜 그랬느냐고는 묻지 않았다. 피는 이어지지 않았지만, 십여 년간 한솥밥을 먹은 형제들과 서로 목숨을 빼앗는 일 따위는 하고 싶지 않은 것이 당연하다.

그것은 슈지로뿐만 아니라 다른 형제들도 마찬가지였다. 그러나, 교하치류의 계승전은 반드시 치러져야만 할 이유가 있었던 것이다. 13년전, 계승전에 관해서 들었던 날을 떠올리며 슈지로는 덤덤하게 이야기하기 시작했다.

*

구리마 산속, 울창하게 우거진 숲으로 둘러싸인 오두막 앞. 스승이 여덟 명의 형제들을 불러모았다. 모닥불을 가운데에 두고 둘러앉은 형제들에게, 스승은 더듬더듬 천천히 이야기하더니, 마지막으로,

"이것이 교하치류의 계승이다. 3일 후의 일출을 개시 신호로 한다."

라고 말을 맺고 천천히 눈을 감았다.

그때까지 아무것도 몰랐던 형제들의 반응은 제각각이었다. 산스케(三助)는 넋이 나가 입을 벌렸고, 진로쿠(甚六)는 거짓말이라고 몇 번이나 중얼거렸다. 뺨에 눈물이 흘러내리는 이로하(彩八)의 등을, 시치야(七弥)는 아무 말도 하지 않고 어루만져줬다.

잇칸(一貫)은 하늘을 우러러보며 가느다란 숨을 내쉬고, 키 6척 3촌의 덩치 큰 후고로(風五郞)가 고개를 숙이는 모습은 실제 체격보다 훨씬 작게 보였다. 그중에서 시쿠라(四藏)만이,

"다른 방법은 없는 겁니까!"

라며, 험악한 얼굴로 격하게 스승을 다그쳤다.

그러나, 스승은 이것이 7백 년 동안 지켜온 규칙이라며 대항할 뿐이었다.

슈지로는 어땠냐 하면, 그 누구보다도 참담한 심정이었다. 아버지 대신이었으며 자애로운 웃음을 보여주던 스승의 모습은 거짓이었나? 형제끼리 죽여야 하다니, 도저히 할 수 없는 일이다. 무엇보다 살아남을 확률은 8분의 1. 여러 가지 감정과 죽음에 대한 공포가 엄습해와서 턱이 덜덜 떨렸다.

"3일 동안에 각자 준비를 마쳐라. 절대로 도망치려는 생각 따위는 하지 마라. 오보로류의 역할은 아까 이야기한 바와 같다."

아주 오래전에 교하치류에서 갈라진 '오보로류(朧流)'라 불리는 유파가 있다는 것은, 옛날부터 스승에게서 들었다. 그 당주는 대대로 환

도재(幻刀齋)라 불리며, 교하치류 계승자에 필적하는 실력을 지녔고, 1년에 한 번씩은 스승과 만나고 있었다.

지금까지는 그 사실에 대해 아무런 의문도 품지 않았었다. 비밀리에 전해 내려오는 교하치류를 유일하게 알고 있는 유파가 있다는 정도로만 생각했던 것이다. 그러나 여기에도 속사정이 있었다. 오보로류는 교하치류 계승전만을 위해서 만들어진 유파라고 해도 좋다. 그 역할이 바로,

"도망친 자는 무슨 수를 써서라도 찾아내 환도재가 사냥한다."

라는 것이다.

긴 역사 속에서 도망친 자의 숫자는 한 손에는 다 꼽을 수 없을 정도라고 한다. 스승 대에도 한 명, 도주를 꾀한 자가 있었다. 그러나 그 모두가 환도재에게 쓰러졌다. 환도재는 말하자면 계승전의 감시자이며, 도망자를 처리하는 자이기도 했다.

무언의 시간이 흐르고, 가장 먼저 일어선 것은 산스케였다. 눈에 광기가 떠올랐고, 모두를 둘러보고는 숲속으로 사라졌다.

다음으로 일어선 것은 후고로. 모두를 쳐다보는 것도 무서운 모양으로, 거구에 어울리지 않게 살금살금 도망가듯이 어둠 속으로 녹아들었다. 다음으로 진로쿠가 깊은 한숨을 내쉬며 일어섰다. 시쿠라는 스승을 험악한 표정으로 노려본 후에 가버렸다.

"이로하…."

시치야는 이로하에게서 떨어지려고 하지 않고, 계속 등을 쓰다듬어

주고 있었다.

"미안해…."

현실을 채 받아들일 수 없었던 것이리라. 이로하는 눈물을 닦고 일어서더니, 나무들 사이를 달려 빠져나갔다.

"이치 형, 슈 형…."

시치야가 도움을 청하는 눈으로 번갈아 본다. 잇칸은 분하다는 듯한 표정으로 고개를 끄덕이고 나서, 말없이 그 자리를 떠났다. 슈지로는 아무 생각도 할 수가 없었다. 그 망연자실한 모습에 시치야도 포기했는지, 서글픈 얼굴로 터벅터벅 떠나갔다.

"슈지로. 그래서는 살아남을 수 없다."

스승의 말도 공허하게 들렸다. 이제부터 스승은 산에서 내려간다고 한다. 3일 후에 내려온 단 한 명의 제자에게 모든 것을 맡기겠다는 의식이다.

스승도 가고, 슈지로는 혼자가 되었다. 어제까지의, 수행은 엄격하지만 평화롭던 나날은, 두 번 다시 돌아오지 않는다. 그렇게 생각하니 단숨에 가슴속에 뜨거운 것이 북받쳐 올랐다.

오열하던 슈지로는 어떤 사실을 깨달았다. 숲속에서 흐느껴 우는 소리가 들린다. 이것은 분명 시치야의 소리다. 모두가 같은 심정인 것이다. 그러나 그 누구도 도망질 수 없다는 것을 안다.

장작이 말라 폭발하듯 갈라지고 불똥이 날아다녔다. 슈지로는 무릎을 끌어안고 흔들리는 장작불을 멍하니 계속 보고 있었다.

계승전 전날, 잇칸이 모두에게 모이라고 말했다. 보통은 전날에는 서로 얼굴을 맞대는 것도 피하고 싶어진다. 그것을 무릅쓰고 모았다는 것은, 답은 하나밖에 없다.

"이런 어리석은 짓은 그만두지 않을래? 형제들이 힘을 합치면 극복할 수 있을 거라고 생각한다."

잇칸은 힘주어 말하고 모두를 둘러봤다.

"무리야. 환도재한테 죽는다."

그렇게 반론한 것은 산스케. 이미 깨달았다는 듯이 냉소적인 말투였다.

"애초에 환도재라는 게 있기는 한가? 스승이 우리를 위협하려고 거짓말을 한다고 생각할 수도 있다."

잇칸의 추리에 모두가 납득할 뻔했을 때, 시쿠라가 무겁게 입을 열었다.

"환도재는 있어. 나는 봤어."

"뭐…? 언제, 어디에서?"

진로쿠는 동그란 코가 한껏 부풀더니 다그쳤다. 진로쿠가 놀랄 때 하는 버릇이다. 시쿠라가 그쪽으로 시선을 보냈다.

"3년 전, 강에 물을 길으러 갔을 때, 스승이 노인과 은밀히 만나는 것을 봤다."

스승과 형제들 말고는 본 적이 없었기 때문에, 시쿠라는 기이하다고 생각하여 덤불 속에 숨었다고 한다. 숨을 죽이고 들키지 않도록 했다. 그리고 이야기를 마치고 헤어질 때, 노인은 스승에게 어이가 없다는 듯이 말했다.

"많이 늙으신 것 같습니다."

스승이 불쾌한 것 같았다. 노인은 이쪽을 보고 히죽 웃었다.

"쥐새끼가 있는 걸 깨닫지 못해서야, 은거를 생각해보시는 게 좋지 않으실지."

라고 말했다고 한다. 그때의 박력은 몸이 떨릴 정도였고, 시쿠라는 몸을 돌려 도망쳤다고 한다.

"확실히 3년 전에 누군가 강가에 있었냐고 스승이 물어보고 다녔지…."

후고로가 턱에 손을 대고 말하자, 모두가 동의했다. 슈지로도 그 질문을 받은 적이 있다는 것을 떠올렸다.

"그것이 환도재다. 분명 지금의 스승님보다 강해. 괴물이다."

"다같이 덤벼들면 어떻게 될지도 모르잖아?"

후고로가 뜨거운 눈길을 향했으나, 시쿠라는 고개를 가로저었다.

"한꺼번에 덤벼도 무리야."

"시쿠라 형이 그렇게 말한다면 틀림없… 겠지."

시치야는 쓴웃음을 지으며 뺨을 쓱 만졌다.

"각오하자. 누가 남아도 원망하기 없기다. 살아님은 자가 형제들 몫까지 짊어지고 살아간다. 죽어도 기술로서 그 한 명에게 남는다. 그것으로 좋지 않나?"

시쿠라는 형제들을 둘러보며 천천히 타이르듯이 말하고 살짝 웃었다. 그 미소가 너무나도 덧없고 서글퍼서, 도망치자는 제안을 했던 잇칸도 낮게 신음하고는 입을 다물어버렸다.

형제들끼리 서로 죽인다. 형제들 다같이 도망친다. 양자택일인 것 같았지만, 요 사흘 동안에 슈지로의 머릿속에는 제3의 안이 떠올랐다. 그것이 바로,

- 나 혼자서 도망친다.

라는 것이다.

도망친 자의 처분이 끝날 때까지 계승전은 중단하는 것이 규칙. 따라서 남은 자들을 피 말려 죽이는 것이나 마찬가지. 업보를 쌓는 짓은 하지 말라고 스승은 말했다. 이것을 역으로 이용하려고 생각한 것이다.

슈지로와 시쿠라는 호각. 그런 시쿠라가 절대로 이길 수 없다고 말했을 정도니, 환도재는 아무리 용을 써도 이길 수 있을 것 같지 않다. 그렇다면 10년이든 20년이든 계속 도망친다. 그 시간만큼 형제들은 살아 있을 수 있다.

몸 상태를 생각해보면, 스승은 얼마 남지 않았다. 계승전에 관해서 알기 전에는, 아버지처럼 여기던 스승이 조금이라도 더 오래 살아주길 바랐다. 그러나 지금은 한시라도 빨리 죽으면 좋겠다고 생각한다. 그러면 계승전도 사라지는 것 아닐까? 라는 일말의 바람도 있다.

"너희가 형제여서 좋았다."

슈지로의 한마디를, 시쿠라에 대한 동의의 표명으로 받아들인 모양으로, 모두 각오를 다졌는지 차례대로 고개를 끄덕였다.

그날 한밤중, 계승전이 시작되기 약 2각(시간의 단위로, 일본에서 1각은 2시간을 의미한다) 전, 슈지로는 구라마산에서 모습을 감췄다. 산 중턱까지 온 슈지로는, 뒤를 돌아보며 형제들에게 마음속으로 작별을 고하고는, 그대로 두 번 다시 돌아오는 일은 없었다.

2

구라마산의 바람 소리가, 웃고 있던 무렵의 모두의 얼굴이, 지금도 선명하게 뇌리에 되살아난다. 이제 돌아오지 않는 나날이라고 알고 있는데도, 이렇게 이야기하다 보면, 역시 미련도 차오르고 만다.

"그렇게 된 경위다."

슈지로는 산에서 내려온 경위를 설명한 후, 한숨 섞어 그렇게 말했다.

소상하게 이야기한 것은 처음이어서, 후타바는 충격을 금할 수 없는 모양으로, 긴 속눈썹을 떨며 입을 꼭 다물고 듣고 있었다.

교진은 깊은 한숨을 흘리더니 물었다.

"잔혹하구먼. 그 후에 도사번에서 일하게 되었다는 건가?"

"그렇다."

"그래도 왜 바로 코앞인 교토에 있었나? 그 처리인지 뭐시기인지가 쫓아오지는 않았나?"

"지금과 마찬가지로, 한번은 도쿄… 아니, 에도로 가려고 했지만."

하계에는 수많은 사람이 살고 있다고 들었었다. 그러나 실제로 자기 눈으로 직접 보자, 그 엄청난 인구에 슈지로는 깜짝 놀랐다. 그러나 그와 동시에,

– 너무 다르다.

라고 느낀 것이다. 외견은 자기와 별반 다를 바 없다. 그러나, 다른 생물이 아닌가 싶을 정도로, 자아내는 분위기가 다르다. 때로는 죽어도 이상할 것 없을 정도로 고된 수련에 매진하며 지내온 자와, 안온하게 살아가는 자는, 발하는 기 같은 것이 근본적으로 다르다는 것을 깨달은 것이다.

"그렇구나…."

후타바는 이해할 수 없는 모양으로, 감탄의 목소리를 흘렸지만,

"그렇구먼. 확실히 달라."

교진은 납득했다.

"우리가 백 명 중에 한 명의 달인이 섞여 있어도 알 수 있는 것처럼, 환도재도 반드시 그것을 알아차리겠지."

"병아리들 중에 늑대가 한 마리 섞여 있는 거나 마찬가지일 테니껜."

"이래서야 발견해달라고 말하는 거나 마찬가지라는 것을 깨달았다. 그래서 나와 비슷한 자들이 있는 곳, 피비린내를 풍기는 자가 모이는 곳은 어디일까 생각했다."

"과연. 그게 교토였다는 건가. 확실히 그때의 교토는, 이 고독에 참가할 만한 놈들이 우글우글했으니께."

"게다가 멀리 도망치는 척해놓고 실은 코앞인 교토에 있으면 뒤통수를 치게 되는 걸 수도 있어서."

"실제로는 어땠는겨…?"

교진은 주저하는 듯이 조심스럽게 물었다.

"오카베 환도재는 나타나지 않았다."

"거짓말이었다는 겨?"

"아니, 그건 글쎄."

"뭔 일이 있었나?"

슈지로가 말끝을 흐리는 것을 예리하게 알아차리고, 교진은 눈썹을 모은다.

"아니… 교하치류는 7백 년이나 지켜져 왔다. 환도재의 존재도 그렇다. 그것이 그리 간단히 사라질까 하고, 지금도 때때로 생각하곤 해."

"그렇구먼. 뭐, 지금은 있는지 없는지 모르는 환도재는 됐구먼. 우선은 어떻게 해서 부코쓰 같은 강자와 싸우지 않고 도쿄로 갈지가 문제구먼."

"그렇군."

슈지로는 고개를 끄덕였으나, 역시 생각하게 되어버린다.

13년이란 시간을 지나, 마치 꿀에 이끌린 나비처럼 의형제들이 고독에 모여 있다. 게다가 이미 죽은 형제의 기술도 포함해서, 모든 것이 그 판에 갖춰져 있는 것이다. 환도재가 존재한다면, 이 기회를 놓칠 리가 없다. 거기까지 생각하지 않아도, 환도재도 또한 이끌리듯이 고독에 참가한 것이 아닐까? 앞으로의 일을 의논하는 동안에 슈지로의 머리 한구석을 그런 불길한 예감이 스쳐 갔다.

*

화톳불의 일렁임보다도 인파의 술렁거림이 더 컸다. 이 상황을 받아들이지 못하는 자가 대부분인 가운데, 간지야 부코쓰는 조용히 웃었다.

"어이, 어이. 이게 무슨 포상이람."

자기도 모르게 흘린 혼잣말은 술렁거림에 묻혔지만, 바로 옆에 있던 30대 남자의 귀에는 들어간 모양으로, 미간에 주름을 모으고 얼굴을 쳐다본다.

"무슨 말 했나?"

"아니."

부코쓰는 과장되게 고개를 가로저으며 능청을 떨었다. 방금 그 목소리를 제대로 알아듣지 못했다면, 이 남자의 실력도 알 만하다.

-자, 어디.

불당의 남자. 엔주라고 했다. 그 엔주가 설명을 이어가는 가운데, 그쪽으로도 귀를 기울이며 부코쓰는 주위를 유유히 둘러봤다.

도대체 얼마나 많은 사람들이 모여 있는 건가? 훨씬 뒤쪽까지 빽빽하다. 어림잡아 3백 명 가까이는 있는 것 아닐까? 그가 꽤 앞쪽에 서 있다는 것은 확실했다.

잔챙이, 잔챙이, 잔챙이뿐. 뒤쪽은 자세가 보이는 것이 아니라서 판별은 할 수 없다. 단, 주위에도 소수이기는 하지만, 상당한 숙련자가 몇 명인가 섞여 있다는 것을 알았다.

"저 녀석."

입 안에서 목소리를 굴렸다.

나이는 26, 27쯤. 키는 5척 5촌 정도로 결코 작지는 않지만, 큰 체격이라고는 할 수 없다. 그러나 분명히 다른 어중이떠중이들과는 분위기가 다르다.

-발소리가 나지 않다니, 뭐지?

부코쓰는 아랫입술을 내밀고 고개를 갸웃거렸다. 이 경내에 들어올 때, 저 남자는 조금 앞에서 걷고 있었다. 그 말고도 걸어가는 자가 있었기 때문에 보통은 눈치채지 못했겠시만, 부코쓰는 남자가 일질 발소리를 내지 않는다는 것을 알아차렸다. 여러 달인을 만나봤지만, 그런 남자는 한 번도 본 적이 없다. 더욱이 남자는 자기가 뒤따라가는 것도 눈치채고, 항상 뒤에 신경을 썼던 것도 분명했다.

"그리고 저 여자."

부코쓰는 혀로 입술을 핥았다.

그 수는 적지만 여자도 몇 명 섞여 있다. 언월도를 찬 자도 있고, 여자라도 무예에 능통한 자도 있는 모양이지만, 어차피 도장에서 소꿉놀이하듯 배운 거겠지. 단, 이것도 한 명, 분명히 풍기는 분위기가 다른 자가 있었다.

나이는 스물 남짓. 아니, 좀 더 젊을지도 모른다. 키는 5척으로 여자치고는 약간 큰 편인가? 이목구비는 가지런하고, 절세 미녀라는 건 아니지만, 남자들이 좋아할 만한 미인이기는 하다.

그러나 강한 것은 확실하다. 조금 전에 슬쩍 살기를 보내봤더니, 바로 돌아봐서 놀랐던 것이다.

"이건 진짜인가…?"

아까 말을 걸어온 남자가 경악한다. 마침내 엔주의 설명이 종반으로 접어든 것이다. 이렇게 주위 상황을 살피면서도 부코쓰는 제대로 듣고 있었다. 그가 생각했던 대로의 전개였다.

"어, 임자, 나랑 손잡지 않겠소?"

옆의 남자가 필사적인 얼굴로 호소했다.

"너는…."

"이 몸은 전 사야마번사로 기다 겐자에몬이라고 하오. 실력에는 다소나마 자신이 있소."

부코쓰는 치밀어오르는 웃음을 필사적으로 참았다. 실력에 자신이 있는 자가 이렇게 당황할 리가 없지 않은가.

"자, 어떻게 할까나."

부코쓰는 느릿하게 대답하고 고개를 틀었다. 그때, 엔주는 남은 시간이 얼마 없다는 말을 고했다.

"남은 시간은 10이 되었습니다. 9, 8, 7…."

엔주가 숫자를 줄여가는 가운데, 기다라고 했던 남자가 재촉했다.

"빨리 결정해주시오."

"결정했다."

"오오, 그런가. 잘 부탁하오."

부코쓰가 짧게 말하자, 기다는 기뻐하며 대답했다. 그와 동시에 엔주가,

"자, 시작합시다. 그럼 여러분, 도쿄에서… 아니, 그날 사라진 에도에서 기다리겠습니다!"

라고 소리높여 선언했다.

다음 순간, 기다는 엇? 이라고 엉뚱한 목소리를 내며 이쪽을 본다.

"왜…?"

"결정했다. 거절하기로."

엔주의 개시 신호에 맞춰, 부코쓰는 허리춤의 칼을 뽑더니 기다의 목을 깊이 벤 것이다. 콸콸 흘러나오는 피를, 가능할 리가 없는데도, 기다는 쓸어모으는 것처럼 손을 움직인다.

부코쓰는 검 끝으로 끈을 끊더니, 땅에 떨어지는 것보다도 빨리 목패를 허공에서 잡았다. 그 직후, 기다가 엎어지듯이 털썩 쓰러졌다.

"이미 하고 있네."

경내에서는 이미 여기저기에서 사투가 벌어져, 고함과 비명이 밤하늘을 향하여 피어올랐다. 구름이 잔뜩 낀 하늘이지만, 부코쓰에게는 구역질이 날 정도로 아름답게 보였다. 이토록 기분이 상쾌한 것은 오랜만의 일이다.

"자, 어디."

부코쓰는 시선을 내리고 다시 주위를 둘러봤다. 아까 달인으로 판정했던 두 명의 남녀는 이미 이곳을 이탈한 모양으로, 모습이 보이지 않는다.

눈에 들어온 것은 대치하는 두 명의 남자. 한 명은 늘씬한 장신에, 또 한 명은 우락부락한 근육. 서로 실력이 비슷해서 결판이 나지 않는 모양이다.

"세키는 3점이던가?"

말하자마자, 부코쓰는 마주 선 두 사람 사이를 향해 달려갔다.

"느려터졌어."

솟구친 피거품이 허공에서 교차한다. 한순간에 두 사람의 목을 베어버린 것이다. 덩치 큰 남자에게서는 쓰러지기 전에 목패를 빼앗고, 장신에게서는 땅에 구르는 것을 발로 차서 검 끝으로 당겨 잡았다.

"아… 내 것도 포함하는 건가? 그러면 4점이네."

라고 부코쓰는 혼잣말을 중얼거리면서, 유유히 걸어가기 시작했다.
"뭐, 됐나."

머리 위로 쏟아져 내리는 하얀 칼날들을 쳐내고, 한 손으로 베어버린다. 그러나, 이제 목패를 챙기지는 않는다. 귓가에 울리는 기분 좋은 절규를 만끽하고 있노라니, 굳이 몸을 굽혀 목패를 챙기는 것이 귀찮아졌다. 거기에 더해, 이 장대한 '유희'를 마음껏 즐길 마음이 들었다. 잔챙이를 무자비하게 살육하는 것도 좋다. 그러나 강자와 목숨을 건 싸움을 하는 것은 더 좋다. 상상하니 단전 아래가 뜨거워져서, 부코쓰는 입맛을 다셨다.

제 7 장
수진(水陣)

1

5월 9일 이른 아침, 슈지로 일행은 욧카이치 역참을 나섰다. 고독이 시작되고 이미 나흘이 지났다. 설령 목패를 모아 도쿄에 들어간다고 해도, 한달 후인 6월 5일에 도쿄에 있지 않으면 후반전에 임할 수 없다. 지금까지는 순조롭게 진행하고 있지만, 앞으로 어떤 재앙이 쏟아질지도 모르고, 결코 방심은 할 수 없었다.

"이제 금방인가."

슈지로는 왼쪽 옆에서 걸어가는 교진에게 말했다.

"그렇구면."

대답하는 교진도 그와 마찬가지로 기모노 차림이다. 메이지에 들어서 양장 차림이 늘긴 했지만, 아직도 기모노를 입는 사람이 압도적으로 더 많다. 게다가 도쿄라면 또 몰라도, 그 밖의 지역에서는 더욱 그런 경향이 현저해서, 이렇게 길을 오가는 자들 열 명 중에 아홉 명은 기모노. 따라서 이쪽이 눈에 띄지 않는 것이다.

"좀만 더 가면 구와나 역참이여."

교진은 경묘하게 말을 이었다.

"어떤 곳일까?"

오른쪽 옆에서 후타바가 중얼거렸다. 후타바는 평생 가메오카를 벗어나는 일은 없을 거라고 생각했다고 한다. 그것은 결코 드문 일은 아니다. 그 때문에 가본 적이 없는 것은 물론이고, 대부분의 지명조차 처음 듣는다고 했다. 이런 일에 휘말렸으면서도, 가는 곳곳 전부가 신선해서, 소녀답게 설레는 마음도 있는 것이겠지.

"큰 역참이구먼."

막부가 존재했던 무렵에는 본진 둘, 부본진 넷, 여관 120채가 줄지어있었고, 도카이도에서는 다음에 도착할 미야 역참 다음으로, 즉 두 번째로 큰 역참 마을이었다. 슈지로는 산에서 자랐기 때문에 해산물은 거의 입에 대본 적이 없었다. 구와나에서부터는 바다가 가깝기도 해서, 대합구이를 먹을 수 있는 가게가 많다. 산을 나와 처음 방문했을 때도, 그 고소한 냄새가 역참 전체에 충만했다는, 별것도 아닌 일이 인상에 남아 있었다.

이 구와나에서부터 다음 미야 역참으로는 배로 건너간다. 해상로를 이용하는 것은 도카이도 중에서도 이 구간뿐으로, '7리 건널목'이라고 불렸다. 양쪽 기슭 사이가 7리의 거리라서 그런 이름이 붙었다.

"배라…."

"왜 그려? 배는 처음인겨?"

탄식을 흘리는 후타바에게, 교진이 묻는다.

"응."

욧카이치에서 만났을 때는 말을 꺼낼 기회가 없었던 모양인데, 작은 나룻배조차 타본 적이 없다고 한다.

"잘됐구먼."

제7장 수진(水陣)

교진이 그렇게 말하는 이유가 있다.

실은 구와나에서 미야로 가는 길은 사야 가도라는 우회로도 존재한다. 강을 건너기는 하지만, 대부분이 육로다. 7리 건널목으로 가면 한나절도 안 되어 미야에 도착하는 것에 비해, 이쪽은 꼬박 하루가 소요된다. 그러나, 그럼에도 슈지로는 이쪽 우회로로 갈 생각이었다.

일단 배를 타버리면 닫힌 방 안에 있는 것과 마찬가지. 적이 동승했다가 습격해오면 도망칠 곳이 없어 후타바에게는 너무 위험하다. 후퇴하기 위해서는 반격할 수밖에 없고, 반드시 경찰이 출동하게 될 테니 그것도 피하고 싶었던 요인이다. 그것을 말했으나,

- 아니여, 7리 건널목으로 하자.

라고, 교진은 반대 의견을 냈다.

지금까지는 슈지로는 후타바를 지키면서 싸워야만 했었다. 그러나 동맹을 맺은 지금은, 한 명이 후타바를 지키고 다른 한 명이 전력으로 싸울 수가 있다. 어지간한 실력자가 아닌 한, 죽이지 않고 제압하는 것도 가능하다는 것. 그리고 또 한가지 이유로 교진이 든 것은,

- 지류 근처까지 가능한 한 빨리 가고 싶다.

라는 것이다. 지류를 넘어가는 시점에서, 하마마쓰만 돌파할 수 있는 10점을 세 명 다 가지는 것을 목표로 했다. 지금, 슈지로와 후타바가 9점, 교진이 5점. 즉, 앞으로 16점, 최내 여섯 명의 참가자와 맞서야 한다.

게다가 상대를 죽이지 않고 빼앗으려면, 남아 있는 참가자 중에서

도 비교적 약한 자를 노려야만 하는 것이다. 그런 것들을 생각해보면, 조금이라도 빨리 지류 부근에 도착해서, 뒤에 오는 자를 기다렸다가 상대를 고를 필요가 있다는 것이다. 교진의 말에는 일리도 이리도 있어, 슈지로도 찬성해서 해로로 가기로 하게 된 것이 전말이다.

"와…."

구와나 역참 입구에 도착하자, 후타바가 감탄의 목소리를 냈다.

지금까지의 역참보다도 훨씬 오가는 사람들이 많았다. 우회로로 가는 나그네가 많아졌다고는 해도, 구와나는 분기점인 역참이 되기 때문에, 메이지에 들어서도 활기가 줄어드는 기색은 보이지 않았다. 지금도 대합구이를 파는 가게는 건재하겠지. 역참에 발을 들이기도 전부터 고소한 냄새가 콧구멍을 찌른다.

"교진."

"응."

인파 속을 걸어가는 것이다. 불의의 습격에 대비해, 여기서부터는 후타바를 가운데 끼우는 것처럼 해서 걸었다. 후타바도 눈치채지 못한 것은 아니겠지. 그래도 역참의 활기에 때때로 눈길을 빼앗긴다.

"구와나라."

슈지로는 툭 내뱉듯이 중얼거렸다.

"왜?"

귀가 밝은 교진이 묻는다.

"아니야."

"흠."

그 이상은 묻지 않고, 교진은 주위를 살폈다.

이렇게 구와나 역참을 걸어가고 있노라니 문득 어떤 일이 떠오른 것이다. 그것은 슈지로가 아직 교토에 있던 무렵의 일. 슈지로는 구와나번 사람을,

- 베었다.

그런 일이 있었다.

막부 말기, 교토 수호직으로서 교토의 치안유지 역할을 이어받은 것은 아이즈번이었다. 그 유명한 신센구미는 아이즈번에 속한 집단이었다. 그 아이즈번의 번주인 마쓰다이라 가타모리는 구와나번주인 마쓰다이라 사다아키의 친형이다. 그 때문에 막부에서는 구와나번을 교토 소사대(所司代. 근세 일본에서 교토의 행정기관)로 임명하여 교토를 지키게 했다. 도사번에 적을 두고 암약했던 슈지로에게 있어서는, 아이즈번, 신센구미, 그리고 구와나번은, 단적으로 말하자면 적이었다.

따라서, 교토에서, 보신 전쟁에서, 구와나번사를 몇 명인가 베었다. 그리고 지금, 느닷없이 죽인 자의 얼굴까지 또렷하게 떠오른 것이었다. 그러나, 이것은 드문 일은 아니다.

- 시노.

슈지로는 후추에 있는 아내를 마음속으로 불렀다. 어릴 때부터 검 밖에 배우지 못하고, 오로지 검만 휘두르며 살아온 그에게, 그 외의 살길이 있다는 것을 가르쳐준 것은, 그를 이끌어준 것은, 틀림없이 시

노였다.

그가 벤 자의 얼굴을, 상대가 이름을 댔었다면 이름까지, 떠올리게 된 것도 그 무렵부터. 그리고 아들이 태어난 후에는 그것이 더욱 현저해졌다.

─ 도야(十也).

후추에서 지금도 병마와 싸우고 있을 아들을, 슈지로는 마음속으로 불렀다. 자기가 죽인 자에게도 지켜야 할 아내가 있고, 사랑스러운 자식이 있었을지도 모른다. 그런 생각도 할 수 있게 되었다.

슈지로는 두 사람을 위해서도 이제 두 번 다시 검을 잡지 않겠다고 맹세했다. 그러나 지금, 그 두 사람을 위해 다시금 검을 잡았다는 모순을 범했다. 맹세를 깬 나는 벌을 받을지도 모른다. 설령 그렇다고 해도, 그 모든 것을 감수할 각오. 시노를, 아들을, 구하고 싶다.

"선착장이여."

교진의 한마디에 현실로 돌아왔다. 많은 배가 정박해 있었고, 지금 새로 드나드는 배들도 있다. 어제까지 바람이 심했기 때문에, 아무래도 배가 드나들지 못했던 모양이다. 그래서 나그네들도 많이 몰렸고, 선장도 수입을 올릴 기회라고 생각해 끊임없이 배가 들어오는 모양이다.

"슈지로."

교진이 불러, 슈지로는 고개를 끄덕였다.

"후타바, 나한테서 떨어지지 마."

후타바가 고개를 끄덕이고 더욱 가까이 몸을 붙였다. 고독 참가자도 7리 건널목을 이용하는 일은 충분히 있을 수 있다. 같은 배에 타는 것은 극력 피하고 싶다. 경내의 모든 사람을 볼 수 있었던 것은 아니지만, 같은 배에 타는 것을 극력 피하기 위해, 아는 얼굴이 없는지 돌아보고 나서 배를 잡으려고 생각했다.

"있구먼. 저 세 사람. 보아하니 서로 손을 잡은 모양이여."

"나도 한 명 찾았다. 저거다. 역시 생각하는 건 다 똑같군."

"배를 예약하고 오겠구먼."

교진이 일단 그들에게서 떨어졌다. 그 사이에도 슈지로는 주위 상황을 계속 살폈다.

"네 척 준비했구먼."

돌아온 교진이 말했다. 철저한 대비를 위해, 여러 명의 선장에게 돈을 선불로 지급하고, 바로 직전에 실제로 탈 배를 결정할 계획이었던 것이다.

"3인조는 저기에 탈 모양이구먼."

"저놈은 이쪽 배다."

"좋았어. 허면, 우리는 저걸로 갈까?"

참가자가 탈 배를 확인한 뒤, 그들은 한 척을 점찍어놨다. 선착장으로 내려갈 때는 도리이(鳥居. 신사 등의 입구에 세워진 건축물로 주로 두 기둥과 가로대로 구성된다)를 지난다. 그것을 후타바가 흥미롭다는 듯이 올려다 보고 있었다.

"뭔가 있나?"

"아니. 오래전부터 있던 항구라고 들었는데, 도리이는 그리 낡은 것 같지 않아서…."

"1도리이는 재건된 것이구먼."

교진이 끼어들었다.

이 항구는 과거 이세국 동쪽 출입구에 해당했기 때문에, 텐메이(天明. 1781~1789년) 시대 이세 신궁의 '1도리이'로서 이 도리이가 세워졌다. 이후, 이세 신궁 천궁(遷宮. 식년천궁(式年遷宮). 신사에서 일정한 해에 새 신전을 짓고 제사를 옮기는 것으로, 이세 신궁은 20년에 한 번씩 행한다) 때마다 재건되었다고 한다. 지금의 도리이는 메이지 2년(1869년)의 천궁 때 세워진 것이라고 한다.

"잘 아는군."

슈지로는 살짝 감탄했다. 밀정쯤 되면, 온갖 지식이 있을 것이다. 교진은 자기보다 훨씬 세상 물정에 해박한 모양이다.

"그야, 뭐. 자, 타자."

먼저 슈지로가 배에 올라타 후타바에게 손을 내밀어줬다. 마지막으로 교진이 훌쩍 올라탔다. 잠시 후에 선장이 모두에게 출항을 고하고 배는 천천히 움직이기 시작했다. 많이 나아졌다고는 해도, 아직 바람은 결코 약하지 않았기 때문에, 배의 흔들림도 제법 심했다.

"와아."

후타바가 들뜬 목소리를 내며 뱃전에서 몸을 내밀었다. 멀리 하늘을 날아가는 새들을 쳐다보는 후타바의 뺨은 물거품이 튀어 실짝 빛났다.

"후타바, 가급적 한가운데에 있는 게 좋아. 뱃멀미한다."

"그렇구나."

약간 아쉬운 듯하면서도 후타바는 순순히 따랐다.

"가장자리는 위험하니께."

교진이 한쪽 눈썹을 치켜올렸다. 흔들려서 떨어질 수도 있다는 뜻이 아니라, 이중에 만에 하나라도 참가자가 섞여 있다면, 간단히 코너로 몰리게 되어버린다는 뜻이다.

"어때?"

슈지로는 교진에게 귓속말을 하며 검이 든 주머니를 끌어당겼다. 폐도령이 내려진 지금, 부주의하게 검을 차고 걸어 다닐 수는 없다. 배를 타고 있는 동안에는 주머니 끈을 풀어놓고, 주변을 주의 깊게 계속 둘러보고 있다.

"양장 놈이 있는디, 골치 아프네."

자기 목패는 목에서 빼면 안 된다는 것이 고독의 규칙이다. 기모노 차림인 자들은 주의 깊게 보면 앞섶 부분에 목패가 보이는 경우도 있지만, 양복을 입어 목을 가린 자는 밖에서는 봐도 알 수 없다. 양장 차림이 두 명 동승한 것이나. 한 명은 어디의 하급 관리로 보이며 나이는 40대 정도에 수염을 기른 남자. 또 한 명은 20세 전후로, 그의 시종쯤 될까? 40대 남자는 검을 차지 않았고, 달리 무기도 갖고 있지 않았다. 단, 지팡이, 서양풍으로 말하자면 스틱을 들고 있다.

"각별히 주의하자."

슈지로는 낮게 말했다. 스틱 안에 가느다란 칼을 숨겼을 가능성도 있다.

"그려. 바람이 세니께 좀 일찍 2, 3시간이면 도착하겠지."

교진은 휘몰아치는 바닷바람에 흘러내린 머리카락을 쓸어올리면서 말했다.

2

이렇게 다른 자들을 경계하면서 배는 나아갔고, 한 시간 정도 지났을 무렵의 일이다. 역시라고 해야 할까, 후타바의 상태가 이상해지기 시작했다. 얼굴은 창백해지고, 손을 입으로 막고 있었다.

"괜찮아?"

슈지로는 등을 문질러주면서 물었다.

"응… 걱정할 것 없어. 미안해요…"

"처음에는 그런 거야. 게다가, 나이가 젊을수록 뱃멀미하기 쉽다고 말한 사람도 있었다."

"시노 씨?"

후타바는 눈을 치켜뜨며 물었다.

"그래. 서양 의사의 말로는, 뱃멀미는 귀와 관계가 있다고 한다. 어린아이가 뭐든 감각이 민감하니까, 있을 수 있는 일이라고…."

"과연 의사 선생님."

"지금도 가끔씩 도쿄에 나가 의술 서적을 빌려오거나, 다른 의사에게 배우기도 한다."

"흠… 시노 씨는 왜 의사 선생님이 되었어?"

후타바의 숨결은 약간 거칠었다. 그러나, 말을 하는 편이 신경이 분산되어 좋을 것 같다. 슈지로는 등을 문질러주면서 입을 열었다.

"교토에서 개업한 의사 가문에서 태어났다."

시노의 친정은 2백 년도 넘게 이어져 내려온 의사 가계다. 시노 말고는 자식이 없어, 아버지는 양자를 들여 뒤를 잇게 하려고 생각했던 모양이나, 불과 10세의 시노가,

— 의술을 배우고 싶어.

라고 아버지한테 호소했다.

아버지는 처음에는 반대했으나, 시노가 너무나 열성적이었던데다가, 딸이 뒤를 잇겠다고 말해준 것은 역시 기뻤던 모양으로, 상황을 봐가면서 배우게 했다. 그러자 시노는 밤낮을 가리지 않고 면학에 매진했고, 마침내 오사카로 유학을 가고 싶다고까지 말한 모양이다.

그 당시 가장 발전한 의학을 배운 오가타 코안이라는 사람이 있다. 오가타는 오사카에서 데키주쿠(適塾)라고 하는 사설학원을 열었다.

그 데키주쿠에서 배우고 싶다는 것이었다.

아버지는 여자를 받아줄 리 없다, 애초에 아직 너무 어리다고 반대했으나, 시노는 한번 말을 꺼내면 굽히지 않았다. 시노는 이야기만이라도 들어보자고 계속 애원했다. 아버지도 마침내 두 손 들었고, 지인을 통해 오가타에게 타진해본 것이다.

오가타는 매우 놀란 모양이지만, 시노의 마음에 응답해주고 싶었다고 한다. 그러나 데키주쿠에는 개성이 강한 학생들이 잔뜩 있다. 그중에는 여자와 함께 공부하는 것을 마뜩잖게 여기는 자도 있을 것이다. 아직 어린 여자애를 남자들만 있는 곳에 보낼 수 없다는 마음도 있었을 것이다.

친밀한 상가를 소개해줄 테니 거기에 얹혀살면서 공부해라. 가능한 한 자주 들러 의학을 가르쳐주겠다고 대답해줬다고 한다.

그런 형태라도 받아들여 줄 거라고는 생각하지 않았기 때문에 아버지는 당황했으나, 시노는 뛸 듯이 기뻐하며 20일 후에는 오사카로 갔다.

그로부터 1년 반, 시노는 오사카에서 의술을 배웠다. 오가타는 데키주쿠의 강의를 마친 후에는 때때로 시노가 있는 곳을 방문해서 가르쳐줬다고 한다. 어떤 것을 배웠는지는 슈지로도 몰랐고, 듣는다고 해도 이해할 수 없었을 것이다. 그러나 시노는 오가타를 가슴깊이 경애했으며, 슈지로는 자기와 비교하여 이런 사제관계야 말로 올바른 것일 거라고 생각했던 것을 기억한다.

"여자라도 그렇게 살아갈 수 있는 거구나…."

후타바는 감탄한 것처럼 대답했다.

"유신이니 뭐니 큰소리쳤으면서, 여자는 할 수 없는 일이 너무 많다. 하지만 언젠가, 남자도 여자도 상관없는 세상이 될 것이다. 아내는… 시노는 언제나 그렇게 말했다."

"대단한 사람이네."

"그래. 나 같은 것보다 훨씬."

시노는 의사로서 많은 사람들을 구했지만, 가장 큰 구원을 받은 것은 나다. 그런 시노가 고통받고 있는 지금, 슈지로는 무슨 짓을 해서라도 이번에는 자기가 구해주고 싶었다.

"후후. 언젠가 만나보고 싶다."

후타바는 보랏빛이 된 입술 끝을 올리며 웃었다.

"반드시. 분명 시노도 기뻐할 거야."

그런 대화를 하는 도중, 아까 화제가 되었던 양장의 남자가 이쪽으로 다가오는 것을, 슈지로는 또렷하게 눈 가장자리에 포착했다. 교진도 재빨리 알아차렸고, 살기가 차올랐다.

"이보시오."

양장의 남자는 세 걸음 떨어진 곳까지 와서 말을 걸었다.

"네."

"거기 아가씨, 상태가 안 좋은 것 아닌지?"

슈지로가 대답하는 것보다도 빨리, 양장의 남자는 말을 이었다.

"뱃멀미 같아 보이는데요."

남자가 더욱 걸음을 옮기려고 했을 때, 슈지로는 날카롭게 말했다.

"그 이상 다가오지 마."

"어… 저는 그저…."

진심인가, 거짓인가. 양장의 남자는 곤혹스러운 빛을 보이면서 손을 들려고 했다. 그 순간, 슈지로는 튕겨 오르는 것처럼 벌떡 일어나 남자의 손을 움켜잡았다.

"뭐, 뭘-."

남자의 시종으로 보이는 또 한 명이 달려왔지만, 그자를 교진이 눈 깜짝할 사이에 갑판에 찍어눌렀다. 배 위는 소란스러워지고, 후타바는 얼굴이 굳어 슈지로와 남자를 번갈아 본다. 싸움은 곤란하다고 선장이 외쳐대는 가운데, 슈지로는 아랑곳하지 않고 낮은 목소리로 물었다.

"뭘 노리는 거지?"

"나, 나는 의사다! 너무 상태가 안 좋아 보여서 약을 주려고 했던 것뿐-."

"슈지로, 좋지 않아."

교진이 낮게 불렀다. 수상한 행동을 보인 이상, 이렇게 움직임을 봉인할 수밖에 없다. 그러나 지금 상황에서는 명백하게 우리가 악당이 되어버린다.

"어이! 뭐 하는 짓거리야?"

선장이 외쳤다. 우리에게 말한 건 줄 알았는데, 그게 아니었다. 선장은 배 안이 아니라, 뱃전에서 몸을 내밀고 바깥을 향해 외치고 있었다.

"뭐야…?"

슈지로는 손을 놓지 않고 중얼거렸다.

배 한 척이 이쪽으로 다가오고 있었다. 그 배 위에는 검을 빼든 남자가 세 명. 그중 한 명은 그 배의 선장 목에 칼을 대고 있다. 다른 승객은 한 곳에 모여 있고, 그 앞에도 감시하는 것처럼 남자 한 명이 서 있었다. 배를 탈취한 것이다.

"도망쳐!"

슈지로는 선장에게 소리쳤다.

"말 안 해도 그럴 생각이다!"

선장은 비통한 목소리로 대답하고, 배의 속도를 높이라고 조타수에게 명령했다. 그러나, 바람 방향 탓에 상대편 배가 더 빠르다. 서서히 그 거리는 좁혀지고, 남자들의 얼굴이 또렷하게 보일 정도까지 가까이 왔다.

"거기 세 사람. 목패를 넘겨라!"

세 명 중 한 명, 제일 피부가 검은 남자가 소리쳤다. 역시 고독 참가자가 틀림없다. 셋이서 손을 잡았고, 이 검은 남자가 우두머리격이라는 것이겠지.

다른 손님들은 뭐가 뭔지 모르고 있다. 목패를 돈으로 착각한 모양으로, 지갑을 꺼내 던지려는 자도 있었다.

"거절한다."

슈지로가 대답하자, 그렇게 나올 것이라 예측하고 있던 것처럼,

"가까이 대!"

라고, 즉각 검은 남자가 선장에게 명령했다.

남자들은 배를 부딪쳐서 전복시키는 것이 목적이 아니다. 이쪽으로 옮겨타서 우리를 죽이고 목패를 전부 빼앗으려고 한다. 이 남자들도 또한 고독 중에 험한 꼴을 당한 적도 있을 것이다. 배 위에서라면 도망칠 곳이 없고, 또한 방해도 받지 않아 좋을 거라고 생각한 모양이다.

"교진!"

"그려!"

그들이 이 배로 옮겨타면, 그때는 손님들 눈을 신경 쓸 바가 아니게 된다. 둘이서 반격하는 수밖에 없다.

"후타바… 여기에서 움직이지 마."

슈지로는 후타바의 어깨에 손을 올렸다.

적의 실력은 아직 모른다. 그러나 그들이 한꺼번에 올라타면, 나도 싸우지 않으면 안 되겠지. 싸우는 와중에도 신경을 써야 하기 때문에, 후타바는 움직이지 말고 한곳에 있어 줘야 했다.

"응. 다치지 마."

"걱정할 것 없어."

슈지로는 일어서서 주머니에서 검을 꺼냈다. 앗, 하고 놀란 목소리를 내는 손님도 있었으나, 그보다 훨씬 놀라운 광경이 펼쳐진 지금, 그리 큰 동요는 보이지 않는다. 자기들이 휘말린 것이라는 걸 모르기 때문에, 오히려 지켜줄지도 모른다는 기대가 표정에 떠올랐다.

"저거다."

교진이 턱짓으로 가리킨 곳은, 이쪽을 향해 짖어대는 피부 검은 남자. 실력도 없이 두목 행세를 한 것은 아닌 모양이다. 몸놀림의 사소한 차이에서, 세 명 중에서 실력이 독보적이라는 것을 나도 느꼈다.

배가 더욱 다가온다. 조금씩 다가오기 때문에 오히려 공포를 부추겼고, 손님들 중에는 당황하여 비명을 지르는 자, 배에서 뛰어내리려다가 선장이 말리는 자도 있었다.

"온다!"

슈지로가 외쳤다.

비스듬히 뒤쪽에서부터 넛대는 것저림 배가 충돌한다. 둔탁한 큰 소리가 울리고 배가 크게 흔들렸다. 살짝 튕겨 나간 상태가 되었고, 두 척의 배 사이의 거리는 2척도 채 안 되었다.

튀어 오르는 물거품 위로 작은 무지개가 떠오른다. 그것을 뛰어넘으려는 자의 귀기 넘치는 얼굴이 튀어나왔다.

"뒈져라."

교진의 중얼거림과 남자의 낮은 신음이 겹쳐진다.

남자는 머리를 뱃전에 격렬하게 부딪치고 물소리를 내며 두 배 사이로 떨어졌다. 교진이 날린 수리검이 어깨에 박힌 것이었다. 해치웠는데도 교진이 혀를 찬 것은, 목패도 함께 바다에 가라앉아버렸기 때문일 것이다.

"됐다."

거의 동시에 뛰어 올라탄 젊은 남자. 안도의 목소리를 발했으나, 다음 순간에는 슈지로가 발을 쳐냈다. 허공에 떠 있는 남자의 이마에 손을 대더니, 떨어지는 중력을 실어 갑판에 처박았다. 남자는 눈을 허옇게 뜨고 거품을 부글부글 뿜었다.

그사이에 교진은 뛰어 올라탄 마지막 한 명과 대치하고 있었다. 두목 격인 갈색 피부의 남자다. 전원이 다 이쪽으로 옮겨 타서 위협하던 자가 사라졌기 때문에, 건너편 배의 선장은 황급히 조종간을 잡고 이쪽 배에서 떨어졌다. 두목 격은 그것을 봐도 전혀 동요하지 않고, 검을 여덟 팔자로 겨눴다. 애초에 후퇴한다는 것은 염두에 두지 않았던 것이겠지.

교진은 또다시 수리검을 날렸다.

"비겁자 놈."

두목 격은 칼로 근사하게 쳐냈다. 그 순간, 교진의 소매에서 쇄분동(鎖分銅. 만력쇄. 쇠사슬 양쪽 끝에 금속 추가 달린 무기)이 튀어나가, 두목 격의 팔에 똬리를 틀 듯이 감겼다.

"누가 할 말인디."

교진은 휙 끌어당기려고 했으나, 두목 격은 지지 않으려고 팔을 당긴다.

둘 다 한 손. 갑판 위를 교진의 발이 미끄러진다. 두목 격의 팔 힘이 더 세서, 이대로는 줄다리기에 져버린다. 모두가 그렇게 생각한 다음 순간, 교진은 한쪽 입꼬리만 올려 웃으면서 사슬을 휙 놓아버렸다.

"앗—."

사슬이 갑판에 떨어지는 것보다도 빨리, 교진은 단숨에 거리를 좁혔다.

두목 격이 간신히 내지른 공격은 교진의 잔상을 찌를 뿐. 어느 틈엔가 왼손에는 수리검을 잡고 있었고, 그것으로 허벅지를 찔렀다. 두목 격은 비명을 지르지 않았다. 비명을 지를 틈도 없었다. 찌르면서 동시에 교진이 오른쪽 손바닥으로 턱을 강렬하게 쳐올린 것이다.

적을 갑판에 내동댕이치면서, 슈지로는 옆눈으로 보면서 혀를 내둘렀다. 상당히 강할 것이라고는 생각했지만, 교진은 상상을 훨씬 뛰어넘는다.

"어, 어이!"

교진이 다시금 사슬을 잡은 것은, 뒤로 몸을 젖히고 휘청대는 두목 격이 바다에 빠질뻔하던 때였다. 간신히 움켜잡긴 했으나, 두목 격은 머리부터 곤두박질치며 떨어진다.

"큭… 슈지로! 힘을 빌려—."

교진의 발이 뱃전까지 단숨에 미끄러졌다. 무게 때문만은 아니다. 사슬이 물결친다. 두목 격은 아직 의식이 있었고, 두 손으로 사슬을 잡고 교진을 바다로 끌어들이려고 하는 것이다. 한편, 교진이 고집스럽게 사슬을 놓지 않는 것은, 이미 한 명의 목패를 놓쳤다는 생각 때문이겠지. 수리검를 버리고 두 손으로 당겼지만, 그래도 힘에 부쳐 교진의 몸이 허공으로 둥실 떠올랐다.

해수면에 떨어지기 직전, 허공에 떠 있던 교진의 입술이 움직였다. 도와줘. 걱정 마. 둘 다 아니었다.

—뒤.

교진이 빠지는 물소리를 들으며 슈지로가 휙 돌아보니, 후타바를 향해 돌진하는 그림자가 하나. 아까 약을 주겠다던 의사의 시종이다. 그 손에는 에비라사시, 이른바 단도가 쥐어져 있다.

이쪽으로도 달려드는 남자가 한 명. 양복을 입은 의사였다. 그 얼굴에서는 아까까지의 소심함이 사라지고, 여우에 홀린 것처럼 눈꼬리를 치켜올리고 있다.

의사의 두 손에는 양쪽 다 작은 칼. 보통 사람들에게는 낯설겠지만, 슈지로는 그것이 뭔지 안다. 네덜란드어로 '메스'라고 하는 의료용 칼. 의사는 한 손을 쳐들더니 메스를 던졌다.

"비켜."

날아오는 메스를, 슈지로는 달리면서 목만 움직여 피했다. 반격을 맞을 줄 알고 얼굴을 찡그리는 의사를 쳐다보지도 않고, 슈지로는 그 옆을 지나쳐 달려갔다.

"후타바!"

후타바도 황급히 칼을 뺐지만 거기까지. 지금, 그야말로 시종은 단도를 휘둘러 후타바를 찌르려는 참이었다. 슈지로는 머리부터 뛰어올라 한 손으로 시종의 팔을 꿰뚫었다.

"끄악!"

비명이 배 위에 메아리치는 가운데, 슈지로는 앞으로 굴러 일어나더니, 시종의 팔에 박힌 검을 빼내고, 칼집 끝으로 미간을 강타하려고 했다.

"슈지로 씨!"

"다 보인다."

후타바와 슈지로의 목소리가 정확히 겹쳐진다.

북진-. 뒤에서 날아오는 메스를 튕겨냈다. 그다음은 의사와 그의 시종의, 컥, 하는 소리가 겹쳐질 차례였다. 칼등을 시종의 목에 때려 넣어 침몰시키고, 뒤돌아서 천천히 의사를 향해 걸음을 옮겼다.

"자, 잠깐. 너희를 바치면 저 남자들이 놓아줄 거라고 생각했던 것뿐이다."

의사는 두 손을 내밀고 볼썽사나운 변명을 했다.

"거짓말이군."

"정말이다… 정말이란 말이다…."

의사는 자기 양복 주머니를 뒤졌다.

"몸에 장착하지 않은 거겠지."

슈지로는 가볍게 턱짓을 했다. 의사가 들고 있던 가방이 열린 채였고, 메스 등 의료기구가 들어 있는 것이 보였다. 어지간히 당황했는지, 무의식중에 몸에 무기가 없는지 살펴본 것이다.

"죽이지 말아줘-."

의사가 얼굴을 손으로 덮었다. 슈지로는 그 손을 잡아 비틀더니, 무릎 뒤를 가볍게 차서 꿇어 앉혔다.

"선장. 밧줄은 없나?"

"아, 어! 잠깐만 기다려!"

선장이 갖고 온 밧줄로 의사의 팔을 뒤로 묶고, 더욱이 그것을 돛대에 묶었다.

"후타바, 다친 데는 없어?"

슈지로가 묻자, 후타바는 숨 쉬는 것도 힘든 것 같은데도, 손으로 몸을 지탱하면서 일어섰다.

"응. 슈지로 씨는?"

"없어. 그보다 교진이다."

선미에서 뒤쪽을 본다. 배의 항로가 줄기처럼 해수면에 떠 있다. 그 선이 끊어진 부근에서 격렬하게 물거품이 일었다. 교진과 두목 격이 물속에서도 격투하고 있는 것이다.

"일행이 빠졌다! 배를 돌려줘!"

"알겠다!"

선장 입장에서 보면 그들은 갑작스러운 습격으로부터 구해준 은인이나 다름없다. 순순히 배를 선회했다. 그 사이에도 물거품은 멎지 않고, 교진과 두목 격의 얼굴이 번갈아 수면 위로 올라오는 것도 보였다. 배가 크게 곡선을 그리는 가운데, 끝없이 긴 시간처럼 느껴졌다. 후타바도 옆에서 기도하는 것처럼 손을 맞잡고 있었다.

배가 다가가는 도중에 거품이 멎더니 두 사람의 모습이 보이지 않게 되었다. 떠올라 있던 파문도 서서히 사라지고, 천천히 물결칠 뿐이었다.

"교진 씨!"

참을 수 없어 후타바가 외친 그때였다. 부글부글 거품이 이나 싶더니, 힘차게 수면 위로 얼굴이 튀어나왔다.

"그려."

교진이다. 위로 올린 그 손에는 한 개의 목패, 전대를 쥐고 있었다.

"무사했나?"

슈지로도 가슴을 쓸어내리고, 선장에게 빌린 밧줄을 내렸다. 교진이 그것을 한 손으로 잡자 끌어올려 줬다.

"그 녀석. 물속에서가 훨씬 더 강했다. 몰락 해적 출신이거나 그런 거겠지."

전국시대는 해적들이 날뛰었다. 그 후 도쿠가와 막부가 생긴 후에 해적을 엄격하게 단속해, 거의 모습을 볼 수 없게 되었다. 그렇기는 해도, 세상에 악인은 끊이지 않는 법. 남몰래 숨어서, 더욱 교활하게, 소규모이긴 하지만 해적질을 하는 자들은 있었다. 그 두목 격은 그런 부류가 아닐까? 라고 교진은 말한다.

그러나, 교진도 엄격한 수련을 거쳤으며 자신감이 있다. 한동안 물속에서 격렬한 격투가 이어졌지만, 마지막에는 숨겨뒀던 수리검으로 목을 베어 가라앉혔다고 한다.

"후타바, 미안하구먼."

수건으로 젖은 얼굴을 닦으면서 교진은 심각한 목소리로 사과했다.

"어…."

"죽이지 않았으면 내가 죽었을겨."

"나 때문에… 미안해요."

배에 올라탔던 자들 중 두 명과 의사와 시종. 슈지로는 한 명도 죽이지 않았다. 교진도 그러려고 했다. 만약 처음부터 수리검으로 두목 격의 목을 베었다면, 물속으로 끌려들어 가는 일도 없었을 것이다.

"역시—."

후타바가 말하려던 것을, 교진은 두 손가락을 모으며 말렸다.

"말 안 해도 되는구먼. 후타바 덕분에 시험해볼 수 있으니께."

배를 습격한 자, 의사, 그 시종, 세 사람을 죽이지 않고 제압했다. 이 자들을 관찰하면, 목패를 빼앗긴 자들이 어떻게 되는지 시험해볼 수가 있게 되었다.

"당신들 덕분에 살았다. 고맙소."

"아니, 마음 쓰지 말게."

간신히 배 위도 차분해졌을 무렵, 선장은 정식으로 감사를 표했다. 오히려 우리가 말려들게 한 것이다. 그러나, 이렇게 말할 수밖에 없었다.

경찰에게 넘기기 위해서라고 말하고, 세 사람의 몸과 소지품을 확인하는 것은 교진. 슈지로는 후타바 곁에서 떨어지지 않았다.

- 솔직하게 말하지 않으면, 죽인다.

교진이 낮은 목소리로 귓속말하자, 의사는 바로 목패가 있는 곳을 가리켰다. 의료도구가 들어 있는 가방 밑바닥이 2중으로 되어 있고, 거기에 1점짜리 목패가 네 개 있었다.

"없네…. 어이, 일어나."

슈지로가 갑판에 처박아 실신시켰던 젊은 남자. 몸을 뒤져봐도 목에 건 한 개 말고는 목패가 나오지 않아서, 교진은 그의 뺨을 찰싹 때렸다. 남자는 번쩍 눈을 뜨더니 일어서려고 했지만, 교진이 어깨를 잡아눌렀다.

"우리가 이겼구먼. 포기하셔."

"반바는…?"

"반바? 그 검은 놈 말인겨?"

교진의 물음에 젊은 남자는 고개를 끄덕였다.

"해치웠다."

"그런가."

젊은 남자는 큰 한숨과 함께 어깨를 축 늘어뜨렸다. 동료가 죽었다는데, 어째서인지 얼굴에 안도의 빛이 떠올라있다.

"워찌 된 거여?"

"이시베에서부터 계속 협박당해서…."

교진의 재촉에 남자는 더듬더듬 이야기하기 시작했다.

덴류지에서는 싸우다 공멸한 자에게서, 비록 한 개지만 운 좋게 목패를 얻을 수 있었다. 그러나 세키까지는 3점을 모아야만 하는데, 전혀 모을 수 있을 것 같지가 않았다. 모으긴 커녕, 잠복하던 자를 만나 모처럼 얻은 1점마저 내던져버리고 도망쳤다. 세키 하나 전의 역참인 사카시타에서 어찌할 바를 모르고 있던 때,

- 나를 따른다면 도쿄까지 데려다주지.

라며 말을 걸어온 것이 반바라는 피부 검은 남자였다고 한다.

"반바는 이미 7점을 갖고 있었고, 나랑 똑같이 다른 한 명에게도 말을 걸어 그도 따르게 했다."

"그렇구먼."

많은 점수를 갖고 있으면 노림당하기 쉽다는 단점이 있다. 그러나 반바가 한 것처럼, 곤란해하는 자에게 나눠주고 부하로 만드는 일도 가능하다.

"내가 가진 것은, 처음 목에 건 것뿐이다."

남자는 가슴께의 목패에 손을 댔다. 그렇다면 목패를 더 갖고 있지 않은 것도 납득할 수 있다.

"너, 이름은?"

"사야마 신지로…."

교진이 묻자, 남자는 순순히 대답했다.

"뭐, 좋아. 신지로. 아무튼, 따라와야 쓰겠구먼. 얌전히…."

"저항은 하지 않아. 반바를 쓰러뜨린 상대한테 이길 수 있을 리가 없잖아."

신지로는 체념한 것처럼 말했다.

그가 말한 대로, 반바라는 남자가 차고 있던 전대에서는, 1점짜리 목패 여섯 개가 나왔다. 세키를 통과할 때 3점씩 갖고 있었기 때문에, 3점짜리 목패로는 교환할 수 없었다는 것이다. 그리고 반바가 목에 걸고 있던 1점. 의사와 시종에게서 빼앗은 4점도 합쳐서, 이번에 얻은 것은 11점이다.

원래 슈지로와 후타바가 갖고 있던 것은 9점, 교진은 이미 본인이 지류를 통과할 수 있는 5점은 마련했다. 즉, 다 합치면 25점.

제3관문인 지류를 돌파하는 데 필요한 1인당 5점을 이미 넘었다. 그러나, 지금 이 틈에 제4관문인 하마마쓰의 1인당 10점을 모은다는 목표에는 약간 모자라는 상황인 것이다.

아직 묶지 않았던 의사의 시종, 그리고 신지로도 밧줄로 묶자, 그제야 분위기가 안정되었다. 그들에게 감사의 말을 하는 자도 있었다. 칼을 다루는 걸 보고 무사, 사족 출신이라고 생각하는 것이겠지. 세이난 전쟁 때에는 세상의 99퍼센트가 사족을 비난했었는데,

"역시 사무라이야."

등등, 손바닥 뒤집듯 태도를 바꿔 감탄하는 자도 있었다.

설령 그 사람 안에서 한순간의 빛을 발했다고 해도, 이 배에서 내려 며칠, 몇 개월이 지날 무렵에는, 역시 무사 같은 것은 필요 없다는 생각으로 돌아가겠지. 진작에 무사의 시대는 지나가버린 것이다. 이 고독에 참가한 자는, 그런 시대에 익숙해지지 못한 자들뿐. 바다 밑으로 가라앉은 반바도 그중 한 사람이었을까? 그렇게 생각하니 반바에게까지 일말의 연민을 느끼고, 슈지로는 해수면에 떠오른 배의 궤적을 바라보았다.

제 8 장

혼잡

1

 미야는 도카이도 중에서도 최대의 역참이다. 막부가 건재했을 당시에는 본진이 두 채, 부본진이 한 채 있었고, 여관의 수는 250이 넘을 정도. 역참마을에 사는 자들만도 1만 명이 넘고, 그 가구수는 3천에 가까웠다.
 그 당시도 미야의 활기는 상당한 것이었지만, 메이지가 된 지금도 그리 변함없이, 오히려 활기가 더욱 늘어난 것처럼 보인다.
 배에서 내린 후타바는 그 엄청난 인파에 눈을 깜빡거렸다.
 "사람이 엄청 많구먼."
 교진도 쓴웃음 지으며 주위를 둘러본다.
 "응. 일단 어디 여관을 잡자."
 슈지로가 말하자, 교진은 뒤를 돌아보며 말했다.
 "도망치면 가만두지 않을거."
 의사라고 한 남자는 힉, 하고 작은 비명을 질렀고, 시종은 못마땅한 듯이 고개를 끄덕인다. 사야마 신지로는,
 "알고 있어…."
 라고 작은 목소리로 대답했다.
 선장에게는, 이 세 사람은 우리가 경찰에 넘기겠다고 말했다. 선장 입장에서도 사건이 있었다는 것을 숨길 수는 없겠지만, 그것이 자기

배라는 것이 알려져 평판을 떨어뜨리고 싶지는 않았다. 손님 중에 사망자나 부상자가 있었다면 그런 말이나 하고 있을 수도 없는 노릇이었겠지만, 모두가 무사했기 때문에 조용히 넘어가고 싶다는 것이 솔직한 심정이었다. 손님들도 그것으로 납득했고, 이렇게 세 명을 밧줄로 묶어 연행하고 있는 것이다.

적당한 여인숙을 발견하고, 교진이 주인에게,

"시즈오카 현청 4과다. 죄인을 호송 중이다. 잠시 방을 빌리고 싶다."

라고 말했다. 평소보다도 목소리는 더 낮았고, 약간의 시즈오카 방언까지 재현해냈다.

10조(일본 전통 바닥재인 다다미 규격. 다다미 1조는 약 180×90cm) 정도 크기의 방으로 들어가서, 교진이 세 사람에게 심문을 시작하기 전에 먼저,

"니들 셋이 한꺼번에 덤벼들어도 나 한 명한테도 못 이겨. 그리고 내는 고문도 특기구먼."

이라고 태연하게 협박했다. 도망갈 기회를 엿보고 있었는지도 모르지만, 그 말에 세 사람 다 완전히 마음이 꺾인 모양으로, 교진의 질문에 술술 대답했다.

먼저 의사의 이름은 아카야마 소테키. 나이 42세. 이요국 이마바리 출신이라고 한다. 몇 세대 전부터 이마바리번에서 일했던 의사로, 유신 후에는 운 좋게 에히메현의 관청 의사로 들어갔다. 그러나 도박을 좋아하는 천성이라서 거액의 빚을 지고 말았다. 게다가 변제가 밀리

면 현청에 폭로하겠다고 대출업자가 협박하자마자, 호코쿠 신문을 보게 되어 참가를 결심했다고 한다. 번의사 시절에 동년배 무예 지도자와 친하게 지내, 호신술로 수리검술을 잠깐 배웠다고 한다.

"에히메에도 배포되었나."

슈지로는 중얼거렸다. 홋카이도에도 돌았다고 하니, 이제 어디에서 뿌려졌다고 해도 놀랍지는 않다. 전국 각지에 호코쿠 신문이 배포되었다는 것이겠지.

다음으로 의사의 시종. 이름은 가와모토 도라마쓰. 나이 32세. 엄밀히 말하면 시종으로 위장했을 뿐이고, 아카야마에게 돈을 빌려준 자의 한패였다. 아카야마가 도망가지 못하도록, 오야붕(두목, 보스)의 명령으로 감시하고 있었다. 설마 이런 위험한 안건이라고는 생각하지 않았지만, 놓치지 않으려고 계속 참가하고 있었다는 것이다.

결코 강하지는 않은 두 사람이 여기까지 남을 수 있었던 것은,

-약.

덕분이다.

다치거나 병이 난 참가자를 발견해 의사의 얼굴로 접근한다. 그리고, 좋은 약이라고 속여 독을 먹여 목패를 빼앗는 수법이었다.

후타바에게 내밀었던 약도 그런 것이었지만, 거절당하고 포기했던 참에 반바 일당의 습격이 있어서, 지금이라면 잘 풀릴지도 모른다는 욕심이 생긴 결과라고 한다.

마지막으로 사야마 신지로. 나이는 23세로 젊고, 자세히 잘 보면 어

딘가 앳된 구석이 남아있다.

"동종업계 출신이라고."

교진은 그의 출신을 듣고 쓴웃음 지었다. 신지로는 놀랍게도 원래는 가신의 후계자였다고 한다. 도쿠가와 가문이 스루가·도토우미(스루가국과 도토우미국. 현재의 시즈오카의 한 지역)로 옮겨갔을 때, 가신들은 해고되는 대신에 일시금이 지급되었다. 대단한 액수는 아니었지만, 신지로의 아버지는 그것을 자본금으로써 이자카야를 시작했다. 이른바 '무사의 상법'으로 실패하는 자가 끊이지 않았지만, 온화하고 붙임성 좋은 신지로의 아버지 가게는 번창했다고까지는 말할 수 없어도, 그런대로 단골손님도 생기고 잘 되어갔다고 한다.

그러나 작년 고로리의 유행으로 상황은 돌변했다. 지금까지 밖으로 술을 마시러 나가던 자들도, 먹고 사는 것이 힘들어져 그럴 여유가 없어졌다. 고로리는 사람을 통해 감염된다고 하므로, 애초에 밖을 돌아다니는 자도 적어졌다. 따라서 신지로의 아버지 가게도 손님들의 발길이 뚝 끊겨버린 것이다.

어떻게든 생활을 유지해나가기 위해, 대출업자에게 돈을 빌린 것이 화근이었다. 상대는 까마귀가 울 때마다 이자가 붙는다고 해서 '가라스가네(烏金)'라 불리는 고리대금업자. 눈 깜짝할 사이에 빚은 불어나, 앞으로 두 달 이내에 돈을 갚지 못하면 가게를 빼앗기게 된다. 그때 신지로는 호코쿠 신문의 존재를 사람을 통해 알게 되었다.

신지로가 어릴 때는 아직 막부는 건재했고, 막신의 아이로 남들 못지 않게 검 수련도 했었다. 소질은 없지는 않았고, 다니던 도장은 작은 것이었지만, 동년배 중에서는 독보적이었다. 그런대로 자신감도 있었기 때문에, 여기에 걸어보는 수밖에 없다고 생각하고,

- 나한테 맡겨줘.

라고 아버지한테 말하고 교토로 간 것이다.

"그렇군."

같은 막신이었기 때문일까? 교진은 애써 냉정하려고 했으나, 말에서 살짝 연민이 느껴졌다.

"그러나 참가한 것은 괴물들뿐… 바로 실수였다는 것을 깨달았다."

"반바는?"

교진은 내력에 관해서도 물었다.

"배에서 이야기했던 대로 사카시타 역참에서 만났다. 기이구마노 출신이고 표면적으로는 어부지만, 뒤에서는 강도 같은 짓도 했다고 들었다."

교진이 짐작했던 대로다. 그리고 반바는 와카야마의 다나베에서 호코쿠 신문을 봤다고 말했다고 한다.

"우리는 이제 어떻게…?"

아카야마가 조심스럽게 물었다.

슈지로와 교진은 얼굴을 마주 보고 고개를 끄넉였다.

흐름상, 교진이 설명을 계속했다.

"먼저 한 명은 목패를 우리가 받고 경찰에 넘긴다."

"그럼…."

아키야마가 깜짝 놀랐지만, 교진은 태연하게 말을 이었다.

"규칙을 깨는 게 되겠구먼. 허지만 경찰이 지켜주겠지."

"확실히…."

"두 번째 사람은 목패를 빼앗지 않고 경찰에 넘긴다."

붙잡힌 세 사람 모두 의아해했지만, 교진은 더욱 말을 이어갔다.

"세 명째는 목패를 빼앗지 않고, 우리를 따라오게 한다."

후타바의 제안이 계기가 되어, 목패를 빼앗긴 자는 어떻게 되는가? 라는 의문이 떠올랐던 것이다. 이 세 명 각각의 조건을 조금씩 바꿔서 그것을 검증할 생각이다.

    첫 번째 사람: 목패를 잃어 규칙을 위반하지만, 출두하여 경찰에게 보호받는다. 고독 주최자는 실격으로 간주하겠지만, 국가를 적으로 돌릴 위험을 무릅쓰고 처치하러 올지 아닐지.

    두 번째 사람: 경찰에 출두는 하지만, 목패는 목에 건 채로. 고독 주최자는 이것을 실격으로 간주할지 아닐지. 애초에 목패의 유무를 어떻게 확인할 것인지.

    세 번째 사람: 1점밖에 소지하지 못했으니 당연히 지류 관문은 통과할 수가 없다. 그러나 자기 목패는 잃지 않아 그 규정은 위반하지 않았다. 과연

이 자는 어느 시점에서 실격처리되는지. 또한, 그 경우, 어떤 처벌이 내려지는지.

정리해보면 이렇게 된다. 이것으로 고독이 무엇을 기준으로 '실격'으로 보는지, 그런 경우 어떤 '처우'를 하는지를 대충 검증할 수가 있다.
"세 번째의… 따라간다는 건, 세 분을?"
아카야마가 조심스럽게 묻는다.
"아니, 내를."
교진은 고개를 가로저었다. 이것도 미리 의논한 일이다. 각각이 어떻게 되는지 지켜보는 역할이 필요하다. 이것은 첩보에 능한 교진이 적임자일 것이다. 따라서 여기에 교진은 남고, 슈지로와 후타바가 먼저 진행하고, 나중에 지류 역참에서 합류하는 계획이다.
남은 교진은, 먼저 경찰에 넘긴 두 사람이 어떻게 되는지를 지켜본다. 그 후, 세 번째 사람을 데리고 지류 역참으로 간다. 이때 그들은 모든 참가자 중에서,
– 마지막 통과자.

가 될 계획이다. 그렇기는 해도, 마지막인지 아닌지를 주최측이 알려줄 거라고는 생각할 수 없었다. 따라서 먼저 슈지로가 지류 역참으로 들어가고, 몇 명이 통과했는지 가능한 한 살핀다. 그래도 완벽하다고는 할 수 없지만, 대충은 알 수 있겠지. 거의 마지막 통과자가 되었

을 때 통과하여, 남은 세 번째 사람이 어떻게 되는지를 확인한다는 방법이다.

"그것을 어떻게 정할 건지…?"

세 번째 사람이 그나마 제일 나을 거라고 생각한 것이겠지. 아카야마는 아첨하듯이 묻는다.

"제비뽑기로 하자. 어느 쪽이든, 니들은 도쿄까지는 갈 수 없구먼. 운에 맡겨."

라고 말하면서, 교진은 메모지를 꺼내서 찢더니, 재빨리 그것을 가늘게 꼬아 끈을 세 개 만들었다. 각각 길이가 다르다. 긴 것부터 순서대로, 첫 번째, 두 번째, 세 번째 사람이 된다고 설명하고, 세 명에게 일제히 고르라고 하였다.

"아…"

목소리를 흘린 것은 신지로였다. 가장 짧은 끈. 즉, 세 번째가 되어, 교진과 함께 지류 역참으로 가게 된다. 첫 번째는 의사인 아카야마. 두 번째는 시종으로 위장했던 대출업자인 도라마쓰로 정해졌다.

"그럴 수가…."

종이 끈을 든 손을 떨며 당혹스러워하는 아카야마에 비해,

"니는 독으로 죽이려 들었다. 죄를 보상하는 것은 당연하지. 뭐, 웬만해선 경찰한테 손을 댈 수 없을 테니께. 확실하게 보호받으랑께."

라고 교진은 경묘하게 말하고 어깨를 두드렸다. 사람을 죽이는 건 너도 마찬가지 아니냐고, 아카야마는 원망스러운 듯이 쳐다본다. 그

것을 알아차렸는지, 교진은 씁쓸하게 웃었다.

"내도 언젠가는 대가를 치를지도."

이 이가조 출신 닌자는,

– 도와주고 싶은 여자가 있다.

라고 우리한테 말했었다. 설령 대가를 치른다고 하더라도 반드시 구한다. 교진의 쓴웃음 뒤로 그런 각오가 보인 것 같은 느낌이 들었다.

아카야마의 목에 걸려 있던 목패를 빼앗아 1점이 늘어났다.

이것으로 모든 준비가 갖춰졌다. 교진은 이 뒤에 곧바로 두 사람을 경찰에 넘긴다. 그때, 변장하고 목소리도 다른 사람처럼 바꾼다. 이것도 교진이 남는 게 좋은 이유 중 하나였다.

2

"그럼, 지류에서."

교진은 하얀 이를 드러내면서 손을 흔들고, 먼저 슈지로와 후타바를 보냈다.

여기서부터 또 한동안은 둘만의 여행이 된다. 교진과의 동맹은 정답이었다. 만약 반바의 습격 때 둘이었다면 후타바의 목숨은 없었을

지도 모른다. 다시 둘이 되었으니 더욱 경계를 강화해야 한다.

단, 지류 역참은 이 미야 역참에서부터 불과 두 개 떨어진 역참. 거리는 4리 18정으로 그리 멀지는 않다. 이미 오후로 접어든 지금, 오늘 중으로 들어가는 것은 힘들겠지만, 내일은 도착할 것이다.

그 고비는 우선 이곳 미야 역참을 나갈 때까지라고 생각한다.

과연, 도카이도 53경 최대의 역참. 더욱이 운이 좋은 건지 나쁜 건지, 오늘은 장도 많이 선 모양으로, 엄청난 인파에 그냥 걸어가기만 해도 어깨를 부딪칠 정도로 혼잡스러웠다.

"후타바, 이쪽이다."

슈지로는 후타바의 소매를 당겼다. 인파 속에 텐류지에서 본 얼굴이 있었다. 이대로 사람들의 물결을 타면 맞닥뜨린다고 보고 약간 옆으로 비켜섰다.

"또다."

또 소매를 당겼다. 이것도 본 얼굴.

― 모이기 시작했나?

슈지로는 그렇게 느꼈다.

발이 빠른 자도, 더딘 자도 있다. 그러나 목패를 얻지 못하면 다음 관문을 통과할 수 없는 이상, 참가자가 걸어가는 속도는 대개 비슷한 정도가 되었다. 아직 출발해서 얼마 시간이 지나지 않았는데도 참가자를 두 명이나 목격했다는 것이 그 증거일 것이다. 그밖에도 그들이 모르는 참가자가 이 혼잡 속에 섞여 있어도 신기할 것 없다. 본가가 주술인 것처럼, 이 고독에도 참가자들끼리 서로 이끌리는 저주라도 걸려 있는 것 아닌지? 라는 생각조차 든다.

"소매를 잡아."

"알았어."

후타바는 약간 숨쉬기 힘든 것처럼 끄덕인다. 일일이 잡아당기는 것보다, 그편이 좋다.

"저건 수상하다. 이쪽이다."

"응."

본 얼굴은 아니다. 그러나 주위를 둘러보고 있고, 분명히 행동이 이상하다. 사람들의 눈이 지나칠 정도로 많은 지금 습격해올 거라고는 생각하기 힘들지만, 피해서 나쁠 것은 없다.

1정 걸어가는데도 5분 정도 걸리는 가운데, 간신히 미야 역참 출구가 보였다. 앞으로 2정 정도. 더욱 마음을 다잡는다.

"저것은…."

슈지로는 숨을 흡, 들이켰다. 낯이 익었다. 그것은 고독이 시작된 후가 아니다. 한참 옛날 기억이다. 약간 나이를 먹은 것처럼 보이긴 하지만 틀림없다.

– 간지야 부코쓰.

과거 딱 한 번 대치했던, 조슈번에 속한 자객이다. 그 거리는 불과 10간. 상대방도 이쪽을 알아차렸고, 한순간 놀란 후에 한기가 들 정도로 기분 나쁜 웃음을 띄웠다.

"성가신 놈이 있다. 역참을 나가면 뛴다."

슈지로는 앞을 응시하면서 말했으나, 후타바의 대답은 없었다. 역참 출입구가 좁아져, 사람들의 압력도 심해졌다. 들리지 않았거나, 대답할 여유가 없거나.

"후타바. 최악의 경우엔 교진한테 돌아가는 것도-."

다시 부르려고 했을 때, 슈지로는 이변을 깨달았다.

"뭐-."

뒤에 후타바가 없는 것이다. 분명히 조금 전까지는 그의 소매를 꼭 잡고 있었다. 확인해보니, 소맷자락 부분이 칼 같은 것으로 잘려나갔다. 상당히 신경을 곤두세우고 있었을 텐데도 전혀 눈치채지 못했었다.

"후타바!!"

슈지로는 주위를 둘러보면서 외쳤다. 사람들의 검은 머리가 보일 뿐. 근처에 있는 자는 무슨 일인가 하고 쳐다보지만, 대부분은 알아차리지 못할 정도의 소동이다.

"슈지로 씨-."

아주 약하지만, 후타바의 목소리가 들려 슈지로는 힘차게 고개를 돌렸다.

"말도 안 돼."

15간이나 앞. 사람들 눈을 일절 신경 쓰지 않고 후타바를 어깨에 둘러업은 남자가 있다. 후타바는 재갈을 물고 있었지만, 필사적으로 버둥거리는 통에 재갈이 조금 틀어진 것 같다. 애원하는 표정이었는데, 갑자기 눈꺼풀을 내렸다. 남자가 후타바의 배에 일격을 날려 정신을 잃은 것이다.

인파를 열심히 헤치고 쫓아갔지만, 거리는 좁혀지기는 고사하고 점점 차이가 벌어졌다. 후타바를 둘러업고 있는데도, 분명히 상대방이 더 빠르다. 마치 마주 오는 사람들의 움직임을 예측하는 것처럼, 쓱쓱 인파를 빠져나간다.

"이럴 수가…."

역참 밖으로 나가기 직전, 고개만 뒤로 돌린 남자의 얼굴은 낯이 익었다. 이 남자라면 다가온 것을 전혀 알아차리지 못한 것도, 인파를 쉽사리 빠져나가는 것도 납득할 수 있었다.

"산스케!!"

기온 산스케. 교하치류의 계승자 후보이며 그의 의동생. 귀에 특화된 비술 '녹존' 보유자다. 산스케는 후타바를 들쳐메지 않은 쪽인 왼손을 하늘을 향해 올리고 흔들었다.

— 뭐야?

의미를 모르겠다. 승리에 취한 동작일까? 했지만, 그가 아는 산스케는 그런 쓸데없는 짓은 일절 하지 않는 남자다.

아무튼, 열심히 발을 앞으로 옮기고 있지만, 산스케는 점점 멀어져 간다.

"젠장… 비켜!"

마음이 급해서 슈지로는 마침내 소리치면서 인파를 헤치고 나갔다. 간신히 미야 역참을 빠져나갔을 때는, 산스케의 모습은 흔적도 없이 사라졌다. 인파 속을 빠져나오기만 하면, 발은 슈지로 쪽이 더 빠르다. 뛰어나가려던 순간, 등에 한기가 올라와 슈지로는 구르는 것처럼 옆으로 날았다.

"고쿠슈, 오랜만이네."

"부코쓰…"

거기 서 있던 것은 간지야 부코쓰. 칼집에서 뺀 칼을 어깨에 휙 올렸다. 미야 역참 출구다. 당연히 사람들이 넘칠 만큼 있는데도. 제정신이 아니다. 순식간에 주목을 받게 되었고, 무수한 남녀의 비명이 소용돌이치는 가운데 부코쓰는 낄낄 웃고 있었다.

"나와의 싸움을 내팽개치고 어디 가려는 거야?"

부코쓰는 웃으면서 고개를 갸웃거린다.

"언제 싸웠지?"

"눈이 마주치면 죽고 죽인다. 그것이 우리들 자객이잖아?"

부코쓰의 표정에서 웃음이 사라지더니 공격을 쏟아냈다. 슈지로는 그것을 종이 한 장 차이로 피하고는 뒤도 돌아보지 않고 달려나갔다. 지금은 이런 흉악한 자와 싸우고 있을 때가 아니다. 산스케를 쫓는 것이 우선이다.

"야속하네."

부코쓰는 포기하지 않고 쫓아온다. 달리는 속도는 거의 같다. 신기하게도, 이런 경우에는 도망치는 쪽보다 쫓아가는 쪽이 유리하다. 도망치는 쪽은 어디로 지나가야 할지 판단의 연속인 것에 비해, 쫓아가는 쪽은 그저 사냥감만을 보면 되기 때문이다.

"방해하지 마!"

북진을 구사해서 다 보인다. 등 뒤에서 내지르는 부코쓰의 공격을, 슈지로는 몸을 틀어 발도와 동시에 쳐냈다.

"달리면서 싸우는 것도 나쁘지는 않네."

부코쓰는 옆에 나란히 서더니 쉴 새 없이 공격했다. 슈지로도 검으로 막고, 점프하고, 흘려내면서 달린다. 이 기이한 광경에 가도를 오가던 자들은 비명을 질렀고, 주저앉고, 혹은 날아가듯이 도망친다.

"지금은 너를 상관할 틈은 없다!"

"지금밖에 없어. 그게 우리다."

부코쓰가 말하자마자 슈지로는 갑자기 발을 멈추더니, 가속도가 붙어 두세 걸음 앞으로 더 나간 부코쓰의 등에 칼을 휘둘렀다. 부코쓰는 몸을 트는 것처럼 해서 공격을 떨쳐낸다. 아주 조금의 빈틈이 생겨난 그 발에, 슈지로는 선풍 같은 발차기를 날렸다.

부코쓰는 스스로 옆으로 굴러 일어섰지만, 그때는 슈지로는 다시 달려가고 있었다. 이제 따라잡을 수 없다. 그렇게 생각한 그때였다. 등 뒤에서 요란한 비명이 들렸다.

"무슨 짓을…."

거친 숨이 차오르며 분노가 치밀어올랐다. 가도에서 놀라 주저앉아 있던 남자의 가슴을, 부코쓰가 칼로 찌른 것이다.

"네가 도망친다면, 잔뜩 죽여야지."

무슨 논리인지 전혀 알 수가 없다. 아니, 논리 따위 없다. 이 남자는 이미 미쳤다고밖에는 생각할 수 없다. 부코쓰는 길 옆에 웅크리고 있는 상인풍의 남자를 억지로 일으켜 세웠다.

"잠깐―."

슈지로의 제지도 무시하고, 부코쓰는 덜덜 떠는 상인의 입을 손으로 벌리고, 오른손으로 그 안에 천천히 칼을 찔러넣었다. 상인 남자의 떨림은 한번 격렬해지더니, 이윽고 딱 멈췄다. 몸에서 혼이 떨어져 나가는 것을 알았다.

"자, 다음은…. 어디."

맥이 풀려 기어가는 것처럼 도망치는 여자를 보고 부코쓰는 히죽 웃었다.

"내가 상대해주면 되나?"

슈지로가 말하자, 부코쓰는 여자에게 다가가던 발을 멈췄다.

"오, 이제야 할 마음이 들었나?"

"그래. 죽여주마."

"이게 무슨 상이람."

부코쓰는 마치 좋아하는 음식을 먹은 것처럼 황홀한 표정으로 고개를 흔들었다.

"하지만 도중에 멈추는 건 좋지 않아. 응. 해치워버리자."

부코쓰는 뜻 모를 혼잣말을 흘리더니, 다시금 여자를 향해 성큼성큼 걸어가기 시작했다.

"젠장."

슈지로는 달려갔다. 그러나, 늦었다. 부코쓰는 이미 여자 뒤에 서 있고, 커다란 칼을 내리쳤다. 다음 순간, 슈지로는 눈 끝에 그림자를 포착했다. 그 그림자는 부코쓰를 향해 통렬한 공격을 쏟아냈다.

높은 금속음이 울려 퍼졌다. 칼과 칼이 맞닿아 있다. 부코쓰가 여자를 포기하고 공격을 막은 것이다. 아니, 그렇게 하지 않았으면 부코쓰의 목과 몸은 분리되었겠지.

3

"멈추시오."

긴 머리를 묶은 총발. 3척이 넘는 긴 야태도. 이시야쿠시 역참 바로 직전에 후타바를 구해준 기쿠오미 우쿄였다.

"뭐야? 네놈은."

부코쓰는 꺼림칙하다는 듯이 혀를 찼다. 그 표정에서는 여유가 사라졌다. 서로 압박하고 있었는데, 우쿄가 기합을 발하고는 부코쓰를 튕겨냈다. 그리고 자신은 부코쓰와 여자 사이를 막아섰다.

"우쿄…."

슈지로가 자기도 모르게 목소리를 내자, 우쿄는 부코쓰와 서로 노려보며 대답했다.

"미야 역참에 있었습니다만, 소동을 듣고 왔습니다."

"뭐야? 그게. 정의의 사도인가?"

조롱하는 부코쓰에게 우쿄는 의연하게 대답했다.

"그럼 안 되나? 악독한 놈."

부코쓰는 코웃음을 치며 칼을 겨눈다. 그 사이에 슈지로 쪽으로 주의를 기울이는 것도 잊지 않는다.

"사가 님. 후타바 님은?"

우쿄가 야태도를 상단에서부터 비스듬한 자세로 바꿔 겨누더니, 이번에는 슈지로에게 물었다.

"실은… 방금 전에 납치당했다. 쫓아가려고 했을 때 이놈이…."

"눈을 떼지 말라고 말씀드렸는데."

우쿄는 약간 어이없다는 듯이 작게 한숨을 내쉬더니, 또렷한 말투로 말을 이었다.

"쫓아가 주십시오."

"하지만…."

"이 쓰레기는 제가 상대하겠습니다."

우쿄는 늠름하게 말했다.

"악독이니 쓰레기니 너무 심하군. 무엇보다 멋대로 결정하지 마라.

나는 고쿠슈와 - ."

 부코쓰의 목소리가 끊겼다. 말하고 있는 도중에 우쿄의 야태도가 얼굴을 공격한 것이다. 부코쓰는 코앞에서 피하더니 반격을 시도한다. 그러나, 우쿄는 교묘하게 거리를 유지하면서, 팽이처럼 몸을 돌렸다.

"태도도 18, 난국(亂菊)."

 희미하긴 했지만, 우쿄의 중얼거림이 귓가에 닿았다. 전 체중을 실은 일격은, 막아낸 부코쓰의 몸을 날려버렸다. 부코쓰가 땅에 닿기 직전, 우쿄는 부드러운 얼굴에 어울리지 않게 날카롭게 포효했다.

"빨리!"

"은혜는 잊지 않겠다!"

 슈지로는 몸을 돌려 달려나갔다. 등 뒤에서 부코쓰가 멈추라고 외치는 소리가 들렸으나, 이윽고 그것도 칼이 맞부딪치는 소리로 변했다. 이미 산스케는 꽤 먼 거리를 앞서가고 있을터. 슈지로는 아랫입술을 꽉 깨물고 더욱 발을 빨리 움직였다.

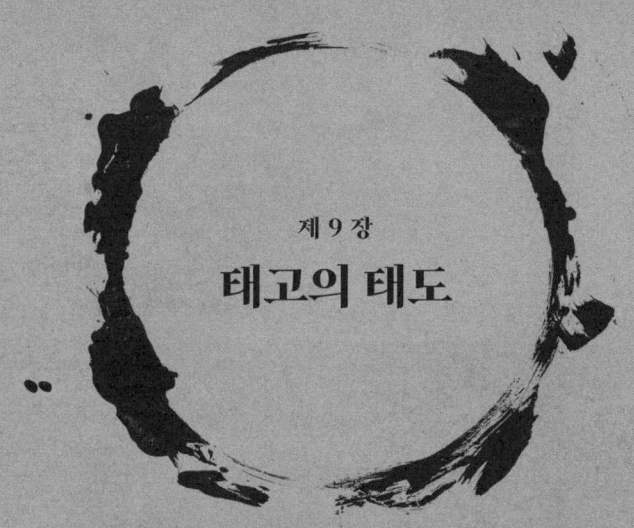

제 9 장
태고의 태도

*

　도쿠가와 치세는 공가(公家. 조정에서 일하던 귀족과 관리 계층으로, 무가(武家)와 대비되는 문신(文臣) 집단)에게는 가장 비참한 시대였다고 해도 과언이 아니다. 무엇보다 수입이 적었다. 오섭가(五攝家. 후지와라 씨의 혈통으로 섭관직을 독점했던 공가 다섯 곳) 등 상급 공가라면 몰라도, 하급 공가라면 부업을 해야만 먹고 살 수 있을 정도였다. 그것은 저택의 기둥 하나만 봐도 알 수 있는데, 무가의 저택에 비하면 초라하고 가늘어 강풍이 불면 부러질 듯이 삐걱거렸다.

　수천 석의 녹봉을 받는 하타모토, 만석을 받는 다이묘가 있는 한, 후지와라 북가 모로자네류의 명문가인 가잔인(花山院) 가문의 녹봉조차 715석 2두 남짓으로 가신과 다름없는 것이었다.

　기쿠오미 우쿄는 그 가잔인 가문의 하인. 즉, 아오자무라이라 불리는 하급 무사였다. 하급 무사는 공가의 호위 등의 역할을 담당하는 것이지만, 실제로는 재정 관리 등 집사 업무를 담당했다. 무예는 미덥지 못한 자가 대부분이다.

　"우쿄 님은 마치 여인 같으시오."

　우쿄를 아는 자는 그렇게 말한다.

　분큐 원년(1861년)에 16세. 그해 초엽에 아버지가 돌아가셨기 때문에, 그 젊은 나이에 기쿠오미 가문의 당주가 되었다.

　호리호리하지만 키는 6척 가까이 되고 그 용모는 여자로 착각할 정도로 아름답다. 누구에게나 차별 없이 대하는 온화한 성격이며, 떨어지는 벚꽃만 봐도 눈물지을 정도로 정도 많다. 공가에서 일하는 하녀들 사이에서의 인기도 높았고, 길을 가다가 마주칠 때 우쿄가,

"안녕하세요."

라고 인사하면 뺨을 붉히는 자도 있었다.

이런 우쿄를 대부분은 좋아했겠지만, 교토인답게 비웃는 자도 있었을지도 모른다.

예를 들면 이런 일이 있었다.

그가 잘 아는 공가의 하녀가, 여러 명의 술에 취한 미부로들에게 휘말렸다. 신센구미 말이다.

갑자기 교토에 나타난 이 집단에는, 당당한 무사도 있기는 있었지만, 그중 대부분이 정체도 모를 시골뜨기들. 몰락했다고는 해도 공가의 하녀에게 들이대다니, 시대의 조류에 편승한 신센구미의 위세와 공가의 몰락이 어느 정도인지 알 수 있는 일이었다.

"멈추시오."

눈으로 도움을 청하는 하녀를, 우쿄는 못 본 척하지 않았다. 여기에서 신센구미를 제압하고 하녀에게 멋진 말 한마디라도 할 수 있는 자였다면 보기엔 그럴 듯했을 것이다.

그러나 실제는, 신센구미에게 얻어맞고, 발로 차이고, 밟히는 와중에도 머리를 감싸 쥐고,

"가잔인 가문입니다. 이런 꼴이 되어 돌아가면 마쓰다이라 님께 누

를 끼치게 됩니다… 저는 아무 말도 하지 않을 테니 그만 물러가 주십시오. 제발, 제발—."

이라고 애원할 뿐이었다.

신센구미도 그만하면 화도 술도 깼는지, 자기들에게 녹봉을 주는 아이즈번이 곤란해질 것을 깨닫고 간신히 물러나 줬다.

우쿄의 뺨에는 멍이 들고, 입가는 찢어져 피가 흘러나왔다.

"다치지 않아서 다행이다. 그럼."

우쿄는 그렇게 말하며 하녀에게 미소짓고는, 기모노에 묻은 먼지를 털고는 그 자리를 벗어났다.

하녀는 그를 걱정하긴 했으나, 그 얼굴에는 살짝 실망의 빛이 떠올라 있었다. 아무리 상냥해도 약한 남자한테는 끌리지 않는다는 여자는 어느 시대나 그런대로 많았던 것이다.

심성이 착하고, 여자도 숨을 멈출 정도의 미모를 지녔다. 그러나 아무래도 남자로서는 믿음직하지 못하다는 것이 우쿄의 평판이었다.

어느 날 저녁. 우쿄는 가잔인 가문 당주 이에노리의 호출을 받았다. 이에노리는 흥분한 상태였으며, 급한 용무라는 것을 그것만으로도 알았다.

"부탁한다."

이에노리는 빠른 말로 사정을 설명하더니, 그 한마디로 말을 맺었다.

"네."

우쿄는 흰 빰이 긴장된 채 조용히 대답했다.

그로부터 1각 후의 일이다. 왕궁 사쿠헤이몬 문밖 사루가 네거리에서 사건이 벌어졌다. 아네가코지 긴토모가 복면을 한 세 명의 괴한들의 습격을 당한 것이다.

아네가코지는 칼을 빼앗아 저항하려고 했으나, 머리와 가슴에 중상을 입었다. 괴한들은 도주. 아네가코지는 자기 저택으로 운반되어 사망했다.

습격 현장에 남아 있던 칼을 통해, 자객으로 이름을 날렸던, 사쓰마번의 다나카 신베가 하수인으로 용의선상에 올랐다. 사건으로부터 며칠후, 다나카는 교토 마을 부교쇼(奉行所. 부교(奉行)는 헤이안 시대에서 에도 시대에 걸쳐 존재한 일본 무가의 직명 중 하나로, 부교닌(奉行人)이라고도 하며, 그 직무를 실시하는 관공서가 부교쇼(奉行所)다)에 붙잡혔으나, 심문을 받기 전에 할복. 이것으로 하수인의 단서도 사라졌다. 단, 마을 부교소의 말단관리 한 명이, 다나카가 혼잣말을 중얼거리는 것을 들었다. 심한 사쓰마 방언이었기 때문에 잘 알아들을 수 없을 거라고 생각했겠지만, 그 말단관리는 모친이 사쓰마 출신이었기 때문에 알아들었다고 한다. 그 내용이라는 것이,

- 조금만 더 빨랐으면 실패했을 거다.

라는 것이었다. 자백한 것이나 마찬가지이며, 더욱이 뒤에 뭔가를 더 감추고 있는 듯한 말이다. 그러나, 그것도 관리가 잘못 들은 것으로 처리되었고, 사건의 진상은 해명되지 않은 채였다.

"이미 늦었습니다."

사건이 벌어진 다음 날, 우쿄는 침통한 표정으로 이에노리에게 보고했다.

"하수인은?"

"한 명은 큰 상처만 입혔을 뿐, 놓치고 말았습니다. 그러나, 나머지 두 명은 이 손으로."

"좀 더 빨리 의논해줬으면 좋았을 것을… 안타까운 일이로세."

이에노리는 깊은 한숨을 내쉬었다.

이 참사에는 실은 전조가 있었다. 일의 전말은 이렇다. 사건 전날, 아네가코지 가문의 집사가 가잔인가를 방문했다. 며칠 전부터 아네가코지 긴토모를 노리는 자가 있다는 소문이 돌고 있다는 것이다. 그 소문을 알려주러 왔었다는 공가가,

- 가잔인가에 상담해보는 게 좋겠다.

라고, 아네가코지에게 권했다.

어째서 가잔인가에 부탁하라는 건가? 그 공가도 이유를 알고 있던 것은 아니었다. 단, 저주에 걸렸을 때는 아베노 세이메이를 조상으로 두고 음양도에 능한 쓰치미카도 가문에 상담하는 것처럼, 누군가에게 목숨을 노림받을 때는 가잔인가에 상담하면 살 수 있다. 그런 이야기가 공가들 사이에서 그럴 듯한 말로 전해 내려오고 있었다.

아마도 아주 옛날에 공가의 목숨이 위험했을 때, 가잔인가를 찾아간 덕에 우연히도 위기를 모면한 적이 있었을 것이다. 그런 일화가 와

전되어 전해진 주문 같은 것일 거라며, 아네가코지는 진지하게 받아들이지 않았다.

그러나, 아무래도 노리는 자가 있다는 것은 사실인 것 같다. 집사는 주인을 걱정해서 지푸라기라도 잡는 심정으로, 독단으로 가잔인가를 방문했다.

집사의 말을 듣고 이에노리는 우쿄를 불렀고, 즉시 아네가코지에게로 가보라고 명했다. 그러나, 우쿄는 한발 늦었다.

집사로부터 아네가코지의 업무가 끝나는 시각, 평소에 다니는 길을 듣고 찾아내는 것은 그리 어려운 일은 아니었다.

우쿄가 달려갔을 때는 이미 아수라장이었다. 아네가코지는 이미 칼을 두 방 맞고 피투성이가 되었다. 시종은 맥이 풀려 주저앉아 덜덜 떨고 있을 뿐. 세 명의 괴한은 지금 막 아네가코지에게 결정타를 날리려던 참이었던 것이다.

즉시 우쿄가 끼어들었고,

"아네가코지 님을 피신시켜라."

라고, 아네가코지의 시종에게 명했다. 시종은 간신히 일어서더니, 아네가코지를 부축하여 도망쳤다.

한순간, 괴한들은 그를 쫓아가려고 했다. 그러나, 우쿄는 그 앞을 막아섰다. 그래서 괴한들은 생각을 바꾼 모양이다. 그 상처라면 어차피 아네가코지는 살아날 수 없을 것이다. 원군이 왔으니 물러날 때라고 판단한 것이겠지. 괴한들은 몸을 돌려 도주했다.

괴한들에게 있어서 예상외였던 것은, 우쿄가 그들 뒤를 맹추격한 일일 것이다. 우쿄는 골목으로 들어갔을 때 한 명. 네거리를 꺾어졌을 때 또 한 명을,

– 벴다.

남은 한 명은 아연실색했지만, 곧바로 덤벼들었다. 이자는 앞의 두 사람에 비해 차원이 다르게 강했다. 1합, 2합, 3합을 겨루고, 우쿄는 적의 배에 일격을 날렸다. 확실한 감촉을 느꼈다. 더욱 추가 공격하려고 했을 때, 괴한은 칼을 우쿄를 향해 던지고는 몸을 돌려 놀란 토끼처럼 빠르게 도망쳤다.

깊은 상처를 입었는데도 도망가는 발이 엄청나게 빨랐다. 베어버린 두 사람의 시체를 숨기는 것을 우선시했다. 간신히 숨겼을 때, 마을 부교인지, 혹은 신센구미인지, 순찰조인지. 여러 명의 기척을 느끼고 우쿄는 들킬 것을 우려해 일단 후퇴했다. 그때 도망친 괴한이 던진 칼은 금방은 찾지 못해 회수할 수 없었다.

그날 한밤중에 우쿄는 시체를 회수할 수 있었으나, 끝내 칼은 찾지 못했다. 이것은 부교쇼 사람이 발견해 주워갔다는 것을 알았다.

사건으로부터 며칠 후, 도망친 하수인이 '자객'으로 이름을 떨쳤던 사쓰마의 다나카 신베였다는 사실이 판명되었다. 그 칼로 알아낸 것이다.

"과연, 42개 조를 깨우친 자로군."

이에노리는 감탄을 흘렸다.

가잔인가는 필도(筆道, 글을 쓰는 방법. 붓글씨. 서예)의 가문이라고 불렸다. 하급 관리 중에서 서박사가 나오면, 가잔인가로부터 '필도 43개조'라는 비법을 전수받는다. 그리고 가잔인가에서 세대교체가 이루어지면, 새 당주는 반대로 그 서박사로부터 전수받아, 붓글씨의 비법이 끊어지지 않도록 노력해온 것이다.

그러나 가잔인가에는 붓글씨 말고도 또 한가지, 숨겨진 '비전(秘傳)'이 존재한다. 그것이 바로,

— 태도.

였다.

이 태도의 비전 '태도 42개조'가 가잔인가에 대대로 전해 내려오고 있다. 사용하는 태도의 길이는 3척으로, 야태도라 불리는 부류다.

어째서, 공가인 가잔인 가문에 태도의 비전이 있는 건가? 양쪽 다 당대의 당주는 분명하게는 대답할 수 없다. 외부에 일절 유출되지 않도록 하기 위해 기록에 남기지 않았던 것으로 인한 폐해일 것이다. 단, 아무래도 붓의 비전과 동시기에 편성된 모양이다. 가잔인가 중에서도 당주와, 그 지도자 역할이라고 할 수 있는 아오자무라이 집안 사람들만이 아는 사실이었다.

그 아오자무라이 집안이 기쿠오미가인 것이다. 가마쿠라 시대, 고토바 상황이 유독 국화를 좋아하여 자기 인장으로 애용했다. 그 후에도 고후카쿠사 천황, 가메야마 천황, 고우다 천황이 인장으로서 계승하여, 32장의 꽃잎이 겹쳐진 국화, 16장의 꽃잎이 겹쳐지고 정면에서

보이게 그려진 국화가 황실의 문양으로서 정착했다.

기쿠오미(菊臣 국화의 신하). 가잔인가가 다른 가문에 일절 누설하지 않았던 것도, 당대 황제와 어떤 관련이 있는 건지도 모른다. 어떤 당주는,

ㅡ 기쿠오미 가문 그 자체가, 황제가 하사한 것이 아닐까?

라고 추측하기도 했었다고 한다.

이 기쿠오미가는 비전을 이어받아 당시의 당주에게 가르친다. 이런 점도 표면적으로 내세우는 필도와는 달랐다. 그리고, 이 기쿠오미의 태도를 뽑는 것은, 가잔인가 당주가 황제를 위한 일이라고 생각할 때뿐. 기쿠오미 우쿄는 그 숙명을 짊어지고 이 세상에 태어났다.

통상 기쿠오미가의 차기 당주가 42개의 기술을 습득하는 것은 20세 전후. 그러나 우쿄는 이것을 불과 11세 때 전부 습득했다. 13세가 되었을 무렵에는, 아버지와 맞서도 패하는 일은 전혀 없었을 정도였다.

아네가코지를 습격한 흉적도 이 기술로 물리쳤다. 첫 번째 사람은 단칼에 목을 날렸고, 두 번째는 비스듬히 베어버렸다. 세 번째인 다나카 신베는 사정거리를 잘못 판단한 모양으로, 배에 상처를 낼 수 있었다.

"그대가 이토록 강한 줄은, 아무도 꿈에도 생각하지 못하겠지…."

"네…."

이에노리의 말에 우쿄는 낮게 대답했다.

이 태도 42개조는 그 누구에게도 알게 해서는 안 된다. 그래서 우쿄도 밖에서는 나약한 척 연기한 것이다. 지난번 신센구미에게 엮인 여자를 구해줄 때도 마음만 먹으면,

─ 전부 벨 수 있었다.

그러나, 우쿄는 별로 투쟁을 즐기는 것은 아니다. 가능하면 싸움 같은 것은 하지 않는 편이 좋다고 생각한다. 단, 그것이 근왕을 위해, 가잔인가의 명령이라면, 이렇게 태도를 휘두를 것이 틀림없다.

※

세상은 크게 물결치고 있었다. 동란의 시대가 온 것이다. 한번은 금문의 변에서 패하여 교토에서의 발판을 잃었던 조슈번도, 후에 사쓰마번과 밀약을 맺어 세력을 되찾는다. 마침내 황실 깃발이 걸리고, 도바 후시미 전투에서 막부군을 격파했다. 막부 토벌의 기운이 나날이 높아지는 가운데, 기쿠오미 우쿄는 주인인 가잔인 이에노리에게 불려갔다.

"하명하겠다."

"받들겠습니다."

가잔인가는 조슈번과 거리를 좁히려고 했다. 그러나 옛날부터 조슈번의 환심을 산 공가가 있어, 가잔인가는 후발. 좀처럼 인맥을 만들지 못하고 있었다. 그때 이에노리가 점찍은 자가,

—사다 히즈루.

라는 조후 보국대(報國隊)의 남자였다.

조후 보국대란, 조슈번의 지번인 조후번에 속하는 부대다. 금문의 변에서 조슈번의 근왕파 세력은 단숨에 줄어들었고, 막부를 따라야 한다는 속론파가 대두했다.

근왕파가 장악했던 조슈번 모든 부대가 해산할 수밖에 없게 된 가운데, 지번인 조후번에서는 다른 움직임이 있었다.

조후번의 번사 구마노 나오스케, 후쿠바라 가즈카쓰 등 20명이 도요코토 신사 앞에서 결사보국의 맹약을 체결하고, 그 후에 86명이 가맹하는 사태가 벌어진 것이다. 그들은 번주에게 부대 조직을 보고하고 허락을 받아, 이후에는 '조후 보국대'라고 칭하게 되었다.

그러나, 어차피 어중이떠중이 집단이다. 방향성의 차이가 드러나기 시작했다. 조후 보국대 대부분은 조슈번의 지시에 따라야 한다고 생각했지만, 사다 히즈루는 그것을 탐탁치 않게 여겨,

—진정으로 나라에 보답할 부대를 만든다.

라며, 조후 보국대를 이탈했다.

그리고 자기 고향이기도 한 부젠 우사에서 거병 준비를 착착 진행했다. 누구의 손때도 묻지 않은 이 집단에 이에노리는 눈독을 들였고, 협력하겠다고 타진했다.

사다 히즈루는 이에 감격하여 즉시 승낙. 거병 때에는,

—부대명을 가잔인대라 칭하겠습니다.

라고 대답했다고 한다.

"사다에게로 가거라."

이에노리는 조용히 말했다.

이미 막부 멸망으로 가는 흐름은 멈출 수 없다. 그리고, 그것은 이루어질 것이라고 이에노리는 생각했다. 그때 한발 늦은 가잔인가가 조금이라도 영향력을 강화하기 위해, 막부 타도의 첨병이 될 사다를 이용할 속셈인 것이다. 나중에는 이에노리 본인도 부젠으로 갈 생각이라고 한다. 그 시작으로서, 또 군감으로서, 기쿠오미 우쿄를 파견하기로 정한 것이다.

"그대가 기쿠오미 님인가!"

우쿄가 부젠에 도착하자, 사다는 두 팔 벌려 환영했다. 보름달 같은 둥근 얼굴에, 웃으면 눈꼬리에 주름, 입가에는 보조개가 생긴다. 그야말로 사람 좋은 인상으로, 도저히 타도 막부의 급선봉을 자처한 남자로는 보이지 않았다.

그리고 우쿄는 사다와 침식을 함께 했다. 사다는 그리 세지도 않은 술을 들이키고는,

"나는 그저… 황제께 보답하고, 이 나라를 지키고 싶은 것이다."

라고 몇 번이나 말했다.

사다의 말에 따르면, 처음에는 순수한 근왕의 마음으로 결성된 조후 보국대였으나, 벌써부터 막부를 쓰러뜨린 후의 이권에 정신이 팔린 자가 끊이지 않는다고 한다. 그 안에서 온갖 파벌이 형성되고, 밤

낮으로 주도권 쟁탈에 분투했다.

"이대로 막부에 정치를 맡겨뒀다가는 나라가 망한다. 배움이 없는 나지만, 그것만큼은 알아. 그 후의 일은 똑똑한 놈들에게 맡기면 돼."

사다는 껄껄 웃었다.

그저 황제를 위해 일하고, 그 뒤는 생각하지 않았다. 설령 권력에서 물러나게 되어도 아무런 불만은 없다는 생각이었다. 그런 사다가 조후 보국대를 나간 것은 필연적일 수밖에 없었을 것이다.

"저도… 사다 님과 같은 생각입니다."

몇 번째인가의 밤, 우쿄는 자기 심정을 토로했다. 사다를 중심으로 모인 자들은 모두가 순수한 마음으로 이 나라를 위해, 황제를 위해 일하려고 하는 자들뿐이었다. 전부 다 그런 것은 아니겠지만, 교토의 공가들은 어떻게 해서 자기 이익을 챙길지만을 생각한다. 그것은 우쿄의 주인 가문인 가잔인가조차 예외는 아니다. 며칠 동안이긴 했으나, 그들의 순수한 충성심이 눈부셨고, 우쿄의 마음을 크게 뒤흔들었다. 단, 가잔인가의 무사로서 자란 우쿄에게 있어서, 이러한 자기 의사를 입에 올리는 것은 처음 있는 일이었다.

"과연, 가잔인가의 분이시다."

사다의 칭찬이 따끔하게 마음을 찔렀다.

"저는 이방인입니다만…."

우쿄의 말을 가로막고, 사다는 의아한 듯이 말했다.

"이방인일 리가. 함께 보낸 시간은 아직 짧지만, 우리는 우쿄 님을 동료라고 생각한다."

사다는 그렇게 말하더니 활짝 웃으며 하얀 치아를 보였다. 그들 입장에서 보면 당연한 일이었는지도 모른다. 단, 우쿄에게 있어서는 몹시 신선했고, 북받쳐 올라오는 것을 애써 참았다. 이렇게 해서 우쿄는 그 시대에서는 상당히 뒤늦은 '지사(志士)'가 된 것이다.

게이오 4년(1868년), 훗날 메이지 원년이라 불리는 해의 1월 14일. 가잔인가는 혈맹을 맺고 거병. 부젠 욧카이치 진지 히가시혼간지 사찰의 별원 등을 습격했다. 이것은 독단으로 판단하여 한 행동이 아니었다. 가잔인가와 긴밀하게 연락을 취해가며 결정한 일이다.

― 부대원 일동, 도착을 고대하고 있습니다.

우쿄는 그때그때 주인인 이에노리에게 서신을 보냈다. 그러나 이에노리는 병이 발병한 모양으로, 쾌차하는 즉시 가겠다는 답변이 왔다.

이에노리는 지금까지 큰 병에 걸린 적이 없었고, 불과 전날까지도 건강 그 자체였다.

― 뭔가 이상하지 않나?

라고 생각하긴 했으나, 우쿄로서는 주인이 그렇게 말하면 따르는 수밖에 없었다. 이에노리의 대리 자격으로 사다와 함께 계획을 조용히 진행했다.

진지를 함락함으로써 무기, 탄약은 입수했다. 그것을 챙겨 우사 신궁 안쪽의 오모토산에 황실 깃발을 세우고 농성했다. 이를 통해 막부를 지지하는 규슈의 모든 번을 유인하는 것이 가잔인대의 역할이었다.

그로부터 한 달 후, 조슈번 사람들이 찾아왔다. 조슈번 입장에서도 막부를 쓰러뜨리기 위해서는 아군이 많을수록 좋다. 조후 보국대에서는 이탈했어도 뒷배가 되어주겠다고 약속했고, 금후의 상담을 위해 온 것이다.

가잔인대에서는 사다를 포함해서 네 명.

"부디, 우쿄도 동석해줘."

사다가 그렇게 말해, 그중에 우쿄도 포함되었다. 회담 자리에 나온 조슈번사도 또한 네 명. 어떻게 연계해나갈지 그런 의논을 할 거라고 생각했으나, 조슈번사가 입에 올린 것은 의외의 말이었다.

"즉각 부대를 해산하고 조후 보국대를 이탈한 자는 이쪽으로 넘겨라."

이야기가 다르다. 가잔인대측은 모두가 긴장했다.

"허나, 우리는 가잔인 님의 명을 받아…."

"가잔인 님은 아무것도 모른다고 말씀하셨다."

사다가 말하려고 하는 것을, 조슈번사는 단번에 쳐냈다.

"말도 안 돼. 도저히 따를 수 없다. 일단 가잔인 님께 확인하겠다."

사다가 자리에서 일어서려고 한 그 순간이었다. 조슈번사가 신호를 보내자, 사방팔방의 문이 열리더니 칼을 든 자들이 우르르 들어왔다.

"이럴 수가…."

우쿄는 자기들이 처한 상황을 파악했다. 조후 보국대는, 이탈한 사다 등을 탐탁지 않게 여긴다. 그래서 조후번에 가잔인대를 말려달라고 요청했다. 더욱이 조후번은 본번인 조슈번을 의지했고, 가잔인대에 불만을 표시했다. 그래서 조슈번은 가잔인대를 협박하거나 혹은 막부 타도 후의 지위를 약속하고 그들의 관계를 끊으려고 한 것이겠지. 그렇다면 이에노리가 병에 걸렸다며 오지 않았던 것도 앞뒤가 들어맞는다. 즉, 사다측은, 그리고 우쿄는, 한 마디로 말하면,

ㅡ 배신당하고 고립되었다.

라는 뜻이다.

"우쿄! 배신한 건가ㅡ."

그것이 사다의 마지막 말이 되었다. 분노의 얼굴로, 사다의 목이 다다미 위에 툭 떨어진 것이다. 다른 두 사람도 썰린 무처럼 베어졌다.

우쿄는 첫 공격을 피하고, 두 번째도 피하고, 차고 있던 야태도를 쏙 뽑아 들었다.

"아니야… 사다 님… 저도….'

버려진 겁니다. 이제 목소리도 나오지 않았다. 기쿠오미가는 가잔인가의 가보인 태도였다. 그러나, 그것을 버리면서까지, 주인인 이에노리는 새롭게 다가올 세상에서 지위를 바랐다. 아니, 새로운 세상에서는 기쿠오미가 따위는 골동품 같은 것으로, 오히려 어딘가에 버리고 싶었던 것인지도 모른다.

"황제를 해하려는 역적 놈!"

"어느 쪽이….'

우쿄는 어금니를 으드득 깨물었다. 지금까지 봐왔던 누구보다도 사다 집단은 이 나라를 위해, 황제를 위해 순수하게 일하려고 했다. 자기 욕심 같은 것은 조금도 없었고, 너희에게 정치를 맡길 생각이었다. 그런 그들에게, 이런 짓을 해도 되는 건가?

"태도도 22, 국령(菊靈)."

방 안에 절규가 메아리쳤다.

우쿄의 야태도가 선회하여 두 사람을 잠재운 것이다. 쏴라, 쏴, 라고 연호하는 가운데, 때아닌 태풍처럼 우쿄가 휘몰아치고, 피의 물보라 가운데를 달려나간다. 밖으로 뛰어나갔을 때 우쿄의 얼굴은 상대방의 피로 붉게 물들어 있었다.

간부를 잃은 가잔인대는 조후 보국대의 공격을 받고 괴멸. 역사에 가짜 관군이란 오명이 새겨졌다.

우쿄는 가잔인대로 돌아가 사실을 추궁하려고 했으나, 네가 멋대로 도망쳤던 것뿐. 몇 대에 걸쳐 임무를 수행했던 점을 참작하여 적어도 삿초에 넘기지는 않을 테니 즉각 떠나라. 라며, 면회는 고사하고 문전박대를 당했다.

이에 격앙되어 옛 주인을 해칠 만한 사람이었다면, 오히려 속이 편했을 거라고 생각한다. 그러나 우쿄는 그럴 수 있을 만큼 냉철하지도 못했다. 이제부터 무엇을 하면 좋을지 막막한 와중에, 사다의 해맑은 웃는 얼굴이 머릿속에 떠올라,

– 적어도 가짜 관군이라는 오명을 씻어주고 싶다.

라는 일념이 솟아났다.

기쿠오미 가문에게 교토는 7백 년의 주거지였는데도, 지금은 낯설고 증오스럽게만 여겨진다. 우쿄는 어리숙하고 약한 자신에게 진저리를 치면서, 라쿠추를 뒤덮은 어둠속으로 녹아들었다.

*

오명을 씻는데도 돈이 필요했다. 메이지에 들어서 우쿄는 통감했다. 삿초는 쓸모가 없어진 자를 잘라내버렸고, 수많은 가짜 관군을 만들어냈다. 진실을 끄집어내기 위해서는 강력한 정치가를 움직여야만 한다. 그러기 위해서는 막대한 돈이 필요한 것이다. 열심히 이리저리 뛰어다녔지만, 몇 년 동안 명예회복의 실마리조차 잡지 못했다. 그러던 중에 교토에서 배포된 호코쿠 신문을 보고, 반신반의하면서 덴류지로 갔다.

　- 이것은.

아무래도 진짜 같다고 금방 깨달았다. 기뻐했지만, 한편으로는, 그 자리에 가득 찬 악의에 구역질이 났다. 이런 일을 꾸미는 주최자는 도대체 무슨 생각을 하는 것일까? 시커먼 속내가 있다는 것은 분명하다.

또한, 참가자들도 마찬가지였다. 욕심에 눈이 멀어 어린아이라도 주저 없이 죽일 것 같은 자들뿐. 자기도 또한 크게 다르지 않다는 것은 틀림없지만, 적어도 비겁한 행동은 하고 싶지 않았다. 그러지 않으면, 사다 등 보국의 지사들에게 면목이 없다. 악의와 처참함으로 가득 차 있기에 더욱, 우쿄는 자신의 정의를 관철하기로 결심했다.

그리고 지금, 눈앞에 악의 상징 같은 자가 서 있다.

"하아… 모처럼 발견했는데, 놓쳐버렸잖아."

이름은 모른다. 단지 그가 상관도 없는 자들을 죽인 사실을 몰랐다고 해도, 온몸에서 피어오르는 흉흉함은 알아차렸을 것이다.

"내가 상대한다고 말씀드렸을 텐데요."

우쿄는 야태도를 다시 비스듬하게 바꿔 겨누고 아까보다도 더욱 허리를 낮췄다. 봐주지는 않겠다. 태도도 42개조 중 최후의 기술로 일격에 잠재운다.

"우선은 이 녀석으로 참아줄까."

악당은 깊은 한숨을 쉬더니 칼을 정안세로 겨눴다. 정안이라고 해도 약간 팔상세처럼. 분명 자기류겠지.

ㅡ사다 님.

곧 오명을 씻어드리겠다. 하늘을 향해 마음속으로 이름을 부르고는, 우쿄는 여명에 지저귀는 새처럼 조용히 목소리를 발했다.

"태도도 42, 국제(菊帝)…."

1

조금 전까지의 소란이 거짓말이었던 것처럼, 어느새 길에 사람 그림자가 사라졌다.

지금쯤 미야 역참은 큰 소란이 일어났겠지. 경찰이 출동했다고 해도, 우선 무슨 일이 일어났는지 파악하는 데만도 한 고생 할 것이 틀림없다.

꺼림칙할 정도로 파란 하늘 밑, 천천히 여로를 나아간다. 미야에서 조금 떨어지자 한산한 전원풍경이 펼쳐진다.

좁다란 논두렁길 양쪽에는 잡초가 자라났고, 작은 꽃이 바람에 흔들리고 있었다.

빙글빙글 돌리면서, 문득 의문이 떠올랐다. 그냥 길을 걸어가는 것뿐인데, 나무 막대기나 억새 같은 것을 들고 있는 것은 사내아이뿐. 여자아이가 그런 것을 들고 있는 경우는, 그는 적어도 본 적이 없었다.

남자라면, 무사의 아들이든, 농부의 아들이든, 촌부의 아들이든 다르지 않다. 분명 남자는 태어날 때부터 싸움에 대한 욕망이 있고, 그것이 이런 습관으로 나타나는 것 아닐까?

아니, 그저 단순히 남자가 여자보다 침착성이 부족한 것뿐인가? 그 증거로, 나이를 먹었어도, 그처럼 손이 허전해지면 의미도 없이 뭔가를 잡고 있어야 하는 자도 있다.

"뭐, 상관없나."

라고 말하면서, 빙글빙글 돌린다. 너무나 따분한 광경이 이어져서 크게 하품이 나와버린다.

걸어가는 길 앞에는 황소개구리 한 마리. 뛰어오르려는 찰나, 질끈 밟아버리고 부코쓰는 웃었다.

"좋았어."

놀이다. 고쿠슈를 해치우는 것도 다르지 않다. 상대가 강하면 강할수록, 놀이는 즐거운 것이다. 앞으로 다시 겨루게 될 것을 몽상하니 침이 흘러내릴 것 같다.

"싫증 났다."

부코쓰는 빙글빙글 돌리던 것을 향해 말했다. 그것은 아까 대치했던 야태도 녀석의 머리. 분명히 고쿠슈가 우쿄라고 불렀었지? 마지막에 무엇을 생각했는지, 승리에 취한 것처럼 눈을 번쩍 뜬 모습이 재미있었다.

긴 머리카락을 잡고 돌리는 것이 기분 좋아서, 자기도 모르게 여기까지 들고 와버렸지만, 갑자기 재미가 없어져 버려서,

"자."

하고 사벼운 구녕과 함께 물이 채워진 논에 던져버렸다.

부코쓰는 목 뒤로 손을 깍지끼고는, 상쾌한 바람 속에서 휘파람을 불면서 다음 역참인 나루미를 향해 걸었다.

- 남은 인원, 84명.

― 천의 권 완

첫 출전 「소설 현대」 2022년 1·2월 합병호

이쿠사가미

전쟁의 신 1 |天편|

2025년 10월 20일 1판 1쇄 인쇄
2025년 10월 30일 1판 1쇄 발행

지은이 이마무라 쇼고 | 옮긴이 이형진 | 그린이 이시다 스이

발행인 황민호
콘텐츠4사업본부장 박정훈
책임편집 김선림 편집기획 신주식 최경민 윤혜림
마케팅 이승아 국제판권 이주은 김연
제작 최택순 성시원

디자인 ALL
발행처 대원씨아이㈜
주소 서울특별시 용산구 한강대로 15길 9-12
전화 (02)2071-2018
팩스 (02)797-1023
등록 제3-563호
등록일자 1992년 5월 11일

www.dwci.co.kr

ISBN 979-11-423-3280-7 04830

- 이 책은 대원씨아이㈜와 저작권자의 계약에 의해 출판된 것이므로, 무단 전재 및 유포, 공유, 복제를 금합니다.
- 이 책 내용의 전부 또는 일부를 이용하려면 반드시 저작권자와 대원씨아이(주)의 서면동의를 받아야 합니다.
- 잘못 만들어진 책은 판매처에서 교환해 드립니다.
- 책 가격은 뒤표지에 있습니다.